★★★★★

«Il porno soft librario ha una nuova regina. Si chiama Meredith Wild.»

*la Repubblica*

★★★★★

«Tasso erotico controllato, ricorda le *Cinquanta sfumature* ma con un upgrade: Erica è un personaggio femminile fortissimo, un'eroina moderna!»

*Vanity Fair*

anagramma

471

Della stessa autrice:

*Senza difese*
*Senza colpa*

Questo libro è un'opera di fantasia. Nomi, personaggi, luoghi e avvenimenti sono frutto dell'immaginazione dell'autrice o sono usati in maniera fittizia. Qualunque somiglianza con fatti, luoghi o persone, reali, viventi o defunte è del tutto casuale.

Titolo originale: *Hardline*


Traduzione dall'inglese di Valentina Cabras
Prima edizione: luglio 2016

Roma, Casella postale 6214

ISBN 978-88-541-9359-8

www.newtoncompton.com

Realizzazione a cura di Librofficina, Roma
Stampato nel luglio 2016 presso Puntoweb s.r.l., Ariccia (Roma)

Meredith Wild

# Senza pentimento

The Hacker Series

Newton Compton editori

*Per la famiglia che mi ha aperto il suo cuore,*
*e per le due persone il cui amore l'ha reso possibile*

# Capitolo uno

Il cellulare squillò.

Blake: *Stacco tra venti minuti.*

Misi il silenzioso e ignorai il messaggio di Blake tornando a concentrarmi su Alli, che si portò una ciocca dei lunghi capelli castani dietro l'orecchio e continuò ad aggiornarci sulle statistiche settimanali della nostra start up, Clozpin. La ascoltai attentamente, grata di averla di nuovo in squadra.

Alli era tornata a Boston solo da qualche settimana, ma finalmente era di nuovo nella stessa città, e nello stesso appartamento, di Heath. Lui era felice, lei era felice e io ero elettrizzata ad averla di nuovo come direttrice marketing dopo il disastro con Risa. Lo avevo proposto a Alli ancora prima di mandare via Risa perché aveva rivelato informazioni riservate sull'azienda.

Trasalii a quel pensiero. Alli era una fonte di ottimismo, ma il tradimento di Risa bruciava ancora. Non la sentivo dal nostro ultimo incontro, e in qualche modo quel silenzio mi preoccupava più di qualsiasi altra cosa. Avrei voluto dubitare della sua capacità di creare un sito concorrente al nostro con Max, il nostro quasi-investitore e l'acerrimo nemico di Blake, ma l'ignoto mi spaventava. E se fossero riusciti a sottrarci gli inserzionisti? A creare qualcosa di migliore di Clozpin che potesse soddisfare maggiormente i bisogni degli utenti?

Con i soldi di Max e le informazioni che Risa aveva raccolto in prima persona da me e dalla mia breve esperienza come amministratore delegato dell'azienda, tutto era possibile. In più, qualcosa nel modo in cui lei se n'era andata, piena di veleno e rancore, aveva aumentato le mie insicurezze su come gestire gli affari. Ero una novellina, non c'erano dubbi. Volevo credere di potercela fare da sola, ma avevo ancora molto da imparare.

Ricevetti un altro messaggio che mi distrasse ulteriormente, dal momento che il telefono vibrò sulla superficie di vetro del tavolo della sala riunioni.

Blake: *Erica?*

Alzai gli occhi al cielo e digitai una rapida risposta. Sapevo che mi avrebbe tormentata finché non gli avessi prestato attenzione.

Erica: *Sono in riunione, ti chiamo dopo.*

Blake: *Ti voglio trovare nuda nel mio letto quando arrivo a casa. Esci prima.*

Erica: *Mi serve più tempo.*

Blake: *Sarò dentro di te entro un'ora. Nel tuo ufficio o nel nostro letto, scegli tu. Fine della discussione.*

La stanza mi sembrò all'improvviso troppo fredda contro la mia pelle caldissima. Tremai e sentii i capezzoli turgidi premere sulla maglia. Ma come faceva? Qualche parola ben selezionata, tra l'altro via messaggio, e mi ritrovavo impaziente a guardare l'ora.

«Erica, c'è qualcos'altro di cui vuoi parlare?».

Il mio sguardo incrociò quello di Alli, che inarcò un sopracciglio come se avesse capito che non ero attenta.

Non riuscivo a pensare ad altro che alle conseguenze del far aspettare Blake, e la risposta fisica a quell'idea stava già diventando difficile da ignorare. Accantonai i pensieri su Blake e tornai al presente.

«No, direi che va bene così. Grazie a tutti». Raccolsi le mie cose velocemente, impaziente di andare via. Salutai con la mano il resto del gruppo che si disperse nelle proprie postazioni, mentre Alli mi seguì nel mio ufficio.

«Che succede con Perry? Non volevo tirare fuori l'argomento durante la riunione, visto che si tratta una situazione particolare».

«Niente di che. Mi ha mandato un'altra mail, ma non ho ancora risposto». In quel momento non avevo tempo di scendere nei dettagli, se volevo rispettare la scadenza di Blake.

«Stai valutando la sua offerta come inserzionista?»

«Non lo so». Ero ancora indecisa sulla questione.

«Blake lo sa che ti ha contattata?», mi chiese, spalancando i suoi grandi occhi castani.

«No», risposi, rivolgendole uno sguardo eloquente per farle capire che non volevo che lo sapesse. L'ultima volta che avevo visto Isaac Perry, Blake l'aveva preso per il collo e sbattuto contro il muro minacciando di mutilarlo se avesse osato toccarmi. Non volevo difendere il comportamento di Isaac di quella sera, né avevo intenzione di perdonarlo, esattamente come Blake, ma si trattava di affari.

«Non gli farà piacere se lavorerai con lui».

Infilai il portatile nella borsa. «Pensi che non lo sappia?».

Le conoscenze di Blake influenzavano più decisioni strategiche di quanto volessi ammettere.

«Quindi cos'hai intenzione di fare? Se non l'hai ancora liquidato, significa che Perry ha fatto un'offerta incredibile», disse Alli, sporgendosi sulla mia scrivania.

«Il Perry Media Group rappresenta dozzine di pubblicazioni multimediali sparse in tutto il mondo. Non sto dicendo che mi fido, ma posso almeno sentire cos'ha da dirmi».

Lei scrollò le spalle. «Avrai il mio sostegno qualsiasi decisione prenderai per il bene dell'azienda. E posso anche parlarci io, se tu non te la senti».

«Grazie, Alli, ma preferisco pensarci io. Ora devo andare, Blake mi sta aspettando. Ne riparliamo».

«Ah, avete un appuntamento?», mi chiese, illuminandosi. Il suo lato professionale sparì per fare spazio all'energica migliore amica che rallegrava ogni mia giornata.

«Sì, abbiamo da fare. Ci vediamo dopo», risposi, cercando di non sembrare troppo misteriosa, prima di svignarmela dall'ufficio mentre la salutavo con la mano.

Un minuto dopo mi ritrovai nella calura di agosto. Il traffico dell'ora di punta avanzava lentamente, e il mio telefono squillò prima ancora che potessi muovere il primo passo in direzione di casa. Con un lamento ripescai il cellulare dalla borsa: Blake poteva essere fin troppo insistente. Guardai lo schermo, in cui era apparso un numero di Chicago.

«Pronto?», risposi incerta.

«Erica?»

«Sì, chi parla?»

«Sono io, Elliot».

Mi portai una mano alla bocca, cercando di nascondere lo stupore nel sentire il nome del mio patrigno. «Elliot?»

«Hai un minuto? È un brutto momento?»

«No, va bene». Spinsi la porta del Mocha, il bar sotto l'ufficio, per sfuggire all'afa. «Come stai? Non ti sento da una vita».

«Sono stato occupato», rispose con una risatina.

Sorrisi tra me e me. Non sentivo quel suono da tanto tempo. «Capisco. Come stanno i bambini?»

«Benissimo, crescono troppo in fretta».

«Me lo immagino. E Beth?»

«Sta bene anche lei. È tornata al lavoro ora che i piccoli vanno a scuola, così si tiene impegnata. Non stiamo fermi un attimo». Poi si schiarì la voce e fece un respiro profondo. «Senti, Erica, so che non sono stato proprio bravissimo a tenermi in contatto e mi sento in colpa. Mi sarebbe davvero piaciuto assistere alla tua laurea, ma la situazione qui era un po' frenetica...».

«Non ti preoccupare, Elliot, lo capisco. Sono successe tante cose».

«Grazie», disse con un sospiro. «Sei sempre stata molto giudiziosa, anche da piccola. A volte penso che tu abbia gestito la situazione molto meglio di me. Sono sicuro che tua madre sarebbe orgogliosa della donna che sei diventata».

«Grazie, lo spero». Chiusi gli occhi, lasciando che il ricordo di mia madre mi invadesse la mente. Nonostante mi mostrassi forte, il mio cuore sanguinava al pensiero di quando eravamo felici, tutti e tre insieme. Quel periodo si era interrotto bruscamente quando a mia madre fu diagnosticato un tumore che si diffuse in poco tempo e ce la portò via troppo presto. Dopo la sua morte le nostre vite avevano preso direzioni diverse, ma speravo che Elliot avesse trovato la felicità con la nuova moglie e i figli, anche se questo mi era costato un'infanzia normale. Ero cresciuta in collegio e poi all'università, e non riuscivo a immaginare come sarebbe potuto essere diversamente. Quel percorso mi aveva portata fino a Blake e la mia vita aveva finalmente iniziato a prendere forma, una volta finiti gli studi.

«Ultimamente ho pensato molto a Patricia. Non riesco a credere che siano passati quasi dieci anni. A volte il tempo vola, e mi sono reso conto da quant'è che non ci sentiamo».

«Vero. Gli ultimi anni sono stati parecchio caotici, soprattutto quest'ultimo periodo. Se prima pensavo di essere impegnata, ero pazza».

Tra il lavoro e la mia relazione con Blake c'erano stati già diversi sconvolgimenti, e quando le acque sembravano calmarsi, ecco che succedeva qualcosa che scombinava di nuovo tutto.

«Allora, ho intenzione di passare a Boston. Non posso tollerare il pensiero che sia il decimo anniversario senza… be', sai, un qualche tipo di commemorazione. Glielo dobbiamo».

Le mie labbra si incurvarono in un sorriso triste. «Sarebbe bello, mi piacerebbe».

«Ottimo. Allora vedo cosa riesco a fare».

«Fammi sapere quando vieni, così mi organizzo di conseguenza».

«Perfetto. Ne parlo a Beth e ti faccio sapere cosa decidiamo».

«Non vedo l'ora. Mi farebbe tanto piacere rivederti e conoscere la tua famiglia, ovviamente». *La tua famiglia*. Era strano pronunciare quelle parole.

«Stammi bene, Erica. Ci sentiamo».

Lo salutai e subito arrivò un'altra chiamata. Il mio cuore accelerò quando vidi il numero di Blake.

*Merda.*

Entrai in casa e posai la borsa sul bancone della cucina. Le luci erano spente, ma il sole del pomeriggio filtrava attraverso le tende. Arrivata in salotto sentii la voce di Blake.

«Sei in ritardo».

Mi girai e lo vidi al mobile bar dall'altra parte della stanza: era senza maglia, scalzo e aveva un bicchiere in mano. Sul suo viso non si leggevano emozioni, eppure mi guardava con una tale intensità che mi fece entrare in agitazione. I suoi occhi verdi sembravano brillare nell'oscurità della stanza. Aveva la mascella serrata, la rilassava solo per bere.

«Scusami, ho ricevuto una chiamata…».

«Vieni qui».

Non finii la frase; non avremmo parlato della chiamata inaspettata di Elliot, almeno non in quel momento. C'era qualcosa di strano nel modo in cui mi guardava, e aveva pronunciato quelle parole con un tono duro.

Camminai lentamente verso di lui, fino ad arrivargli a pochi centimetri di distanza, tanto da sentire il calore che emanavano i nostri corpi. Blake era senza dubbio affascinante, un perfetto esempio di bellezza maschile. Alto e snello, il suo corpo mi faceva puntualmente perdere lucidità. E fu quello che successe anche in quel momento. Gli toccai il petto, incapace di resistere a quella vicinanza, e i suoi muscoli si irrigidirono.

«Togliti la camicetta», mi disse.

Lo guardai negli occhi, ma non c'era traccia di umorismo nel suo sguardo. Era lì davanti a me, come una statua, una bellissima scultura, fredda e immobile. Gli sfiorai gli addominali con le dita, che feci poi scivolare sulla cintura dei jeans all'altezza dei fianchi.

«Stai bene?», chiesi a bassa voce. L'avevo già visto in quello stato e non c'era bisogno che mi dicesse niente, perché sapevo già che qualcosa lo infastidiva.

Ebbe un sussulto quasi impercettibile. «Tra un minuto starò meglio».

Sapendo di cosa aveva bisogno, mi tolsi la camicetta e la lasciai cadere per terra.

«Meglio?». Inclinai la testa di lato, sperando di tirare fuori la parte allegra di lui.

Il suo sguardo non cambiò, restò di ghiaccio. «Non farmi più aspettare, Erica».

La sua voce era pericolosamente bassa. Trattenni il respiro, cercando invano di controllare le reazioni del mio corpo. Un potente misto di desiderio e aspettativa offuscò i dettagli della giornata appena trascorsa per farmi concentrare solo su quel momento e su quell'uomo dispotico che stava per mandare al diavolo il suo autocontrollo con il mio corpo.

Spostai la mano sulla sua erezione e iniziai a massaggiare attraverso la stoffa dei jeans.

«Ora sono qui, mi farò perdonare».

«Certo che ti farai perdonare», disse, afferrandomi il polso.

Lo guardai lasciare la presa e portare la mano sul mio petto. Quel semplice contatto mi scaldò. Abbassò la coppa del reggiseno per accarezzarmi e far scivolare il pollice sul capezzolo. Mi abbandonai a quel movimento circolare, colta da un fremito di piacere.

Gemetti e lui strinse di più. Trattenni un sospiro ma non lo spinsi via. Piegò le labbra all'insù e un lampo di malizia gli attraversò lo sguardo.

«Spogliati e vai al tavolo».

Eccola la parte allegra, ma c'era anche qualcos'altro.

Aggrottai le sopracciglia guardando il grande tavolo di legno al centro della stanza. Prima che potessi dire qualsiasi cosa, mi diede una pacca sul sedere e mi spinse gentilmente da quella parte. Mi sfilai la gonna, il reggiseno e gli slip e mi girai verso il tavolo, appoggiando le mani sulla superficie. Al centro notai delle corde ammassate.

«Giù», disse con tono secco, mettendomi la mano sulla spalla e spingendo leggermente. Allungai le braccia davanti a me e sussultai quando la parte anteriore del mio corpo fu a contatto con la superficie fredda del tavolo e le cosce premettero contro il bordo. Ero come prigioniera e non riuscivo a capire più nulla, tranne che Blake aveva il controllo della situazione. E gliel'avevo permesso io.

Non appena la giornata lavorativa finiva ed entravo nell'appartamento in cui ora vivevamo insieme, dovevo combattere contro la maggior parte dei miei istinti. Cedevo il controllo all'uomo che amavo, confidando nel fatto che avrebbe pensato a entrambi. E così era, ma a volte non riuscivo a sopprimere l'impulso di ribellarmi, almeno un po', per fargli capire che non avrei smesso di lottare.

Fece scorrere la sua mano fredda sui miei glutei e mi irrigidii. Mi morsi il labbro e mi preparai a quello che sarebbe venuto dopo.

«Sei arrivata con venti minuti di ritardo. Sai cosa vuol dire?».

Prima che potessi rispondere mi sculacciò. Gemetti, ma poi quel dolore si trasformò in un calore che mi invase. Mi inarcai, muovendomi contro di lui.

«Mi punisci?», gli chiesi con calma.

«È quello che vuoi?»

«Sì». Il tono mansueto delle mie risposte continuava a stupirmi, visto quanto ci eravamo spinti oltre e quanto amavo l'oscurità che avevamo trovato l'uno nell'altra. Ammettere quanto mi piacesse richiedeva ancora un certo coraggio.

«Benissimo. Ti darò venti sculacciate e voglio che le conti, altrimenti prendo la cintura».

Senza indugiare mi sculacciò di nuovo, abbastanza forte che potei sentire l'eco della botta. Rimasi un istante senza fiato, ma poi parlai subito.

«Uno».

«Brava», disse, e colpì di nuovo.

«Due».

A ogni sculacciata mi irrigidivo e mi eccitavo sempre di più. Non riuscivo a capire il perché, ma Blake mi faceva impazzire. Quando arrivammo alla decina mi tenevo stretta al tavolo, più che pronta al piacere che sarebbe seguito a quel gradevole dolore.

*Venti.*

Sospirai e lasciai che il mio corpo si rilassasse contro il tavolo. Il sollievo durò poco, perché Blake mi tirò per i capelli per farmi alzare.

«Su».

Mi sollevai e lui mi girò. Mi sembrò sul punto di parlare, invece fece aderire i nostri corpi. La sua pelle bruciava contro la mia, e all'improvviso lo desiderai ancora di più. Unì le nostre labbra, e il sapore dello scotch si mescolò al suo profumo di muschio. Schiusi la bocca, invitandolo a entrarvi; volevo sentire il suo sapore sulla lingua. Ma Blake interruppe il contatto tirando indietro la mia testa.

«Sei troppo avida».

Mi imbronciai a quell'accusa.

«Sei viziata e non ascolti mai».

«Invece sì che ascolto», protestai.

«Forse sì, ma non obbedisci. Ora basta giocare, devi imparare a comportarti e ho intenzione di insegnartelo».

Lottai contro la paura che mi attanagliava, la paura dell'ignoto. «Scusa».

«È un buon inizio. Mettiti sul tavolo».

Esitai un istante, ma poi mi sedetti sul bordo. Lui scosse la testa e mi spinse.

«Al centro, sbrigati».

Inarcai le sopracciglia, ma non replicai. Quando mi fui sistemata, lui fece il giro del tavolo e prese la corda.

«Sdraiati».

Obbedii. Blake afferrò il mio polso e mi fece allungare il braccio fino all'angolo. Con una velocità e un'abilità impressionanti, mi legò le braccia alle gambe del tavolo. Quando si spostò alle caviglie, testai la corda: era resistente. Mi legò una gamba e poi l'altra finché non mi ritrovai a X sul tavolo.

«Molto meglio», disse, stringendomi leggermente il polpaccio.

Mi sentii avvampare al pensiero di quanto fossi vulnerabile. Volevo dirgli che era troppo e le parole erano sul punto di uscire, ma l'eccitazione ebbe la meglio: avevo bisogno di lui, di qualsiasi cosa stesse escogitando quella sua mente diabolica. Il disagio aumentò quando Blake si allontanò, fino a non rientrare più nel mio campo visivo.

«Dove vai?», chiesi, cercando di mascherare l'ansia nella voce.

«Tranquilla, non me ne vado. Non quando sei lì sul tavolo come un bel banchetto».

Lo sentii riempire un bicchiere di ghiaccio e poi versarsi da bere. Tornò e mi si parò davanti, portandosi alle labbra il bicchiere e nascondendo un accenno di ghigno sul suo viso bellissimo. Qualcosa nella sua espressione mi fece capire che mi aspettava una lenta tortura. Il desiderio che sentivo dentro aumentò, ormai ero completamente alla sua mercé.

Passarono secondi che sembrarono minuti; il mio petto si alzava e si abbassava a ritmo del respiro, che scandiva l'attesa. Attesa di che cosa? Non ne avevo la minima idea, ma le varie possibilità mi elettrizzavano.

Bevve l'ultimo sorso e posò il bicchiere sul tavolo, tra le mie gambe. Dopodiché vi immerse la mano e il rumore del ghiaccio fu seguito dallo shock del freddo sulla mia pelle. Mi disegnò lentamente una scia bagnata nella parte interna della gamba, fino ad arrivare all'interno coscia. Tremai e mi irrigidii mentre lui passò dai miei fianchi al ventre. Mentre il cubetto si scioglieva lentamente sull'ombelico, Blake ne prese un altro.

Fece il giro del tavolo e si fermò di lato. Fece scorrere il secondo cubetto sui miei capezzoli, indugiando su ognuno. Era quasi doloroso, ma soffocai una protesta: non potevo rischiare altre punizioni che avrebbero ritardato l'averlo dentro di me. Si abbassò e sostituì il freddo del ghiaccio con le sue labbra calde e umide. Strinse i capezzoli tra i denti, mentre la mano fredda scendeva tra le mie gambe. Scivolò facilmente tra le pieghe della mia intimità e mi stuzzicò il clitoride. «Ti piace quando ti lego, piccola?».

Mi passai la lingua sulle labbra secche e annuii velocemente. Mi piaceva davvero? Non ne ero sicura, ma sapevo per certo che non volevo che si fermasse, e non volevo dire niente che gli impedisse di darmi piacere come solo lui poteva fare. Ero quasi al limite, ed era così intenso da essere quasi insopportabile. Diedi uno strattone e le corde mi sfregarono la pelle.

«Basta ribellarsi, Erica».

Si alzò privandomi del suo tocco e della sua vicinanza.

«Non avevi fretta?», protestai, cercando di controllare il desiderio sempre più ardente ogni minuto che passava. Maledetti lui e quella corda del cavolo.

«Sì, ma poi il pensiero di punirti ha smorzato l'urgenza. Adesso mi sto solo divertendo», disse con un ghigno.

Chiusi gli occhi. Cercai di rilassarmi respirando profondamente, e a quel punto sentii qualcosa di freddo tra le gambe. Gridai per la sorpresa, ma anche per una sensazione che non ero sicura fosse disagio. Il clitoride pulsava contro il ghiaccio che lui stava facendo scivolare sul mio sesso. Trattenni l'aria mentre lo spostava dai punti più sensibili e lo infilava con delicatezza nella mia intimità. Quando pensai che mi avrebbe dato tregua, un leggero tocco sostituì il ghiaccio. Quanto ancora sarebbe riuscito a torturarmi così e a tenere sotto controllo i suoi desideri? Quanto ancora *io* avrei resistito? Stavo per esplodere.

«Blake… non ce la faccio più, mi stai uccidendo».

«Come ci si sente ad aspettare? A desiderare?».

Serrai la mascella, cercando di distrarmi dal terribile dolore tra le gambe. Non riuscivo a fare a meno di dimenarmi, pur sapendo che non l'avrei comunque convinto a scoparmi subito.

«Lo odio».

«Vuoi che smetta?»

«Sì», dissi disperata.

Lui si avvicinò e le sue labbra mi sfiorarono la pelle sensibile del collo, poi tracciò la linea del mio orecchio con la lingua, continuando la sua lenta tortura.

«Supplica».

Mi venne la pelle d'oca. Mi inarcai contro l'aria, lui non mi stava quasi più toccando.

«Dimmi quanto lo vuoi. Devo sentirtelo dire».

«Blake… ti prego, scopami e basta».

«Sembrava un ordine, io voglio una supplica».

Gemetti e lui si allontanò; ormai non mi sfiorava nemmeno.

«Blake!». Ero furiosa e disperata.

«Sottomettiti».

Sobbalzai al tono tagliente della sua voce.

«Ti devi sottomettere se vuoi venire, Erica. Basta giocare, basta mettermi alla prova».

Deglutii, lottando contro l'istinto di ribellarmi a quell'ordine. *Sottomettiti.* Sentii un groppo in gola, come se la parola fosse bloccata lì finché non avessi deciso di accettare. Quella parola aveva un significato profondo. Sottomettersi sembrava più facile quando lo avevo dovuto convincere a prendersi quello di cui aveva bisogno.

Ora lo stava facendo. Non stava chiedendo e non stavamo negoziando.

Chiusi gli occhi, sforzandomi di ascoltare la voce nella mia testa che mi diceva di rilassarmi, di lasciarmi andare.

«Non rendi le cose facili».

Volevo che capisse perché facevo resistenza e magari che lasciasse correre. Anche quando faceva il dominatore, a volte mi aveva permesso di ribellarmi.

«Mi sono occupato di problemi urgenti tutto il giorno. Dopo il lavoro voglio venire a casa da te, e non voglio combattere così ogni volta. Se devo, lo faccio, ma sappi che non te lo chiederò sempre gentilmente e non ti renderò le cose facili, quindi abituati a sottometterti. Sei nuda, legata al tavolo e ti manca pochissimo per venire. Vuoi venire?»

«Sì, non sai quanto».

«Allora supplica».

«Per favore…», dissi piano.

«Ti ascolto, Erica. "Per favore" cosa?»

«Per favore, fammi venire. Voglio le tue mani su di me. Farò tutto quello che vuoi, te lo giuro».

«La prossima volta che te lo chiederò, ti farai trovare a casa nuda?»

«Sì».

Mi sfiorò il clitoride con le dita, al che trattenni il respiro e sollevai il bacino contro il suo tocco, ma lui mi schivò subito.

«Giuri?»

«Giuro. Cristo, farò tutto quello che vuoi».

«E non dovrò dirti di nuovo come fare per sottometterti, vero?»

«No», dissi, scuotendo la testa con enfasi.

Sentii il calore della sua mano dove più lo volevo e resistetti all'impulso di premere il mio corpo contro di lui.

*Porca puttana, è una tortura.*

Ogni cellula del mio corpo si tendeva verso il suo tocco, ma non avevo il controllo. Era questa la realtà che non volevo accettare, ma in qualche modo dovevo fidarmi completamente di lui. Quella consapevolezza fece sciogliere qualcosa dentro di me. Mi lasciai andare sul tavolo, senza più lottare. I miei muscoli si rilassarono e la mia cominciò a vorticare, così come il mio corpo, perso nell'immenso desiderio che avevo di lui.

Poi mi toccò, coprendo la mia intimità con il palmo della mano e tenendola stretta.

«Questa è mia, e tu non vieni finché non te lo dico io, hai capito?».

Lo guardai, gli occhi annebbiati dal desiderio. Ancora pochi secondi e avrei urlato per quanto ero nervosa, come se in qualche modo la sua frustrazione fosse passata a me.

«Tutto quello che vuoi, Blake».

Il suo sguardo si addolcì un po' alla mia affermazione, poi mi penetrò con due dita. Aprii la bocca emettendo un sospiro di sollievo, e mi strinsi fremente intorno a lui, desiderando che mi penetrasse, ma grata che ci fossero almeno le sue dita. Premette e con movimenti circolari mi stuzzicò il clitoride. Gemetti per il suo tocco così intenso, sollevata e scombussolata allo stesso tempo. Mi sentii tornare in vita, la mia pelle bruciava ed ero di nuovo pronta per lui.

Cristo, quell'uomo aveva il dono di farmi sentire quanto il mio corpo avesse bisogno del suo, e mi dovetti trattenere per non sollevare i fianchi.

*Supplica.*

La sua richiesta mi rimbombò in testa, appassionata e implacabile. Il mio sesso pulsò, sentii il sangue scorrere nelle vene e un ronzio nelle orecchie: stavo raggiungendo l'orgasmo, inarrestabile, e non avevo intenzione di rinunciare, né per orgoglio né per altro.

«Non ti fermare. Ti prego, non ti fermare».

«È questo che voglio sentire, piccola. Mi vuoi dentro di te?»

«Cristo, sì».

«Prima vuoi che ti faccia venire?».

Vidi un turbinio di colori e i muscoli si tesero. Aprii gli occhi di scatto quando mi resi conto che non mi aveva ancora dato il permesso di venire. Incrociai il suo sguardo e notai che aveva le palpebre socchiuse a causa dello stesso desiderio che stavo provando io.

«Per favore, Blake, fammi venire. Ti prego…».

Si abbassò per baciarmi, le nostre labbra si sfregarono e le lingue si scontrarono, mentre le sue dita continuavano il loro lavoro, penetrandomi delicatamente, portandomi al limite. Quel piacere bruciante mi travolse, come se l'unica cosa al mondo che avesse un senso fossero i punti in cui i nostri corpi erano in contatto, le sensazioni che mi stava facendo provare. Ne ero appagata e nello stesso tempo provavo un disperato bisogno di averlo. Un intenso calore mi attraversò e iniziai a tremare per lo sforzo di resistere all'orgasmo.

«Oddio», piagnucolai, perdendo il contatto con la realtà. «Ti prego, ti prego, ti prego».

«Vieni, Erica. Subito», mi disse contro la bocca mentre approfondiva il suo tocco intimo.

Restai senza fiato. Essendo legata non potevo affrettare né controllare niente. Le sue parole, il suo ordine, mi avevano distrutta. Mi possedeva, ero *sua*. Alla sua mercé, sotto il suo comando, venni con un gemito. Strinsi forte i pugni e rimasi con i muscoli in tensione mentre fremevo dal piacere.

Per un istante perfetto, il mondo rimase in silenzio. Stavo ancora tremando quando mi lasciò per andare a slegarmi le caviglie. Provai sollievo per essere di nuovo libera. Pochi secondi dopo Blake era completamente nudo sopra di me. Mi fece allacciare le gambe intorno ai suoi fianchi e iniziò a penetrarmi.

«Sono così eccitato che fa male. Voglio scoparti così a fondo che la prossima volta non ti scorderai a chi appartieni, piccola. Ti farò venire ancora e ancora, finché non ti sarai convinta che ti darò quello che entrambi vogliamo».

Avevo perso la voce per l'estasi e annaspavo, in attesa di quello che mi avrebbe fatto. Aveva i muscoli tesi e mi mise un braccio intorno alla vita. I suoi occhi verdi erano più scuri del solito e aveva le pupille dilatate, il suo sguardo era incatenato al mio. Allora lo vidi: l'uomo, ma anche l'animale che viveva appena sotto la superficie.

Tutto questo gli serviva. Gli serviva che io fossi così.

«Blake». Mi leccai le labbra, secche per il respiro irregolare. «Baciami. Ti prego».

La tensione e la determinazione dei suoi lineamenti lasciarono spazio a qualcos'altro, e lo sentii quando le nostre labbra si incontrarono: fu più delicato, ma non meno appassionato. Era amore, lo riconobbi. Nonostante le sue fissazioni e la mania di controllo esasperante, amavo quell'uomo. Lui aveva bisogno di tutto questo, e io dovevo essere così per lui.

«Ti amo», gli dissi subito dopo aver interrotto il bacio.

Il suo sguardo intenso mi fece bruciare. Il desiderio che vibrava nel suo corpo sembrò placarsi per un secondo. Poi si abbassò di nuovo e sfiorò le mie labbra con le sue delicatamente.

«Non posso neanche respirare senza di te. Mi distruggi e poi rimetti insieme i pezzi. Accetti tutto di me e continui ad amarmi».

L'interrogativo che lessi nei suoi occhi e l'insicurezza delle sue parole mi spezzarono il cuore.

«Blake... sono tua. Voglio tutto questo, voglio ogni parte di te». Sentii un groppo in gola, completamente diverso da quello di prima. Il mio desiderio e il mio amore struggente esplosero. Le nostre bocche si incontrarono ancora e Blake infilò la lingua mentre affondava dentro di me. Il mio sesso si strinse attorno al suo, che spinse ancora più in fondo. Eravamo vicinissimi, le nostre anime erano unite come i nostri corpi. Uscì e rientrò, andando ancora più in profondità. Gemetti; il suo corpo era teso sopra al mio e tremava per lo sforzo di trattenersi. Lo sentii anch'io quel bisogno di lasciarsi andare, di affogare nel desiderio selvaggio.

Potei vedere il fuoco nei suoi occhi mentre mi afferrava la nuca e si appoggiava su un gomito. Incrociai le caviglie attorno ai suoi fianchi e sentii il suo bicipite flettersi attorno alla mia vita. Poi si mosse forte, proprio come volevo, e la frizione mi portò quasi all'orgasmo. Aprii la bocca in un grido silenzioso che trovò voce quando spinse di nuovo dentro di me. Veloce, senza pietà e rude, uno dei tanti modi in cui adoravo averlo.

A quel ritmo venni di nuovo, il mio sesso stretto attorno a lui mentre facevo aderire le mie cosce ai suoi fianchi. Anche lui raggiunse l'apice, e il suo orgasmo fu la continuazione del mio. Premette il suo corpo contro il mio tenendoci entrambi attaccati al tavolo, in una corsa per avere sollievo, col mio nome sulle labbra.

# Capitolo due

Acavalcioni su Blake, gli facevo un massaggio con i pollici ai muscoli delle spalle. Non sentivo reazioni e iniziavo a chiedermi se quello che stavo facendo avesse un minimo effetto su di lui. Poi emise un piccolo gemito, quindi sorrisi e appoggiai la fronte sulla sua schiena. Gli baciai la pelle profumata e respirai il suo odore. Per una ragione inspiegabile, rilassai i muscoli anch'io. Il suo profumo di muschio misto al sudore dell'amplesso quasi mi sopraffece. Sarei potuta rimanere così tutto il giorno.

«Hai un profumo fantastico», gli dissi, prima di premere le labbra sulla sua pelle, baciandolo e respirandolo. Lui rise. Tirai fuori la lingua per assaggiarlo, come se il suo odore non fosse abbastanza, come se andare in estasi legata al tavolo, sottomessa, non fosse abbastanza. Blake Landon era la mia droga, la mia ossessione, un'abitudine che avevo intenzione di non perdere mai.

Iniziai a concentrarmi su di lui con le labbra e i denti, mentre lo massaggiavo e facevo scivolare le dita sul suo corpo con urgenza. In un lampo mi disarcionò e mi ritrovai sulla schiena con il suo meraviglioso corpo nudo tra le gambe.

«Stai cercando di farti scopare di nuovo? Perché se è così stai facendo un ottimo lavoro».

Ridacchiai e lui sorrise in risposta. Poi mi afferrò i polsi per fermarli ai lati della mia testa, e mi accarezzò i punti in cui la corda aveva sfregato. Gli lessi negli occhi un velo di preoccupazione, quindi mi liberai e gli presi il viso tra le mani per farlo concentrare su di me.

«Sto bene, non iniziare a sentirti in colpa».

«Non volevo farti male».

«Fidati, non ho sentito niente. In quel momento sentivo solo te, su di me e dentro di me. È stato così intenso che quello che di solito fa male ha solo amplificato il piacere. E lo sai bene che mi piace, quindi non fare il cucciolo ferito».

«Ma ora ti fa male. Se ti vengono i lividi?»

«Chi se ne importa. La prossima volta non mi ribellerò. Volevi darmi una lezione, no?».

Mossi le anche sotto di lui, sfregandomi contro la sua erezione calda e pulsante sulla mia pancia. Inarcai le labbra in un sorriso. Volevo il Blake allegro e non avevo intenzione di farlo vergognare dei suoi bisogni, che piano piano stavano diventando anche i miei.

Dopo essere stata violentata quattro anni prima, non avrei mai creduto che sarei stata in grado di cedere a qualcuno il controllo che stavo concedendo a Blake. Ma lui mi aveva mostrato come lasciarmi andare, mi aveva fatto capire cos'era il vero desiderio, qualcosa di più profondo e intenso di qualsiasi altra sensazione avessi mai provato.

Lottavo per avere il controllo solo per farmelo togliere da lui con quei suoi modi prepotenti. Abbatteva ogni resistenza finché non rimaneva altro che il desiderio, e ormai non volevo né riuscivo a immaginare qualcosa di diverso.

Feci scorrere due dita lungo la ruga che gli solcava la fronte.

«Comunque, cos'hai? Prima mi sembravi sconvolto».

Si stese di schiena e fissò il soffitto. Prima che potessi insistere, sentii una porta sbattere e poi il suono attutito di due voci. Saltai velocemente giù dal letto e chiusi a chiave la porta della stanza. Tornai da Blake per rannicchiarmi tra le sue braccia, appoggiando pigramente una gamba sulla sua coscia.

Dal corridoio udimmo un tonfo che rimbombò fino in camera, seguito poi da una risatina e da un gemito. Sorrisi: Alli e Heath, di nuovo. Ma chi ero io per giudicare? Grazie al cielo non erano entrati durante il nostro giochino nella sala da pranzo, perché non avrei saputo come spiegarlo a Alli. Non le avevo mai parlato dei gusti di Blake tra le lenzuola e, almeno per il momento, preferivo continuare a lasciarla all'oscuro.

«Dovremmo fare un viaggio», disse all'improvviso Blake.

«Sono sicura che presto troveranno una casa», replicai, sospirando.

«Non abbastanza presto. In più non stiamo fuori insieme da… be', da Las Vegas. Un fine settimana lungo ci farà bene. Voglio stare un po' con te, solo noi due, senza distrazioni».

Una serie di eventi inaspettati, la maggior parte dei quali orchestrata da Blake, ci aveva fatto arrivare dove eravamo. Las Vegas era stato un punto di svolta, e il ricordo della nostra prima volta insieme mi scaldava ancora. Allora c'era stato solo desiderio fisico tra noi, ma poi era diventata un'ossessione e, in un certo momento, mi ero innamorata di lui.

«Non credo di potermi prendere una pausa dal lavoro, adesso». Le ultime ore mi avevano fatto dimenticare Risa, Max e le loro macchinazioni, ma piano piano la realtà era tornata ad affollarmi i pensieri.

«Ce lo meritiamo. Andiamo via per qualche giorno. Ci sarà sempre qualcosa da fare e qualcuno che avrà bisogno di noi, ma niente che non possa aspettare un paio di giorni».

Inarcai le sopracciglia, l'irrefrenabile lavoratrice che era in me non era ancora del tutto convinta. «Sicuro?»

«Certo. Anzi, ho appena deciso che non ti darò scelta: partiamo domani dopo il lavoro».

Sorrisi, già elettrizzata. «Cosa mi devo portare?»

«Ci penso io al bagaglio».

«Non c'è bisogno».

«Non credo che passeremo molto tempo vestiti, quindi non importa. Bikini e qualche tanga dovrebbero bastare».

Risi e gli diedi uno schiaffetto. Lui mi prese la mano e brontolò, portandomi sopra di lui.

«Fino ad allora, dovremmo fare un po' di casino anche noi».

Risi di nuovo e scossi la testa. «Non puoi essere da meno. Sei incorreggibile».

«Fidati, non mi interessa sentire il mio fratellino che fa sesso. L'unico modo perché gli arrivi il messaggio è restituire il favore. Devo solo trovare come farti urlare».

Il mio sorriso svanì. Blake mi abbracciò stretta, facendo bruciare ogni porzione di pelle che sfiorava.

«Ho l'impressione che tu sappia già molto bene come fare».

Sentii bussare alla porta e aprii gli occhi. Blake si mosse dietro di me, ma non si svegliò.

«Erica, sei in piedi?», disse la voce dietro la porta.

Mi infilai la maglietta di Blake e guardai che lui fosse coperto, poi aprii. Alli era sveglissima e pronta per andare al lavoro.

«Che succede?», chiesi, aggrottando le sopracciglia. «Che ore sono?»

«Le otto. Vestiti, devo farti vedere una cosa».

La studiai con gli occhi assonnati, ma non ero abbastanza sveglia per pensare a qualcosa che non fosse il desiderio di tornare a letto tra le braccia di Blake. «Che succede?»

«Preparati, ci vediamo in ufficio».

«Perché...».

Prima che potessi finire la frase sparì nel corridoio, e la porta si chiuse pochi secondi dopo. Mi girai e andai in bagno. Blake stava ancora dormendo quando finii la doccia. Mi vestii in fretta e lo fissai per un attimo, godendomi la rara espressione serena che aveva mentre dormiva. In genere era lui quello che si svegliava presto, ma era stata una lunga notte. Alcune sere non ne avevamo abbastanza l'uno dell'altra, e quella scorsa era già diventata mattina quando il sonno ci aveva colto. Gli diedi un bacio sulla guancia e uscii per andare al lavoro.

Quando entrai in ufficio, tutta la squadra era accalcata intorno a James, con gli occhi incollati allo schermo. Mi unii a loro, ma non capii subito cosa stavo guardando.

«Che succede?»

«Questo sito. PinDeelz, lanciato ieri sera», spiegò Alli.

«Tutti gli utenti di Clozpin hanno ricevuto un messaggio, inclusi noi. Molto discreto».

Mi chinai sulla spalla di James, mentre lui navigava su un sito che, nonostante il marchio differente, era molto simile al nostro. Sentii un nodo allo stomaco quando vidi che in ogni pagina c'erano annunci di Bryant, uno dei nostri maggiori inserzionisti che avrebbe dovuto rinnovare il contratto con noi per il mese successivo.

*Stronzo.*

Mi alzai e sparii nel mio ufficio, dove accesi il computer per continuare a esaminare il sito. Sulla pagina CHI SIAMO si leggevano il nome di Max come fondatore e quello di Risa come direttrice operativa. Non fui sorpresa che quello di Trevor non comparisse, ma sapevo benissimo che l'hacker che per mesi, forse anni, aveva cercato di rovinare le attività di Blake era stato cruciale per l'avvio del sito avversario, anche se ciò aveva significato per lui prendersi una pausa dall'attacco costante nei confronti degli affari miei e di Blake.

Ero arrabbiata, capivo a malapena cosa stava succedendo. Io e Sid avevamo impiegato mesi a perfezionare Clozpin per renderlo quello che era. I nostri successi, gli errori e le lezioni erano stati copiati e migliorati in un attimo.

Alli si unì a me, sedendosi sulla sedia all'altra parte della scrivania; la mia preoccupazione era la stessa dipinta sul suo viso. Si tormentò il labbro, ma non disse niente. Dentro di me provavo una furia cieca, volevo fare la scenata più violenta che si fosse mai vista; volevo imprecare e, che Dio mi aiutasse, se mi fossi trovata davanti Max e Risa – e Trevor... sarebbe stato un bagno di sangue.

«Non posso credere che l'abbiano fatto davvero».

«Lo so», rispose semplicemente.

«È incredibile che qualcuno covi così tanto rancore nei confronti miei e di Blake da fare una cosa del genere. È un sabotaggio bello e buono».

«Tanto non durano, Erica».

Risi amaramente. «Perché no? Hai conosciuto Risa, quindi sai quant'è determinata, e con i soldi di Max non vedo perché non dovrebbero riuscire a farci fuori. Nel nostro mercato non c'è abbastanza spazio per due siti che offrono servizi tanto simili».

«Non dire così. Di sicuro non siamo vicini al fallimento. Da quando sono tornata ho parlato con diversi potenziali clienti. Stiamo ancora trattando, ma siamo vicini a chiudere dei contratti. Siamo già avviati e abbiamo esperienza, mi sorprende che Bryant stia rischiando con loro che sono nuovi».

La rabbia montò di nuovo al pensiero di quello che Risa doveva aver detto per adescare uno dei nostri maggiori inserzionisti.

«E ora cosa dovrei fare?»

«Andiamo avanti. Vogliono spaventarci e distrarci, non permetterglielo».

Scossi la testa. Niente di quello che aveva detto aveva migliorato il mio umore, e in realtà neanche le credevo. Stava andando tutto a rotoli e non potevo starmene seduta a guardarli mentre distruggevano quello per cui avevo lavorato.

La mia esasperazione non diminuì nel corso della mattinata. Mi ero tormentata per ore su ogni dettaglio del loro sito, sul paragonare ogni funzione, utile o meno, alle nostre. La mia insicurezza stava avendo il sopravvento e mi stava portando fuori strada. Per l'ora di pranzo, la botta di adrenalina si era calmata e il mio corpo mi ricordò che ero stata sveglia quasi tutta la notte con Blake: mi serviva un caffè.

Andai al Mocha e mi sedetti a un tavolino in un angolo. Giocherellai con il menu, anche se prendevo sempre la stessa cosa. Simone, con i suoi capelli rossi, curve generose e sorriso impertinente, si avvicinò e mi salutò, lasciandosi alle spalle una serie di sguardi ammirati.

«Come sta la mia informatica preferita?»

«Ho visto giorni migliori», le risposi. «Ma credevo che fosse James il tuo informatico preferito».

Lei sorrise e si chinò sul tavolo. «Sì, be', ci stiamo arrivando. Non sono del tutto convinta che non ti venga più dietro».

Lottai contro l'impulso di alzare gli occhi al cielo. Speravo davvero che a James fosse passata, e Simone aveva la mia benedizione. Con la zazzera di capelli nerissimi e il braccio tatuato, James era l'uomo dei suoi sogni; l'unico problema era che aveva male interpretato i segnali quando io e Blake ci eravamo separati. O forse li aveva interpretati bene, capendo che avevo un bisogno disperato di un amico o di qualsiasi cosa potesse riempire il vuoto lasciato dall'assenza di Blake. Mi ero resa conto solo più tardi che niente l'avrebbe mai potuto riempire, se non l'uomo con cui ora dividevo il letto.

«Non penso che ti debba preoccupare di questo, Simone».

Lei si accigliò leggermente. «Non siete mai stati a letto insieme, vero?»

«No», risposi, sgranando gli occhi. «Dio, no».

Simone rise. «Tranquilla, era solo una domanda».

Ma in realtà non lo era. Era il promemoria sgradito di un momento di debolezza tra me e James. Mi sentivo in colpa ogni volta che ci pensavo. All'epoca ero convinta che Blake fosse in combutta con Risa, senza contare la sua ex Sophia, spietata nel cercare di riconquistarlo. Era tutto confuso, non sapevo cosa mi riservava il futuro, finché non mi ero trovata tra le braccia di James in un bacio che subito mi aveva riportata alla dura realtà: se ci fosse stato un uomo nella mia vita, quello sarebbe stato Blake.

«Cos'hai, tesoro? Mi sembri distrutta».

Alzai lo sguardo. «Lo sono. Problemi di lavoro, è una storia lunga».

«Mi fai un riassunto stasera? Magari davanti a un cocktail e con parole semplici, visto che di solito capisco solo la metà della roba che dite».

Ridacchiai. «Stasera vado fuori città con Blake, ma magari riusciamo a berci qualcosa al volo prima di partire. È un problema se lui ci raggiunge?»

«Certo che no. Allora, cosa ti porto?».

Ordinai e mangiai con calma. La maggior parte delle volte mi affrettavo per poter tornare subito al lavoro, ma oggi avevo deciso di soffermarmi a guardare le persone che camminavano davanti alle vetrine del bar. Dietro ognuna di loro c'era una storia e non potevo fare a meno di chiedermi se sarei mai riuscita a fidarmi di nuovo di qualcuno esterno alla squadra. Ingenuamente e senza ascoltare gli avvertimenti di Blake mi ero fidata di Max, abbastanza da considerare l'idea di affidargli la mia azienda prima che se ne occupasse Blake. E Risa… era stata avida, bramosa di imparare e prendersi le responsabilità che avevo un disperato bisogno di delegare, per poi usarle contro di me.

Trattenni le lacrime che minacciavano di uscire. Se lo avessi permesso, sarebbero state lacrime di rabbia per aver imparato la lezione in quel modo.

# Capitolo tre

Passai in rassegna il locale alla ricerca di Simone. Siccome non riuscii a trovarla, decisi di sedermi su uno sgabello e feci un cenno al barista, un po' troppo desiderosa di qualcosa di fresco da bere per dimenticarmi della giornata di merda.

In TV c'era il telegiornale delle diciassette senza volume. Il mio cuore si fermò quando comparve il viso di Mark, seguito da un video di Daniel, probabilmente durante la campagna elettorale. In basso si leggeva il titolo: SI INDAGA ANCORA SULLA MORTE DI MACLEOD. Mi venne la nausea, volevo che quel capitolo della mia vita rimanesse chiuso, probabilmente tanto quanto lo voleva Daniel. Non riuscivo a capire cosa c'era ancora da dire dopo il presunto suicidio di Mark, e forse preferivo non saperlo. Stavo per chiedere al barista di alzare il volume quando qualcuno arrivò alle mie spalle.

«Ciao».

Sobbalzai e mi ritrovai davanti James, con un sorriso incerto. Aveva una maglietta con le scritte che si adattava perfettamente all'uomo tatuato che la stava indossando.

«Oh. Ciao».

Inarcò le sopracciglia. Non stavamo da soli, o comunque faccia a faccia, da un bel po' di tempo. Al lavoro era tutto normale, ma non avevamo mai chiarito come avremmo dovuto. Le cose non dette a volte mi pesavano, ed ero stata troppo presa dal dramma con Blake per trovare il tempo di chiarire con James, quindi la questione era rimasta in sospeso. Era acqua passata, ma ogni volta che lui era vicino mi ritornava in mente.

«Scusa, non sapevo che saresti venuto», gli dissi per giustificare l'imbarazzo.

«Simone non te l'ha detto?».

Scossi la testa e cercai di nascondere la mia sorpresa bevendo un sorso. Chissà dove voleva arrivare Simone.

Mi mossi sullo sgabello leggermente a disagio, sentendo il suo sguardo attento che mi studiava. Voleva farmi ingelosire? O farmi vedere che era andato avanti? In quel caso, desideravo che sapesse quant'ero felice che fosse interessato a una persona incredibile come Simone. Non sopportavo l'idea di averlo potuto incoraggiare quando non ne avevo alcun diritto, visto lo stato pietoso in cui mi trovavo poche settimane prima.

«Come va tra voi? È una cosa seria?». Evitai di guardarlo, come se in quel modo potessi nascondere il fatto che cercavo una conferma.

Lui rise e si portò una mano tra i capelli, togliendoseli da davanti agli occhi per guardare la birra che il barista gli aveva appena messo davanti.

«Scusa, ma non me la sento di parlare di donne con te, Erica. È... strano, vista la situazione».

«Hai ragione, scusami». Cristo, poteva andare peggio di così?

Sorrise, alleggerendo un po' la tensione. «Non fa niente. Comunque Simone è una tua amica, no? Sono sicuro che ti avrà raccontato tutto».

Gli sorrisi a mia volta, sollevata. «No, non le ho chiesto niente. Non sono affari miei».

«Sa di… noi?», chiese, indicandoci. Quel gesto riassumeva settimane di tensione in cui avevamo girato attorno a un'attrazione inaspettata saltata fuori all'improvviso.

Scossi la testa. «Insomma, più o meno, ma sa che sto con Blake».

«Giusto», disse con un sospiro di sollievo.

Vederlo così mi fece sperare che quella con Simone non fosse solo una cosa passeggera. Forse non voleva che scoprisse il nostro momento di debolezza proprio come io non volevo che lo venisse a sapere Blake. Mi si rivoltò lo stomaco a quel pensiero. Era già abbastanza geloso di James.

«Come stai? Stamattina sembravi parecchio turbata».

James aveva la particolare capacità di capire come mi sentivo, anche se facevo di tutto per nasconderlo. Non sarebbe servito a niente camuffare il mio vero stato d'animo o far finta che andasse tutto bene.

«Sì, effettivamente lo sono. In tutta onestà, non mi dispiacerebbe ammazzare di botte qualcuno, in questo momento. Non so se sono più delusa dalla pugnalata alle spalle di Risa o dagli effetti che tutto questo avrà sull'attività».

«Immagino, ti fidavi di lei. Che cavolo, ci fidavamo tutti di lei».

Posai lo sguardo sul mio bicchiere. «Mi sento una stupida, avrei dovuto saperlo».

«Non potevi, era impossibile».

«Forse. O forse, se non fossi stata così presa dai miei problemi…».

«Ma se non hai fatto altro che lavorare. Non so in che modo saresti potuta essere più presente. Davvero, la maggior parte delle volte hai dormito in ufficio».

Scossi la testa e ripensai a quel periodo, sentendomi stanca al solo ricordo. Non ero mai stata così esausta, e decisa a volerlo essere. E Risa stava già complottando con Max, anche quando lavoravo senza sosta per farci andare avanti. La mia mente continuava a ripercorrere quegli eventi, ancora e ancora. Ogni volta avevano sempre meno senso e mi convincevo che non avrei davvero potuto fermarli. Cos'avrei potuto fare, in fondo?

Giocherellai con le gocce di condensa che si erano formate sul bicchiere, facendole scivolare sul tovagliolino che le assorbiva subito. James mi accarezzò la spalla.

«Erica», disse a bassa voce.

Alzai lo sguardo, tornando a concentrarmi sul presente, mentre lo sguardo azzurro di James mi trafiggeva.

«Hai sempre noi, hai me. Lo sai che siamo una squadra solida, e riusciremo a superare anche questa. Non darle la soddisfazione di sapere che ti ha sconvolta. Questo weekend prenditi una pausa, la settimana prossima troveremo una soluzione. Preoccuparsi fino a farsi venire un esaurimento nervoso non aiuta. Abbiamo bisogno di te, lo sai?»

«Grazie, James», dissi, sorridendo debolmente.

«Erica», mi chiamò una voce maschile alle mie spalle, mentre una mano possessiva si posava sul mio braccio. Blake era dietro di me e stava fissando James. L'astio nel suo sguardo rifletteva quello di James, che a malapena soppresse un ghigno. Avrei voluto alzarmi e mettermi tra i due per bloccare sul nascere qualsiasi potenziale diverbio.

«Blake».

Non fui sicura di averlo detto ad alta voce finché non mi rispose, continuando però a tenere d'occhio James.

«Dobbiamo andare, altrimenti facciamo tardi».

Lo sguardo di James indugiò sulla mano di Blake che stringeva possessivamente il mio braccio. Serrò la mascella e tese i muscoli del collo, mentre quella brutta sensazione si impadronì nuovamente di me: credeva ancora che Blake mi picchiasse. Volevo smentire quel sospetto, ma non potevo farlo senza rivelare informazioni che non era il caso sapesse.

«Credevo avessimo il tempo per bere un drink», dissi, posando una mano sopra la sua. Spostò lo sguardo su di me, come se quel tocco leggero l'avesse risvegliato.

«Cambio di programma», replicò velocemente.

Annuii e presi la borsa, ansiosa di alleggerire la tensione che si era creata. Mi girai verso James e mi liberai della presa di Blake.

«Ci vediamo la prossima settima», salutai.

James annuì e si girò, io mi irrigidii. Avrei voluto dire qualcosa per sistemare la situazione, ma la gelosia di Blake e il bisogno di James di proteggermi da pericoli immaginari erano ben radicati. Blake frugò nella tasca e posò venti dollari sul bancone, intrecciò le dita con le mie e mi condusse all'uscita.

«Qual è il cambio di programma?».

Uscimmo dal locale mentre il sole del pomeriggio iniziava a tramontare. Prima che mi potesse rispondere, incrociammo Simone.

«Ehi, dove andate?»

«Scusa, Simone, dobbiamo partire prima del previsto», le rispose Blake.

«Ma James è dentro che ti aspetta», aggiunsi allegramente, indicando l'interno.

Spostò lo sguardo da me a Blake. «Okay. Be', voi piccioncini divertitevi».

Le sorrisi timidamente e lasciai che Blake mi guidasse verso l'Escalade parcheggiata davanti al marciapiede. Un attimo dopo entrai nella macchina guidata da Clay, la guardia del corpo che Blake aveva voluto avere a disposizione sempre più spesso, ultimamente.

Scivolai sulla pelle fredda del sedile accanto a Blake. Prima che potessi iniziare a parlare, mi fece sedere a cavalcioni su di lui e posò le labbra sulle mie. Era un bacio dettato dall'urgenza, intenso com'era stato la notte prima. Mi lambì le labbra, sollecitandomi ad aprirle per lui. Lo feci e potei godere della carezza vellutata della sua lingua, che con movimenti delicati esplorò la mia bocca.

Scacciando tutti i pensieri, mi concentrai sulla passione dei suoi gesti e sul bisogno che potevo quasi assaporare. Il suo odore mi riempì i polmoni mentre ci respiravamo l'un l'altra. Infilai le mani tra i suoi capelli e approfondii il bacio, avvicinandolo ancora di più a me. Sentivo la dolcezza della sua lingua mentre ci stuzzicavamo e ci mordicchiavamo.

Soffocai un gemito, appena consapevole che non eravamo da soli.

Ci separammo abbastanza da riprendere fiato. Se fossimo andati oltre, ci saremmo divorati in pochi secondi.

«Ciao», gli dissi, rendendomi conto che non ci eravamo

parlati da quando eravamo entrati in macchina, ormai diversi minuti prima.

«Ciao a te», mormorò in risposta.

I suoi occhi erano scuri e determinati. Fece scivolare la mano sulla mia coscia e poi fino al sedere, afferrandomi da sotto il vestito. Mi morsi un labbro, consapevole del dolore tra le gambe e del desiderio selvaggio che riusciva a risvegliare in pochi minuti. Non riuscivo a pensare ad altro che non fosse il modo più veloce di averlo.

«Non so dove stiamo andando, ma di questo passo sarà un viaggio molto lungo».

«Non viaggiamo in macchina. Clay ci sta portando all'aeroporto, abbiamo un aereo che ci aspetta».

«Dove andiamo?»

«Non volevo allontanarci troppo, ma non volevo neanche trascorrere ore in mezzo al traffico. Prendiamo l'aereo per Martha's Vineyard e tra un'ora siamo a casa. Non avevo intenzione di perdere un minuto più del necessario».

Sorrisi e lo baciai dolcemente. «Non vedo l'ora di arrivare».

Come prevedibile, una piccola auto sportiva ci stava aspettando agli arrivi dell'aeroporto e ci portò poi alla destinazione finale, veloce come la Tesla di Blake. Parcheggiammo alla buona nel punto più alto dell'isola, dove c'era la casa. Eravamo appena a qualche ora e pochi chilometri dalla vita di tutti giorni, ma la distanza si fece sentire appena salimmo i gradini ed entrammo in casa: l'aria tiepida dell'oceano era un gradito cambiamento rispetto all'afa della città, e quel sollievo fu l'ulteriore prova che avevo davvero bisogno di una pausa.

Blake portò i bagagli dentro e si girò verso di me. Mi strinse e io gli circondai il collo con le braccia, al che lui fece scivolare le mani sul mio vestito finché non arrivò all'orlo e lo tirò su.

«Mi sei mancata un sacco, oggi», disse, stringendo la presa sul mio fianco.

«Anche tu mi sei mancato. Come sempre».

«Ti avviso, oggi non sono paziente, farò forte e veloce. Puoi reggere?».

Mi mancò il respiro e sentii come una scia di lava sulla pelle a quell'affermazione. Mi spinse contro la porta e, senza aspettare una risposta, portò entrambi i pollici sull'orlo dei miei slip e li tirò giù.

«Ti voglio, ora».

Il mio respiro accelerò e avvampai, con il cuore tremante per l'eccitazione. Mi liberai del vestito e Blake si allontanò abbastanza per farlo cadere. Poi tornò su di me, premette la bocca sul mio seno e succhiò forte, prima uno e poi l'altro. Gemetti quando mi mordicchiò la pelle sensibile. Non c'era una sola cellula del mio corpo che non volesse che iniziasse a fare quanto aveva promesso poco prima.

«Va bene».

Armeggiai con la sua camicia e gliela tolsi, poi tirai giù la lampo dei pantaloni e liberai la sua erezione prima di prenderla in mano. Mi morsi il labbro. Non avrebbe aspettato ulteriormente per possedermi.

Si portò la mia gamba sul fianco e si posizionò. Iniziò a spingere piano in modo che mi abituassi gradualmente, uscendo e poi rientrando per andare più a fondo. Quando entrò del tutto, ero completamente bagnata.

Piegai la testa all'indietro e l'appoggiai sulla porta con un piccolo grido.

«Blake».

Pulsai attorno al suo sesso. Restammo così, uniti e senza fiato, il desiderio che mi scorreva nelle vene. Affondai le unghie sui suoi fianchi e lo avvicinai, facendolo affondare di più.

«Cazzo, sei fantastica. Ho pensato tutto il giorno a questo, ai tuoi muscoli contratti mentre vieni con me dentro. Per tutto il cazzo di giorno non sono riuscito a pensare ad altro». Spinse più forte andando sempre più a fondo.

«Ancora», soffiai.

A quella preghiera, mi afferrò i glutei e mi sollevò, in modo da farmi allacciare le gambe ai suoi fianchi e appoggiare la schiena contro il muro. Il mio peso e la sua forza ci tennero uniti. I miei muscoli erano tesi ed ero confortata dalla sensazione di averlo lì, i nostri corpi di nuovo appiccicati. Erano passate poche ore, eppure la carne morbida tra le mie gambe sentiva ancora quel forte desiderio di lui. Gli presi il viso tra le mani, e il suo accenno di barba mi pizzicò leggermente i palmi. Blake mi guardò intensamente: c'erano desiderio, amore e un'intensa possessività in quei pozzi verdi, che mi toglievano il respiro ogni volta.

«Sei mia, Erica».

Dopo aver pronunciato quelle parole, spinse ancora e subito mi contrassi attorno al suo sesso, boccheggiando per la posizione scomoda. Sembrava impossibile che fosse riuscito ad andare così a fondo.

«Sono tua», dissi in un soffio.

«Se devo ricordarlo a ogni uomo che ti guarda troppo e

che pensa anche solo per un attimo di poterti avere, sappi che lo farò.

Un'altra spinta. L'attrito dei nostri corpi e la sua tensione presero il sopravvento sui miei sensi. Voleva possedermi con la stessa urgenza con cui lo volevo io. Chiusi gli occhi, sentendo l'orgasmo sempre più vicino; avevo i muscoli tesi e contratti intorno a lui. Mi tremò la voce, strozzata per la forza delle sue spinte sempre più veloci. Il suo nome riecheggiò nell'aria, ancora e ancora, mentre gli chiedevo di più. Mi strinsi a lui, mostrandogli come quei movimenti mi stessero facendo sciogliere, affondo dopo affondo.

«Lo deve sapere. Cazzo, lo deve sapere che sei mia».

«Sì, Blake, lo sa. Sono tua… lo sono sempre stata». Aprii gli occhi, la vista offuscata dal desiderio. «Fammi tua, Blake».

Gli infilai una mano tra i capelli e strinsi le ciocche. Emise un gemito, attutito dal bacio. Mi spinse più forte contro il legno freddo della porta mentre affondava ancora dentro di me. Pochi secondi dopo ero ubriaca del suo sapore, persa in lui; mi lasciai trasportare da quelle sensazioni. Blake mi prese intensamente, in ogni sua stretta percepivo amore e disperazione. Ci muovemmo insieme per arrivare all'apice del piacere, l'unica cosa che in quel momento contava.

«Cazzo, Blake. Oddio».

La mia presa sui suoi fianchi si indebolì man mano che l'orgasmo cresceva e prendeva il controllo della mia mente. Non riuscivo a pensare a nient'altro che a Blake e al nostro amore; era l'unica cosa positiva quando niente nella mia vita andava per il verso giusto.

Avevo bisogno di questo e di lui, in un modo che non aveva senso, ma allo stesso tempo ce ne aveva moltissimo.

«Ora», disse.

Quella semplice parola mi fece cedere. Aprii la bocca in un grido silenzioso, mentre l'orgasmo mi pervase. Mi avvinghiai a lui, concentrandomi sulle sue spinte che mi stavano portando al limite. Pochi istanti dopo venni con un grido. Lui spinse ancora e mi strinse forte, ogni muscolo teso mentre affondava dentro di me.

«Erica!».

La sua voce era roca, ridotta al minimo, proprio come mi sentivo io. Mi strinse più forte tra le braccia, come se fossi potuta sparita se non l'avesse fatto. Poi riprese fiato e mi sfiorò il collo con le labbra.

Ero senza forze, cosa che risultò palese quando allentò l'abbraccio e, toccando terra, le gambe mi tremarono. Blake mi sorresse, tenendomi per i fianchi mentre usciva dal mio corpo.

Il suo umore tiepido mi colò sulla coscia. Feci per muovermi, ma lui mi tenne ferma e osservò la scia traslucida che scivolava sulla mia gamba.

«Cazzo. Vederlo mi fa venire voglia di farlo di nuovo».

«Sporcherò il pavimento».

Lui rise. «Ci toccherà sporcare tutta la casa, allora, perché sono ancora eccitato. Sono sfinito, ma non riesco a pensare ad altro che non sia venirti dentro di nuovo, per tutta la notte».

Feci un gran sorriso. «Mi vuoi tenere sveglia due notti di fila? Di questo passo ci consumiamo».

Sorrise e mi strinse di nuovo tra le braccia, dandomi un bacio a fior di labbra. «Siamo in vacanza, ricordi? Possiamo fare l'amore tutta la notte e dormire tutto il giorno. Nessuno può dirci niente».

«Non ci sono ospiti», sussurrai.

«Grazie a Dio. Fino a martedì mattina non voglio dividerti con nessuno».

Dopo essersi tirato su la zip dei pantaloni, mi prese in braccio e mi portò in camera da letto, poi nel bagno.

Facemmo una doccia, insaponandoci a vicenda. Quando uscimmo, Blake mi avvolse in un asciugamano bianco e morbido, e con un altro mi asciugò i capelli. La doccia calda aveva portato via l'ultimo briciolo di energia che ci era rimasta e crollammo entrambi sul letto, sfiniti per la giornata pesante e per l'amplesso.

Mi accoccolai tra le sue braccia, godendomi quella vicinanza, pelle contro pelle.

«Ti amo, Blake».

Mi alzò il mento in modo che incrociassi il suo sguardo.

«Ti amo anch'io».

# Capitolo quattro

Aprii gli occhi e misi a fuoco l'ambiente. Appoggiato sul gomito, Blake mi guardava con un sorriso pigro sulle labbra. Mi stiracchiai, chiedendomi quanto avessimo dormito. Fece scorrere la mano sul profilo del mio corpo e ansimai, fin troppo consapevole di essere nuda e che Blake fosse coperto solo da un lenzuolo. I suoi occhi brillavano di ammirazione e vi vidi riflesso l'amore che ci legava. *Amore*. Era sbocciato in momenti come questo, rendendo migliori le cose belle e incoraggiandoci ad andare avanti nei momenti duri. Ciò che provavo per quell'uomo mi toglieva il respiro.

«Sei bellissima la mattina», sussurrò.

Cercai di nascondere il sorriso girandomi verso il cuscino. «Smettila».

Mi scostò i capelli dalla guancia e mi baciò, soffermandosi vicino all'orecchio. «Non smetterò mai finché vivo».

Mi sporsi verso di lui per baciarlo, sciogliendomi in un attimo. Mi lasciai sopraffare da questa nuova libertà: essere lontana da tutto insieme all'uomo che amavo disperatamente. Mi distesi di nuovo, accoccolandomi sul suo braccio. Una parte di me era ancora un po' intontita, avrei potuto dormire per giorni interi e avevo percepito la stessa stanchezza negli occhi di Blake la sera prima.

Sentivo che ultimamente era turbato, ma non avevo idea del perché. Per quanto fossimo vicini sul piano fisico, odiavo la distanza che c'era tra noi a volte, quel muro che lui alzava, di solito per proteggermi.

Gli tracciai il contorno del labbro inferiore con un dito. «Voglio che ti senta libero di dirmi tutto. Sai che puoi farlo, vero?»

«Sì, perché?», rispose inarcando un sopracciglio.

«È che… non so, ultimamente sei un po' teso. Mi piacerebbe che me ne parlassi».

Lui sospirò, mi prese le mani e mi baciò le dita. «Non è che non me la sento di parlare con te, so che posso dirti tutto. Devo più che altro decidere se voglio addossarti il peso di quello di cui mi sto occupando».

Aspettai che il suo sguardo si posasse sul mio, perché volevo fargli vedere la mia risolutezza. «Non mi addossi nessun peso, ma non sapere cosa ti turba mi preoccupa. Non posso sapere se è a causa mia o se posso fare qualcosa per aiutarti».

La sua espressione cambiò, nel tentativo di nascondere le emozioni che si stavano scatenando appena sotto la superficie. «In questo caso non puoi fare niente».

«Che caso? Dimmi».

Sospirò e si appoggiò sul cuscino. «Vuoi davvero parlare di Max? Non è proprio un argomento piacevole».

Aggrottai le sopracciglia, curiosa di sapere cosa stesse facendo Max. «Che combina?»

«In realtà niente, ma questo non toglie il fatto che sia una gran rottura di coglioni. È da quando ho scoperto che stava finanziando Trevor per attaccare i miei, anzi, i nostri siti che cerco di cacciarlo dall'Angelcom».

«Non dovrebbe essere un gioco da ragazzi? Sei il direttore».

«È vero, ma si tratterebbe di fare il dittatore contro la democrazia che ho sempre voluto vigesse da noi, cosa di cui ora mi sto pentendo. Non posso prendere e cacciarlo, devo decidere insieme al consiglio. La maggior parte voterebbe contro l'espulsione».

«Perché? Non c'è neanche da pensarci su».

«Non vogliono far incazzare Michael, il padre di Max. Ha un sacco di soldi e non vale la pena rischiare un eventuale rapporto con lui per punire l'assoluta mancanza di etica del figlio».

Lo fissai, pensando a quella situazione complicata. Non mi sorprendeva che Blake scattasse per qualsiasi cosa, ultimamente. Era difficile immaginare di dover sopportare l'uomo che aveva cercato di scalzarlo per anni, e senza il supporto dei colleghi. Almeno i miei dipendenti erano dalla mia parte e non c'erano mai stati dubbi su chi fosse il nemico. Be', almeno da quando Risa se n'era andata. Avevo ancora il terrore di fidarmi di qualcuno, dopo che avevo affidato a lei tutte le informazioni, anche confidenziali, che stava usando contro di me. Ma comunque Clozpin era ben lontana dagli investitori col colletto bianco e dagli ambienti in cui si ritrovavano molti di loro.

«Sei davvero sorpreso?»

«Che vuoi dire?»

«Be', lo scopo della Angelcom è far fare soldi alle persone che ne hanno già un sacco. E pare che li abbiano perché sono abituati ad accumularli e proteggerli. Ti aspetti che si comportino diversamente?».

Scosse la testa. «Direi di no. Ma c'è una cosa ironica».

«Cioè?»

«L'azienda è infestata da quei pezzi di merda avidi che prima volevo distruggere».

«E cosa farai adesso? Se voteranno contro, che altre possibilità avrai?»

«Non ho ancora deciso quale sarà la mia prossima mossa. Non sono sicuro di come reagirebbe Michael se gli dicessi cosa sta succedendo. Se riuscissi a farglielo capire, otterrei il supporto del consiglio e potrei assicurarmi che Max non si avvicini mai più a una delle mie sale riunioni».

«Credevo che tu e Michael foste intimi».

«Infatti, o almeno lo eravamo. Non lo vedo da un po', e ovviamente non vorrei che durante il nostro prossimo incontro dovessi dirgli che suo figlio è un imbroglione».

Il suo petto si muoveva a ritmo con il respiro; vi feci scorrere sopra le dita. Il mio splendido uomo. Odiavo avere a che fare con persone come Max. E Trevor. Cristo, continuava ad aggiungersi gente alla lista.

«Mi dispiace tantissimo, Blake, è una situazione di merda. Ma riuscirai a superare anche questa, come sempre. E quelli come Max non possono continuare a calpestare i sogni delle persone scampandola sempre. Almeno spero».

Era talmente arrabbiato con Max, che non ero sicura fosse il momento migliore per dirgli del nuovo sito di Risa e della minaccia che rappresentava.

Mi alzò il mento e incrociai il suo sguardo. «Che succede?».

Esitai un attimo. «Max e Risa hanno lanciato la loro attività, un sito concorrente. Hanno plagiato Clozpin e a quanto pare si sono portati via almeno uno dei nostri maggiori inserzionisti. Chissà poi quanti utenti».

«E quando avevi intenzione di dirmelo?», chiese, inarcando le sopracciglia.

«Alli me ne ha parlato ieri, voleva che fossi io a dirtelo. E onestamente avevo bisogno di un po' di tempo per farmene una ragione, anche se credo di non esserci riuscita. Ho paura che cercheranno di mandare a rotoli la mia attività con la stessa determinazione che hanno avuto con te. Solo che io non sono te, non ho le tue risorse né la tua esperienza. Sto ancora imparando come si gestisce un'azienda, non mi aspettavo di dovermi difendere così già nella fase di crescita. Prima Trevor e ora questo. Sto cercando di non disperarmi, ma è difficile».

«Fidati, non distruggerà la tua attività, non glielo permetterò. E per quanto siano pieni di rancore, non sono alla nostra altezza», disse, accarezzandomi la guancia con le nocche. «È dura, ma gli affari sono così. Non puoi perdere la speranza, è quello che gli altri vogliono. Se mi fossi arreso ogni volta che qualcuno mi ha pugnalato alle spalle in ambito lavorativo, avrei chiuso parecchio tempo fa. Tu sei troppo forte per lasciare che succeda una cosa simile».

«È che non riesco a credere che qualcuno possa essere così infido. Io non riuscirei a fare una cosa del genere a nessuno, neanche se lo odiassi».

«Non vorrei dirlo, ma ti ci devi abituare. Appena l'attività inizia ad andare bene, arriva qualcuno che se la vuole prendere o ti vuole far fuori».

Sgranai gli occhi. «Non mi stai facendo sentire molto meglio sulle prospettive future».

«Diventerai più forte, e poi hai me».

«Sì, ma cosa possiamo fare? Non abbiamo il controllo

su quello che stanno facendo. È chiaramente un sabotaggio, ma sono impotente».

Blake restò in silenzio, come se stesse pensando a una strategia. «Be', posso sempre hackerare il loro sito», disse, sollevando un angolo della bocca.

Alzai gli occhi al cielo. «Ottimo, una lotta tra hacker. Credo che concordiamo entrambi sul fatto che la cosa non risolverebbe nulla. E comunque tu sei migliore di lui».

«Dici?», chiese con un ghigno.

«Avevi detto che usi il tuo potere solo per fare del bene, ti ricordi? Anche se sono persone orribili, non ti ci vedo a distruggere il loro sito».

Lui contrasse le labbra. «Forse hai ragione». Mi circondò con un braccio e mi tirò giù, baciandomi delicatamente. «Basta parlare di Max, questo fine settimana è per noi. Cosa vuoi fare?».

Guardai l'orologio: era quasi l'ora di pranzo. I nostri orari ormai erano sballati, il tempo non contava quando c'eravamo solo noi due.

«Tu cosa vuoi fare?».

Mi sorrise malizioso mentre i suoi occhi diventavano più scuri. «Fosse per me, non usciremmo dal letto».

Mi tirai su, a cavalcioni su di lui. «Non siamo venuti fin qui per stare a letto tutto il giorno».

Lui gemette frustrato e mi fece notare che ero nuda. «Non è che così mi incoraggi ad alzarmi».

Iniziò ad accarezzarmi, toccandomi il seno e stuzzicando i capezzoli fino a farli inturgidire. L'espressione di lussuria sul suo volto mi fece avvampare. Desiderai ardentemente la sua bocca e iniziai a fremere senza rendermene conto.

Non appena si accorse che la mia fermezza vacillava,

Blake mi afferrò i glutei e mi strinse contro la sua erezione costretta dal lenzuolo che ci separava. Mi morsi il labbro e mi abbandonai, sedotta dall'ineluttabile consapevolezza che volevo quello che voleva lui, con la stessa intensità. Piegai all'indietro la testa quando iniziò a stuzzicarmi il clitoride nel modo giusto. Sentii un calore che mi infiammò la pelle, fino all'inguine.

Blake mi tirò su con i fianchi, scostando il lenzuolo che ci separava. Era eccitato come mi immaginavo, più che pronto per me. I suoi occhi, socchiusi, mi fecero capire che rifiutare era inutile. Trovò il punto caldo tra le mie gambe e infilò le dita.

«Sei sempre pronta per me», sussurrò.

Rispondendo alla supplica silenziosa del mio corpo, mi abbassò sulla sua lunghezza eretta. Rimasi senza respiro, sopraffatta dalla sensazione di camminare su un filo sottile, insieme, come sempre.

«Eccoci. Fammi entrare tutto».

Serrai gli occhi e mi abbandonai completamente. Tutti i miei sensi erano concentrati sui nostri corpi e sui modi in cui quest'uomo mi sapeva dare piacere.

Lasciammo la riservatezza della casa per dirigerci in città. L'isola era in piena attività, e trascorremmo il resto del pomeriggio a girare per negozi, cercando di evitare l'inevitabile folla di turisti. Parlammo, ma mai di lavoro, e ridemmo, sempre mantenendo un qualche contatto fisico; ne avevo bisogno e forse anche lui, perché non ci fu un solo momento in cui non eravamo uniti. La maggior parte del tempo rimanemmo semplicemente insieme senza parlare, ma felici di essere l'uno con l'altra.

Ultimamente eravamo famelici, consumati da una specie di fame che aumentava sempre di più una volta saziata. Avevo bisogno di lui, un bisogno che mi scorreva nelle vene ogni secondo. Durante il giorno, la notte e nei momenti di silenzio che condividevamo. Avevo perso il controllo su quel bisogno, e avevo rinunciato a sopprimerlo. Avevamo passato troppo tempo separati, non potevo sprecare neanche un'occasione per stare insieme.

Il giorno in cui Blake aveva rovinato la mia presentazione, mesi fa, mi aveva catturata. Quello che c'era tra noi era cresciuto fino a diventare indispensabile. Forse lui provava la stessa cosa, e quel bisogno sempre presente – di toccarci, di stringerci, di perderci l'una nell'altro la notte – era una manifestazione del sentimento sconfinato che ci univa.

Tra il pomeriggio di divertimento, le attività in città e l'aria frizzante dell'isola, nel momento in cui tornammo a casa ero stremata, e tremai quando varcammo la soglia e sentii l'aria fredda. Preferivo di gran lunga la brezza estiva all'aria condizionata. Avevo passato fin troppi mesi al freddo agognando l'estate, e non avevo intenzione di sprecare l'occasione di stare al sole caldo.

Sempre attento a me, Blake mi sfregò le braccia per riscaldarmi.

«Hai fame?»

«Sì, un po'».

«Allora vai al molo a rilassarti, io prendo qualcosa da mangiare».

Annuii e mi avviai verso il molo, che mi regalò una vista aperta sull'oceano. Mi abbandonai su una sedia e appoggiai i piedi su uno sgabellino, poi chiusi gli occhi e lasciai che la brezza tiepida mi accarezzasse la pelle mentre il sole tramontava. Il rumore delle onde che s'infrangevano sul bagnasciuga mi cullò, e mi sarei addormentata se fossi rimasta da sola ancora qualche minuto.

Blake si unì a me posando un piatto di formaggi, cracker e salumi su un tavolo, poi riempì due bicchieri di vino bianco e me ne porse uno.

«Grazie».

I suoi occhi brillavano e sorrideva; mi chiesi il motivo di quell'espressione. «Sei felice».

Lui si sedette e mi sorrise, prima di bere un sorso. «Sono molto felice. Sei tu che mi fai quest'effetto».

Mi sentii il cuore scoppiare di gioia. Presi il bicchiere e, mentre il liquido mi scivolava sulla lingua, riconobbi che quella pausa era stata un'idea fantastica. Quei tre giorni di pace e tranquillità con Blake erano come stare in paradiso.

Mi rilassai sulla sedia.

«È incredibile, Blake. Starei qui per sempre, è così tranquillo...».

«Attenta a quello che desideri, potrei traslocare qui con te entro la fine della settimana».

Risi. «Hai ragione, non posso neanche esprimere un desiderio senza che tu cerchi di esaudirlo il più in fretta possibile».

Ci fissammo, la sua espressione era seria. Il tono scherzoso delle mie parole sparì, mentre pensavo al fatto che Blake per me fosse un dono. Respirai profondamente, all'improvviso sopraffatta da quella verità. Cos'avevo fatto per meritarmi un uomo così incredibile?

«Non so come ringraziarti per tutto quello che fai per

me. Scherzo sempre, ma ora sono seria: come posso ripagarti per tutto quello che hai fatto?»

«Mi verrà in mente qualcosa», rispose. Poi fece un cenno verso il mio bicchiere. «Bevi».

Sospirai e bevvi un lungo sorso. Quasi sputai il vino quando qualcosa mi urtò le labbra. Ingoiai velocemente e guardai nel bicchiere.

*Oh, mio Dio.*

Mi drizzai e puntai i piedi a terra, anche se niente avrebbe potuto impedire alle mie gambe di tremare, di fronte a quella vista. Fissai stupidamente l'interno del bicchiere, raggelata e vagamente consapevole che Blake si era messo in ginocchio davanti a me e mi accarezzava le gambe.

«Respira».

Inspirai automaticamente, incapace di spostare lo sguardo da quell'anello col diamante che brillava nel bicchiere vuoto. Non ero in grado di pensare, a malapena riuscivo a respirare.

«Non è una cosa a senso unico, tu mi hai dato tanto quanto ti ho dato io. Sei stata capace di amarmi anche quando non te l'ho reso per niente facile, e... Erica, guardami».

Deglutii per mandare giù il groppo che avevo in gola. Sentii le lacrime affacciarsi agli angoli degli occhi mentre lo guardavo. «È una pazzia», sussurrai.

«Sarà, ma è la nostra vita e voglio passarla con te, come tuo marito. Voglio tornare a casa e sapere che ci sarai sempre, voglio fare l'amore con te tutte le notti e svegliarmi con te accanto ogni mattina fino alla fine dei miei giorni».

Scossi la testa incredula, con le lacrime che mi rigavano il viso. Cercai le parole giuste, ma non riuscii a trovarle.

Lui mi asciugò le guance, mi prese il bicchiere e, dopo avervi tolto l'anello, lo posò. Poi mi afferrò la mano e alzò lo sguardo su di me.

«Erica, vuoi sposarmi?».

Lo guardai negli occhi, verdi e luccicanti alla luce del tramonto. Il tempo si era fermato; quella domanda mi rimbombava in testa e all'improvviso fui consapevole di quanto fosse importante ciò che mi stava chiedendo. Era tutto vero? Diceva sul serio?

«Sei sicuro?».

Sorrise e non mi era mai sembrato più bello.

«Sì, sono sicuro».

«Non stiamo correndo troppo? È quello che diranno tutti».

Strabuzzò gli occhi. «Ne abbiamo passate così tante da averne abbastanza per una vita intera. Non mi serve altro tempo per capire che voglio stare con te, e sinceramente non me ne frega niente di quello che dirà la gente. E non dovrebbe importare neanche a te».

Spostai lo sguardo alle sue spalle, osservando l'oceano. Il nostro piccolo paradiso era diventato ancora più surreale. Diventare la moglie di Blake, legarci per la vita irrevocabilmente… Certo, ci avevo pensato, ma non avevo mai cercato qualche significato particolare nelle sue allusioni al futuro. In fondo era quello che volevo anch'io, però. Per quanto quella prospettiva mi spaventasse, volevo stare per sempre con Blake. Mi sfiorò le nocche con il pollice, generando una scarica che mi arrivò dritta al cuore. Amavo quell'uomo ed era una cosa che non sarebbe mai cambiata.

«Okay», dissi piano.

Lui inarcò un sopracciglio. «Okay?»

«Sì», confermai, sorridendo.

«Sei sicura?».

Risi. «Sì, sono sicura. Voglio… voglio sposarti. Ti amo, Blake, cos'altro potrei risponderti, se non sì?».

Il suo volto si illuminò e mi infilò l'anello, baciando il punto in cui era a contatto con la mia pelle. Si tirò su e mi fece alzare per poi stringermi così forte tra le sue braccia che feci fatica a respirare.

«Ti amo, Erica. Non puoi capire quanto, ma farò di tutto per dimostrartelo».

Lo strinsi a mia volta, e la realtà di quella promessa mi scaldò. Il nostro amore mi riempì completamente, talmente tanto che pensai che il cuore potesse esplodermi.

In quel momento sapevo che non avrei mai potuto amare nessuno come amavo Blake.

# Capitolo cinque

Il resto del fine settimana volò. Blake mi portò in giro in barca e ci crogiolammo al sole sulle isole lì intorno, ascoltando il rumore dell'oceano finché non eravamo troppo stanchi o affamati. Esplorammo ogni angolo tranquillo di Martha's Vineyard. Mangiammo, bevemmo e facemmo l'amore; parlammo e ci facemmo delle promesse. Ogni minuto fu come stare nel nostro piccolo paradiso.

L'impegno che avevamo deciso di onorare era inedito, sembrava un sogno, e la stessa cosa era lo stare lì, isolati dal mondo reale. Ogni volta che lo sguardo mi cadeva sull'anello, il cuore perdeva un battito. Era un meraviglioso promemoria dell'amore di Blake. Elettrizzata e allo stesso tempo timorosa di quello che sarebbe stato il nostro futuro, non potevo fare a meno di fantasticare sul nostro "per sempre felici e contenti".

«Ti piace l'anello?».

Alzai lo sguardo su Blake, che mi aveva beccata ad ammirare il gioiello mentre l'aereo si avvicinava a Boston. «Lo adoro, è semplice».

«Se vuoi ne possiamo prendere uno più grande. Con questo ho rischiato, non sapevo cosa ti sarebbe piaciuto».

«No, voglio questo. È perfetto».

«Bene», replicò, sorridendo e stringendomi delicatamente la mano. «Quando metteremo l'altro, saprò che sarai mia per sempre».

Immaginai il compagno di quell'anello, e il suo significato mi colpì.

«Come i braccialetti».

Lui annuì.

«Sicuro di volerlo? Sarò legata a te per sempre, Blake».

Si sporse verso di me, poggiando delicatamente le labbra sulle mie. «L'idea è quella».

Ebbi una fitta al cuore e sentii un brivido al pensiero di stare per sempre con Blake. Come sua *moglie*.

Appena l'aereo atterrò al Logan Airport, rimpiansi di essere tornata così presto. Quella pausa era stata meravigliosa, ma troppo breve. Ero ancora elettrizzata, ma ci aspettavano momenti decisamente meno piacevoli. Avremmo sempre affrontato insieme qualsiasi problema, così avevo promesso a Blake. Basta scappare e basta cercare di cavarmela da sola. Tenere sotto controllo la mia indole indipendente sarebbe stato difficile, ma condividere con lui tutti i momenti belli e brutti della vita era la cosa più importante.

Quando arrivammo a casa, Alli mi accolse con un grido e un abbraccio forte. Risi e ricambiai la stretta. Avere la mia migliore amica così vicina, unità all'emozione per la grande novità mi riempirono il cuore di gioia.

«Congratulazioni, bello», disse Heath, stringendo la mano di Blake.

«Grazie», gli rispose con un sorriso.

Heath si rivolse a me e mi abbracciò forte. «Erica, futura cognata. Non sai in cosa ti stai cacciando con questo qui, hai tutta la mia stima».

Risi e lo spinsi via scherzosamente. I due uomini andarono nel soggiorno a parlare, mentre Alli mi trascinò in cucina per poter esaminare bene l'anello. Lo studiò alcuni secondi, mentre la luce si rifletteva sul diamante. Sorrisi, ancora elettrizzata dalla proposta e dal fatto che avessi accettato. Non avevo neanche avuto la possibilità di fantasticare su come sarebbe stato quel momento, ma sapevo che era quello che volevo.

Alli passò il pollice sull'anello con un sopracciglio inarcato. «È diverso da quelli classici».

Scrollai le spalle, non sapevo bene cosa dire. Non avevo intenzione di raccontarle che i braccialetti che mi aveva regalato mesi prima fungevano anche da manette e che questo anello aveva un significato simile. «Diverso, ma è da noi. Lo adoro. E poi come farei a lavorare tutto il giorno al computer con una pietra enorme al dito?».

Si appoggiò contro il bancone dietro di lei e spostò lo sguardo dall'anello a me, per la prima volta dopo diversi minuti. Mi studiò, quasi con lo stesso interesse con cui aveva esaminato il diamante.

«Quindi, se ti conosco bene, la tua testolina starà viaggiando a tutta velocità in questo momento».

Risi. «Un po'. Sono solo…».

«Cosa?».

Sospirai. «Non lo so. Credo di essere ancora sotto shock perché vuole, be', una cosa per sempre».

«Blake è pazzo di te, lo sai».

«È stata una decisione facile, perché anch'io sono pazza di lui. Non che avrebbe accettato un no come risposta, comunque». Risi, cercando di immaginare fino a dove si sarebbe spinto per ottenere quello che voleva.

Mentre i miei pensieri vagavano, Alli fece un grande sorriso e saltellò sul posto. «Sono felicissima per te, Erica! Ho dato di matto tutto il fine settimana. Heath me l'ha detto appena siete partiti e non vedevo l'ora che tornassi».

«Non ne avevo idea», dissi, ammirando il regalo di Blake, la sua promessa.

«Ma non sarà stata la prima volta che avete parlato di matrimonio, no?»

«Perché, voi ne avete parlato?», le chiesi, inarcando le sopracciglia.

Lei arrossì. «Non sto parlando di me, ma di te. Di solito prima di fare la proposta si sonda il terreno».

«Una volta l'ha accennato, credo per scherzo, ma gli ho risposto che era pazzo. E dicevo sul serio. Penso ancora che sia una follia e sono terrorizzata, ma voglio stare con lui. Se è questo quello che vuole e lo vuole ora, va bene».

Quella prospettiva era travolgente e inaspettata. Amavo Blake incondizionatamente, ma, fosse stato per me, non avrei preso in considerazione l'idea di consolidare la nostra relazione con le nozze ancora per qualche anno. Per me il matrimonio significava stabilità, era qualcosa di saldo e sicuro, "per sempre felici e contenti" e tutto il resto. Invece pochissime cose della mia vita erano stabili al momento, tranne il mio amore per Blake. Nonostante le rassicurazioni, il futuro della mia attività mi avrebbe preoccupata finché non avessi saputo che era fuori pericolo, così come il lavoro di tutti.

Clozpin era molto più che un semplice lavoro, e vederne il successo non era semplicemente un obiettivo a breve termine, avevo bisogno che funzionasse per tantissime ragioni. Se così non fosse stato, sarei dipesa ancora da Blake. Apprezzavo il fatto che avrebbe assunto quel ruolo senza farmi sentire inferiore, ma l'idea di dipendere completamente da lui o da qualcun altro mi dava fastidio.

«Allora, avete pensato alla data e al posto?».

Risi per l'entusiasmo di Alli, ma fui colpita da un'ondata di ansia pensando all'organizzazione. Quando cavolo avrei avuto il tempo? La sua famiglia si aspettava una cosa del genere? Ero stata talmente sopraffatta dalla proposta che non mi era venuto in mente di chiedere a Blake cosa ne pensasse. Stavo ancora cercando di capire a fondo il concetto base del matrimonio.

«Non ho davvero la minima idea di cosa faremo e quando».

Alli spalancò gli occhioni castani in attesa.

«Ma ovviamente mi farebbe piacere che mi aiutassi», aggiunsi subito.

Sorrise e saltellò ancora. Risi nuovamente per il suo entusiasmo, sarebbe stata una risorsa preziosa per l'organizzazione del matrimonio. Se c'era qualcuno che poteva gestire tutto, quella era Alli.

«Dovresti essere tu a sposarti, sicuramente hai già organizzato tutto», dissi a bassa voce, poi guardai alle mie spalle per assicurarmi che Heath non mi avesse sentita.

«Già, ma per ora mi accontento di organizzare il tuo. Chissà se e quando toccherà a noi».

«Quindi ne avete già parlato?».

Lei scrollò le spalle e appoggiò il fianco contro il bancone.

«Un po', ma è un passo importante e non siamo ancora pronti. Comunque ho altre buone notizie da darti».

«Ah, sì?», chiesi curiosa, inarcando le sopracciglia.

«Io e Heath abbiamo trovato un appartamento. È abbastanza vicino, ma sono sicura che Blake sarà entusiasta di riavere casa sua. Inizieremo a portare via le nostre cose in settimana, così Brontolo non ti dovrà più dividere con me», disse, sorridendo, mentre mi dava un pugno leggero sulla spalla.

Le sorrisi di rimando, felice per lei e per noi. «Sarai elettrizzata».

«Infatti. È la prima volta che prendiamo casa insieme, un posto tutto nostro. È già disponibile, quindi dovremmo riuscire a finire il trasloco in pochi giorni».

«Fantastico. Fammi sapere se ti serve una mano».

«Tranquilla, concentrati sul lavoro. So che hai un bel po' di cose di cui occuparti in ufficio, ma tieniti libera la prossima settimana per una cena. Heath vuole invitare la famiglia per far vedere la casa. E poi sono sicura che tutti vorranno sapere i dettagli del matrimonio Sarà divertente».

«Okay», acconsentii, un po' incerta.

Il nodo che avevo allo stomaco si strinse, sentendo parlare della famiglia di Blake. Li adoravo, ma a volte erano un po' irruenti. Si poteva essere troppo gentili o troppo premurosi? Forse sì, soprattutto a confronto con la mia famiglia. Il pensiero di coinvolgere gli Hathaway nella mia vita per celebrare quest'occasione mi metteva a disagio. Avevano evitato mia madre da quando avevano saputo che era incinta; avrebbero fatto lo stesso con me, o avrebbero finto interesse e sarebbero venuti, come se fosse loro importato qualcosa della mia vita? Entrambe le prospettive sembravano stressanti, ma non volevo privare la famiglia di Blake di un'occasione che per loro sarebbe stata importantissima. Che Dio mi aiutasse, le nostre famiglie non potevano essere più diverse.

Per evitare ulteriori indagini, trascinai Alli in soggiorno e parlammo con i ragazzi per il resto della serata. Mi rilassai al fianco di Blake, grata, innamorata e determinata a sfruttare al meglio le ultime ore di pausa dal mondo.

Quella settimana in ufficio tutto era taciuto, fatta eccezione per il rumore dei computer e il ticchettio delle tastiere. Stavo facendo dei calcoli veloci quando il telefono squillò e il numero di Daniel comparve sullo schermo. Per la prima volta dopo settimane presi in considerazione l'idea di rispondere. Non appena avessi ripreso i contatti con lui, sarebbe incominciata la battaglia per tenere separati lavoro e vita privata. Fino a quel momento non me l'ero sentita, e dopo aver appreso che altri due inserzionisti avrebbero cancellato il contratto con noi da quando era stato lanciato PinDeelz, non sapevo perché avrei dovuto farlo. Ma, forse perché volevo pensare a qualcosa che non fosse la calata a picco della mia attività, alla fine accettai la chiamata.

«Ciao, Daniel».

«Ciao. Non pensavo che avresti risposto».

Da un lato avrei voluto dirgli la verità, ma dall'altro non volevo farlo incazzare. Speravo davvero che il livello successivo del nostro rapporto non sarebbe stato bellicoso, perché in quel caso non ero sicura che sarei riuscita a sopportarlo. Daniel Fitzgerald si era dimostrato violento e pericoloso, ma mi sforzavo di credere di poter tenere sotto controllo l'uomo che stava dietro alla macchina politica, sotto a tutta la pressione sociale che l'aveva fatto diventare quello che era. Nonostante i timori, qualcosa dentro di me si voleva impegnare a salvare il salvabile del nostro rapporto padre-figlia.

«Sono stata fuori città», risposi, scegliendo di dire una mezza verità. «Come stai?»

«La campagna sta andando bene, non mi lamento. Tu?»

«Bene».

Rimase in silenzio per diversi secondi e sentii il bisogno di dire qualcosa. «Io e Blake ci siamo fidanzati ufficialmente».

«Immagino che le congratulazioni siano d'obbligo, allora».

«Grazie», risposi a voce bassa. Mi era difficile credere che fosse sinceramente felice per me, quando era stato lui il motivo per cui avevo passato le settimane peggiori della mia vita lontana da Blake. Quella separazione ci aveva quasi rovinati.

«Suppongo tu non abbia dimenticato il lavoro per la campagna di cui avevamo parlato».

Inspirai, imponendomi di restare inflessibile. «Avevo bisogno di un po' di tempo dopo tutto quello che è successo, Daniel. Ma no, non mi sono dimenticata».

«Quindi hai avuto abbastanza tempo? Possiamo vederci per discuterne? Il tempo stringe e il tuo contributo sarebbe molto importante. Non sto dando niente per scontato per questa corsa».

Tamburellai con la penna sul tavolo, mentre i pensieri sui miei problemi lavorativi mi turbinavano nella mente. «Forse. Quando vuoi che ci vediamo?». L'ultima cosa che volevo era ammettere lo stato in cui si trovava la mia attività: Daniel avrebbe colto la palla al balzo per spingermi a lavorare per lui in modo permanente. Non potevo immaginare una punizione peggiore per aver fallito come imprenditrice. «Magari la prossima settimana potremmo pranzare insieme e poi andare in sede. Will deve aggiornarti su un paio di cose».

«Va bene».

«Allora ci vediamo. E ancora congratulazioni, Erica, sono felice per te».

Aggrottai le sopracciglia, avevo le parole bloccate in gola. «Grazie», riuscii infine a dire.

Chiusi la chiamata e fissai il telefono. Forse non sarei mai stata in grado di capire Daniel, o forse quello era il primo passo per guadagnare la fiducia reciproca.

Trascorsi il resto della giornata dedicandomi a una serie di mansioni più o meno impegnative, finché non esaurii del tutto le energie. Diedi un'occhiata all'orologio e presi in considerazione l'idea di iniziare a raccogliere le mie cose, in modo da avere qualche minuto in più per prepararmi alla cena con Marie, la migliore amica di mia madre, e il suo compagno Richard. Sid entrò nel mio ufficio e interruppe quel pensiero.

«Che succede?», gli chiesi, alzando lo sguardo su di lui, che si sedette sulla sedia all'altra parte della scrivania.

«Mi chiedevo se avessi qualche minuto per parlare».

Mi irrigidii pensando al peggio: il sito era distrutto o aveva trovato un altro lavoro.

«Va tutto bene?».

Scrollò le spalle. «Sì, a parte il fatto che stiamo perdendo inserzionisti e la risposta degli utenti sta rallentando. Abbiamo intenzione di stare a guardare e basta?».

Mi rilassai un po', ma il tono di quella domanda mi mise sulla difensiva. «Cosa vuoi che faccia, Sid? Non ho il controllo sul sito di Risa né su quello che sono disposti a fare per indebolirci».

«Appunto», replicò guardandomi tranquillamente.

«Quindi?»

«Be', perché non ti concentri su quello che puoi controllare invece di fissarti su quello che stanno facendo? Tanto continueranno a stare lì dove sono, e se il tuo piano è non fare nulla e sperare in un intervento divino, non dureremo molto. I siti come il nostro compaiono e spariscono ogni giorno».

«Ci stiamo assestando, Sid, non tutto è perduto», dissi, cercando di credere a quelle parole.

«Non sono qui per assestarmi. Non c'è niente che ci impedisca di crescere. Diversifichiamoci».

«Cosa intendi?»

«Intendo che dovremmo alzare la posta. Loro hanno copiato la nostra idea, e se è l'unica cosa che sanno fare non andranno molto avanti. Dovremmo iniziare a pensare fuori dagli schemi: cosa possiamo fare per migliorare il sito?».

Alzai le mani. «Per giorni non ho pensato ad altro, credimi. Cioè, ho qualche idea, ma niente di rivoluzionario».

«Forse non stai pensando in grande. Ora hai molti contatti, no? Che ne dici di una partnership? Forse dovremmo prendere in considerazione opportunità del genere».

«Non abbiamo bisogno di soldi, Blake ha investito».

«Non intendo quello, sto parlando di allargare il nostro target. Lascia perdere un attimo quello che offriamo, e pensa a quello che potremmo fare su scala più ampia».

Annuii, un po' mortificata. «Potresti essere sulla pista giusta. Hai qualche idea?».

Lui scrollò le spalle. «Non sono proprio una ventenne, ma mi sembra che stiamo guardando il problema da un'angolazione sbagliata. L'idea del sito è tua, e credo che se riesci a superare il panico e a dimenticarti cosa sta facendo PinDeelz, possiamo superarli e far mangiare loro la polvere».

«Grazie, Sid. Ci penserò, va bene?»

«Certo. Fammi sapere se posso fare qualcosa».

«Naturalmente», risposi, appoggiandomi sullo schienale della sedia. «Come sta Cady?»

«Bene. Stiamo bene», disse, arrossendo.

Trattenni un sorriso. «Mi fa piacere».

Sid si alzò velocemente dalla sedia. «Ora vado, ci vediamo domani».

Lo salutai con la mano e mi persi nei miei pensieri. Scarabocchiai sul mio bloc-notes finché le cifre delle perdite che avevo annotato poco prima non furono circondate da cornicette. Forse Sid aveva ragione. Perché non potevano esserci soluzioni facili? Ogni decisione importante che avevo preso ultimamente sembrava reazionaria. Dov'era il tempo in cui eravamo guidati dalle idee e non dalla necessità di sopravvivere? Avevamo affidato le finanze a Blake per crescere e andare avanti, ma se non avessi trovato il modo di uscire da questa situazione, il suo investimento sarebbe man mano diminuito. Mi sentii male all'idea di deluderlo: mi aveva aperto talmente tante porte, e per cosa?

Stavo per arrendermi quando un pensiero mi balenò nella mente. Frugai nel cassetto finché non trovai un biglietto. Respirai profondamente per calmarmi e composi il numero.

L'aria condizionata di Abe & Louie's ci investì in pieno, mentre la porta pesante richiudeva fuori la luce che era penetrata al nostro ingresso. Presi a braccetto Blake. Il maître della steak-house sparì per prepararci il tavolo, e Blake si girò verso di me stringendomi al petto. Mi mancò il respiro a quel contatto improvviso, davanti a tutti.

«Ti ricorda qualcosa?».

Sorrisi al ricordo del nostro primo incontro. Anche quella volta mi aveva tolto il fiato.

«Qualcosina. Ero pronta a trascinarti in uno dei guardaroba e baciare la tua faccia da schiaffi».

Borbottò qualcosa mentre mi sfiorava il labbro inferiore. Il desiderio che intravidi nei suoi occhi mi fece battere forte il cuore. «Sei sempre in tempo».

«Vero, ma non voglio farmi sbattere fuori prima che arrivi Marie».

«Credi che ci caccerebbero per una cosa del genere?».

Trattenni il respiro e lui mi afferrò la nuca per baciarmi dolcemente sulle labbra. Fece scivolare l'altra mano sulla vita per tenermi mentre mi faceva fare un casquè. Sorrisi contro le sue labbra, mettendogli le braccia intorno al collo.

«Ma come siamo romantici, eh?».

Lui sorrise e mi tirò su, senza allentare la presa.

«State ancora festeggiando, immagino».

Spostai lo sguardo verso la porta, da cui quella voce mi ricordò che non eravamo proprio soli. Marie si avvicinò, seguita da un uomo con i capelli scuri. Gli occhi della mia amica comunicavano curiosità, orgoglio e affetto, e quello sguardo mi colpì al cuore. Blake allentò la presa e potei andare da lei, che mi abbracciò calorosamente.

«Congratulazioni, piccola», mi sussurrò.

«Grazie».

Fece un passo indietro e guardò l'uomo che si era portato al suo fianco. Era alto sul metro e ottanta, con i capelli neri corti e la carnagione olivastra. Per un attimo i suoi occhi scuri mi catturarono.

«Erica, sono Richard Craven. È un piacere conoscerti, finalmente», disse, stringendomi la mano.

«Piacere mio. Ho sentito tanto parlare di te».

*È alto, scuro e non vuole impegnarsi*. Guardai prima l'una e poi l'altro. Marie, che poteva essere mia madre ma che mi era sempre sembrata troppo giovanile ed esuberante per la sua età, appariva in qualche modo ancora più giovane vicino a lui: aveva un'espressione dolce e da ragazzina.

Blake si avvicinò. «Richard, sono Blake Landon».

Richard sorrise e gli strinse la mano. «Finalmente ci conosciamo».

Blake socchiuse gli occhi, perplesso.

«Abbiamo partecipato entrambi ad alcuni eventi in città. Sono un giornalista, ero lì per occuparmi della cronaca locale».

«Capisco. Be', è un piacere conoscerti ufficialmente, Richard. Mangiamo?».

Marie batté le mani e sorrise. «Sì, forza».

Blake mi prese la mano e fece un cenno al maître che si stava avvicinando.

Ci accomodammo al tavolo e Marie mi tempestò di

domande. Dove e quando ci saremmo sposati? Chi erano gli invitati? Quando sarei andata a cercare il vestito? Cercai di rispondere, per quanto mi era possibile. Io e Blake avremmo dovuto stilare un piano per il matrimonio, prima che tutti iniziassero a chiedermi i dettagli. Non sapere cosa rispondere mi stava facendo impazzire, e mi faceva venire ancora più ansia. Rivolsi la mia attenzione alla conversazione tra Blake e Richard, in cerca di salvezza.

«Scrivi per qualche testata in particolare?», gli chiese Blake.

«Sono impiegato al "Globe", ma ogni tanto scrivo anche per altri».

«Lo fanno sempre andare in giro», si intromise Marie.

«Che genere di articoli scrivi?», chiesi.

Spostò lo sguardo su di me e vidi qualcosa balenargli negli occhi. Curiosità, forse un vago interesse, non avrei saputo dire di preciso.

«In realtà copro vari argomenti, ma sono particolarmente interessato alla politica».

«E ti piace?». Sperai che il mio disinteresse non fosse trasparito dalla mia voce.

«C'è qualcosa della politica che non è piacevole?», replicò con un sorriso affascinante.

*Mi vengono in mente giusto un paio di cose*. Risi, restia o forse incapace di dare una risposta sincera senza rischiare di scatenare discussioni poco consone a una cena piacevole.

«E tu, Erica? Ti interessi di politica?»

«Non direi, no», risposi, posando il tovagliolo sul tavolo. «Scusate, devo andare un secondo al bagno».

«Ti accompagno, cara», disse Marie.

Si diede una rinfrescata e si applicò il rossetto sulle labbra.

«Allora, che ne pensi?»

«Di Richard? Sembra magnifico. Sicuramente molto affascinante».

Mi sorrise maliziosamente. «Non sai come affascina me».

Alzai gli occhi al cielo e risi. «Troppe informazioni, Marie. Comunque pensavo che le cose tra voi non fossero molto stabili. Cos'è cambiato?»

«Ha viaggiato per un po' e non ci siamo visti molto. Sinceramente credevo che la relazione si fosse raffreddata, ma le ultime settimane sono state diverse. Non lo so... è difficile da spiegare, ma forse abbiamo fatto un passo avanti».

«Ed è una buona cosa, no?»

«Sì, per ora è abbastanza. Mi sto divertendo troppo per tirare fuori l'argomento. E Blake, invece? Sarai al settimo cielo».

Sorrisi, emozionata anche solo a pensare a lui. Non lo vedevo da quattro minuti e già mi mancava. Ero senza speranza.

«Sì, infatti. Mi ha presa completamente alla sprovvista, mi sto ancora abituando all'idea del matrimonio e tutto il resto».

Lei scosse la testa e mi diede un colpetto sulla spalla. «La mia piccola. Non posso crederci, ti sposi prima di me. Se non ti volessi tanto bene, potrei odiarti un pochino».

«È Blake che sembra avere fretta, altrimenti sarei felice di darti la precedenza», risposi con una risata.

Marie inclinò la testa. «Sei sicura? Blake sembra fantastico, ma lo sai che non devi fare niente se non sei pronta. Non voglio che diventi una vecchia zitella come me, ma hai tutto il tempo che vuoi».

Abbassai lo sguardo su quel bellissimo anello e mi contorsi le dita. Non mi veniva in mente niente, nessun dubbio né riserva, che minacciava di mettersi tra me e la volontà di tenere quell'anello al dito.

«Non credo che il matrimonio sia una cosa per cui tutti sono pronti, giusto? In più ho già detto di sì, ormai ho preso l'impegno», dissi, ridendo nervosamente.

Lei mi accarezzò la guancia. «Ascolta il tuo cuore, Erica. In questo mondo c'è tanto caos, e abbiamo bisogno di qualcosa di stabile nelle nostre vite. Se il tuo cuore dice di sì, non importa nient'altro».

Mi avvicinai e l'abbracciai a lungo. Pensai a tutte le volte che mi aveva consolata, che mi aveva dato consigli e conforto.

«Grazie, Marie, per tutto quanto. E non sei una vecchia zitella».

Lei rise e mi lasciò, scacciando le lacrime. «Va bene, basta così, altrimenti mi cola il trucco. Torniamo dai nostri uomini».

Il resto della serata andò bene. Chiacchierammo e Marie raccontò alcune storie delle estati che avevamo trascorso insieme quando andavo a scuola. L'imbarazzo per il suo modo fin troppo onesto di raccontare fu subito rimpiazzato dalla gratitudine per il fatto che fosse l'unica persona che avrebbe rappresentato la mia famiglia. Blake mi stringeva la mano sotto il tavolo, ogni tanto mi lanciava uno sguardo d'intesa, come se apprezzasse fin troppo quelle storielle sul mio passato. Era la cosa più vicina alle foto imbarazzanti di quando si è piccoli che sarebbe riuscito a ottenere.

Finimmo il dessert e Richard si fece portare il conto nel momento in cui il mio telefono iniziò a squillare. Frugai nella borsa, presi il cellulare e riconobbi il numero.

«Scusatemi, devo rispondere».

Blake inarcò il sopracciglio, ma mi allontanai dal tavolo prima che potesse fare domande.

«Pronto?»

«Erica, sono Alex Hutchinson».

«Alex, salve. Grazie per aver richiamato. Non so se si ricorda di me».

«Ma certo. Landon ci aveva presentati all'evento a Las Vegas. Ci ho messo qualche istante per ricordarmi, ma ha quel social sulla moda, giusto?»

«Esatto, Clozpin».

«Allora, come procede?»

«Nel complesso molto bene. In realtà sto cercando idee per espandermi, possibilmente integrando l'e-commerce. Mi è venuto in mente lei, per quello ho chiamato. Non so se c'è la possibilità di collaborare, ma se non altro mi farebbe piacere avere un consiglio. So che è molto impegnato».

«Nessun problema. Sarebbe meglio parlarne di persona, però. Per caso sarà ai Tech Awards questo fine settimana?»

«Ehm... no», dissi, per non ammettere che quell'evento non mi era neanche passato per la mente.

«Potrei riuscire a procurarmi due biglietti, se riesce a partire. Potremmo valutare le possibilità di collaborazione mentre siamo lì. E potrebbe farla passare come spesa aziendale, ovviamente».

Risi. «Credo di potercela fare. Controllo l'agenda e le mando una mail per conferma, ma mi piacerebbe molto esserci».

«Perfetto, mi faccia sapere. E se non riesce, tra qualche settimana sarò dalle sue parti per andare a trovare dei parenti, quindi eventualmente potremmo incontrarci in quell'occasione».

«Fantastico. Grazie ancora, Alex».

Riattaccai e non riuscii a nascondere il sorriso quando Blake mi si avvicinò.

«Chi è che ti ha fatto sorridere così?»

«Alex Hutchinson».

«E perché l'hai sentito?», chiese, mentre la ruga sulla fronte si faceva più profonda. Tuttavia sparì velocemente non appena Marie e Richard ci raggiunsero. Ci abbracciammo e Marie mi fece promettere di chiamarla quando sarei andata a cercare il vestito.

Mi girava la testa mentre Blake mi conduceva all'uscita. Il parcheggiatore portò la Tesla vicino al marciapiede e Blake aprì la portiera per farmi salire, poi si mise al volante e partimmo nel traffico della sera. Dopo alcuni minuti di silenzio, finalmente parlò.

«Allora, che succede con Alex?»

«Parlavo con Sid del fatto che dovremmo far prendere a Clozpin un'altra direzione, cercare di pensare un po' fuori dagli schemi, e mi è venuto in mente che Alex si era offerto di aiutarmi quando ci siamo conosciuti. Non sono sicura che sia interessato a collaborare...».

«Che tipo di collaborazione?».

L'euforia per la chiamata calò subito sentendo il suo tono scettico. «Non so se prenderà in considerazione la cosa. Il suo sito è grande e va benissimo da solo. Ma Max e Risa ora sono rivali, ho perso diversi inserzionisti e le mie entrate stanno per ricevere un brutto colpo. Ho solo pensato che...».

«Lo capisco, ma stai pensando di collaborare con Alex Hutchinson e non ne hai prima parlato con me?».

Mi agitai sul sedile. «Non credevo di doverlo fare. C'è qualcosa che devo sapere su Alex? Se è così e non me lo stai dicendo, come per Max, vorrei saperlo prima di andare a San Francisco per incontrarlo».

Sospirò forte, tradendo la crescente frustrazione, poi parcheggiò bruscamente vicino a casa e restò con lo sguardo fisso per qualche istante. «Non è per niente come Max. Sono solo sorpreso che non me ne abbia parlato, però. Sono il tuo investitore».

«E ti ringrazio per quello che hai fatto, Blake. Ho tutta l'intenzione di ripagarti, ma se ho anche una piccola possibilità, devo riportarci in carreggiata, altrimenti sarà un fallimento totale e il tuo investimento andrà perso».

«Non me ne frega un cazzo dei soldi, Erica. Sarà valsa la pena perdere quattro milioni di dollari, se ti hanno portata nella mia vita. Varrebbe la pena perdere tutti i soldi che ho».

Sentendo quella dichiarazione, il mio cuore perse un battito. «Grazie, Blake. Ma qui si tratta di me che faccio andare avanti l'attività. Ho cercato Alex d'impulso, e sinceramente non credevo mi avrebbe richiamata così presto. Di sicuro non mi aspettavo che avrebbe accettato di discutere della cosa, ma è un'occasione che devo cogliere. Te lo sto dicendo ora, letteralmente dopo pochi minuti che è successo. Mi dispiace che tu abbia pensato che te lo stessi nascondendo, perché non era certo mia intenzione».

Mi prese la mano e mi accarezzò delicatamente il dorso.

«Al lavoro va tutto bene?», chiesi. Non volevo litigare, ma sapevo che c'era qualcosa che lo turbava. Speravo di non essere io. «Sei riuscito a parlare con Michael?»

«L'ho chiamato, ma non si è ancora fatto vivo. Forse andrò a Dallas, di certe cose è meglio parlare di persona».

«Puoi andare mentre io sono in California».

Scosse la testa e strinse le labbra. «No, vengo con te. Alex è un amico e abbiamo già lavorato insieme, ma in ogni caso non voglio che viaggi da sola».

«Mi piace l'idea. C'è un evento sulla tecnologia questo fine settimana, e ha detto che potrebbe farmi avere dei biglietti».

Mi strinse la mano un po' più forte. «Certo. Dico a Cady di organizzare. Possiamo partire venerdì sera».

Mi sporsi verso di lui e feci scivolare la mano libera sulla sua camicia, mentre vidi il suo sguardo adombrarsi. Rimanemmo così, al buio, gli occhi che brillavano nella luce fioca dell'abitacolo. Sentivo che aveva altro da dire, ma quella sera non volevo insistere, quindi mi avvicinai.

Sigillammo le nostre bocche e approfondimmo il bacio, mentre le nostre lingue si intrecciavano. Blake mi lasciò la mano per toccarmi la guancia, facendomi inclinare la testa.

Mi sentii avvampare e desiderai che i nostri corpi fossero più vicini, nonostante non saremmo stati molto comodi.

«Ti amo», sussurrai quando ci separammo.

Abbassai la mano sulla sua erezione, compiaciuta come

sempre di sentirlo eccitato. Lo baciai profondamente, stuzzicandolo con il movimento della lingua che immaginai da un'altra parte.

Lui si scansò, riprendendo fiato. «Entriamo».

Prima che si potesse muovere, gli abbassai la lampo e afferrai il suo sesso. Poi gli baciai il collo e gli diedi qualche morso, mentre lo massaggiavo dalla base alla punta.

«Cazzo, Erica, entriamo. Prima o poi passa qualcuno».

Sorrisi. «E allora? Fa la spia? Magari vorrà guardare mentre te lo succhio», dissi, baciandogli il lobo. «Il mio uomo ha avuto una brutta giornata e voglio farlo stare meglio».

Sospirò profondamente, mentre il suo membro pulsava nella mia mano.

«Dopo ti punirò per questo».

Risi, calma. «Mi punisci perché voglio farti un pompino? Credo di essere in grado di gestire la cosa».

«Se un poliziotto arriva prima che io sia venuto, rivedremo i termini della punizione. E non ti piacerà. Fai veloce».

Si alzò leggermente, l'erezione che pulsava nella mia stretta. Mi venne l'acquolina al solo pensiero di assaggiarlo. Mi abbassai e presi la carne calda in bocca. Mossi la lingua sulla punta e poi giù sulla lunghezza, lubrificando il percorso finché la sua erezione pulsante non mi riempì.

«Porca puttana, adoro la tua bocca».

Gemetti. I miei sensi furono sopraffatti dal suo sapore e dal suo odore. Iniziai ad andare su e giù, ritmicamente. Blake mi mise una mano tra i capelli e rallentai, lasciando che fosse lui a controllare i miei movimenti. Strinse la presa guidandomi, facendomi andare più a fondo e più veloce. Lo sentii colpire il volante con la mano; sollevò i fianchi, spingendosi a fondo nella mia gola e poi tornando indietro. Respirai profondamente un secondo prima che ripetesse il movimento, provando a capire quanto riuscissi a sopportare. Ancora una volta, e con un grido soffocato, si sollevò. Nell'abitacolo risuonarono i suoi gemiti, e un attimo dopo il liquido caldo mi riempì la bocca e finii il lavoro, ingoiando ogni goccia della prova del suo piacere. Mi tirò su bruscamente, poggiando la testa sul sedile.

«Così mi uccidi».

«Conosco la sensazione», replicai, contorcendomi dal desiderio.

Lui si girò verso di me e mi guardò. «Sei bagnata, vero?».

Mi mossi leggermente, e lo sfregamento delle cosce affievolì leggermente il piacevole dolore che stavo provando. «Sì, e ti pregherei di fare qualcosa a riguardo».

Fece scivolare un dito sulla scollatura della mia camicetta, toccandomi il seno. Mi morsi forte il labbro, la tensione aumentava sempre di più. Sollevò la mano per liberarlo con il pollice, e posò la bocca sulla mia. Fu un bacio profondo e possessivo, avevo ancora il suo sapore sulle labbra gonfie.

«Toccami», pregai.

«Vorrei, credimi, ma se lo facessi non riuscirei a uscire dalla macchina senza scoparti. Magari vuoi far sapere al mondo che ti faccio impazzire, ma se devo andare in prigione preferirei che fosse per qualcosa di più rilevante».

«Dov'è finito il tuo spirito di avventura?», lo presi in

giro. Poi lo baciai appassionatamente, mio malgrado troppo eccitata. «Non ce la faccio ad aspettare».

«Fidati, ce la fai e lo farai. E aspetterai ancora di più se non entri subito in casa», grugnì. «In questa macchina non c'è abbastanza spazio per quello che ho intenzione di farti».

# Capitolo sei

Il sole tramontò all'orizzonte mentre l'aereo volava verso est. Mi appoggiai a Blake, stanca per la lunga giornata. Ero felice di quel fine settimana, anche se significava viaggiare e lavorare ancora. Avrei preferito un'altra pausa a Martha's Vineyard, ma mi sarei accontentata.

«Dovremmo parlare del matrimonio. Un altro interrogatorio sull'argomento da parte di Alli e impazzisco».

«Starà facendo venire un infarto a Heath», disse con un sorriso.

Rimasi in silenzio. Non volevo insinuare che forse il loro matrimonio non fosse così lontano. Heath doveva ancora lavorare parecchio per rimettere a posto la sua vita dopo la riabilitazione. Tornare a Boston con la sua famiglia e poi con Alli sembrava fosse stata la cosa giusta, ma ci tenevamo troppo a lui per dare per scontato quell'ultimo periodo buono. Forse era per quello che Blake non aveva insistito per farlo andare via da casa sua, nonostante la cosa avesse minato la nostra privacy da quando vivevamo insieme.

«Hai pensato a cosa vuoi fare?».

Sospirai. «In realtà no. Credo di essere troppo sopraffatta per pensare ai dettagli. Dove, quando, chi... non so proprio come farò a gestire tutto».

Mi prese la mano e la strinse forte. «Possiamo fare tutto quello che vuoi, alla fin fine quello che conta è essere sposati. Non mi importa che sia un ricevimento in grande stile che verrà ricordato nella storia dei Landon o un fine settimana a Las Vegas con solo noi due, basta che alla fine tu diventi la signora Erica Landon. Solo non farmi aspettare troppo, okay?».

Mi rilassai un po' alla vista del suo sguardo dolce quando pronunciò quello che sarebbe diventato il mio nome. «La penso così anch'io, ma non voglio deludere la tua famiglia. Se scappassimo insieme probabilmente mi odierebbero in eterno per averli privati del loro momento».

Blake rise. «Il *loro* momento? Amore, è il *nostro* momento. Possiamo fare quello che vogliamo. Basta che lo dici e prenoto la cappella con Elvis».

Gli posai la testa sulla spalla e chiusi gli occhi. «Non lo so, credo di doverci pensare».

«Sei preoccupata per la tua famiglia?».

Il terrore che mi attanagliò lo stomaco rispose alla domanda prima che potessi dire qualcosa. «Forse un po'. Peccato che la mia famiglia non sia come la tua. Sono sicura che in quel caso li avrei voluti invitare alla cerimonia».

«L'hai detto a Elliot?».

Scossi la testa.

«Daniel?»

«Sì, a lui sì. Ha anche detto che era felice per noi. Mi ha sorpresa».

«Be', di sicuro non ti accompagnerà all'altare».

«Per quello non c'è da preoccuparsi. Se deve farlo qualcuno, quello è Elliot. Mi ha chiamata, dal nulla, l'altro giorno. Non ci sentivamo da mesi».

«Non me l'avevi detto».

«Avrei voluto, ma tu avevi fretta di legarmi al tavolo. È per quello che ho fatto tardi, a proposito».

Mi strinse la mano, forse per scusarsi, ma ero troppo comoda e non mi mossi per vedere la sua reazione.

«E cos'ha detto?».

Scrollai le spalle, pentendomi di aver tirato fuori il discorso. Capivo i motivi per cui Elliot mi voleva contattare, ma odiavo il fatto che sembrava farlo perché si sentiva obbligato o in colpa.

Blake mi sollevò il mento e mi guardò. «Ha detto qualcosa che ti ha turbata?».

Incrociai il suo sguardo e mi raddrizzai sul sedile. «No, è che parlargli di nuovo mi ha ricordato tante cose, molte delle quali tristi. Vuole venire per l'anniversario della morte di mamma. Sono passati dieci anni».

Fissai fuori dal finestrino il cielo che si imbruniva, e mi balenò nella mente un'immagine di mia madre, come succedeva in momenti del genere. Era sempre con me, in qualche modo.

«È strano come gli anni passino e una conversazione mi abbia riportato indietro nel tempo così velocemente. Di colpo avevo di nuovo dodici anni. Insomma, adesso sono adulta, riesco a razionalizzare e affrontare le difficoltà, ma non credo che sarò più in grado di pensare alla sua vita e alla sua morte senza la disperazione che ho provato da bambina».

«Be', è normale».

«Dici? Dovrei essere in grado di andare avanti, ormai, ma quella conversazione mi ha fatto capire quanto per me sia ancora una questione irrisolta».

«Cosa credi sia rimasto irrisolto, esattamente? Cioè, non è che avesse scelta».

«Non è quello. Lo so che non c'era niente che si potesse fare per salvarla, è più che altro il modo in cui tutto è andato a pezzi quando è morta».

«Con Elliot?».

Annuii. «Non sono arrabbiata con lui, alla fin fine non è il mio vero padre. Lui si era impegnato con mia madre e non avrebbe mai potuto sapere che si sarebbe ammalata».

«Ma si era impegnato anche con te».

Mi soffermai su quel pensiero più a lungo di quanto volessi.

«Ora non ha importanza, non so neanche perché ne parlo».

«Perché ti fa stare ancora male».

«Sono grande, posso sopportarlo».

«Lo so», disse, baciandomi delicatamente la mano. «Ma non è che devi sempre essere forte, sai?».

Risi. «Non so come altro essere».

«Siamo in due. Solo che sarei molto più felice se condividessi queste cose con me più spesso».

Gli lanciai uno sguardo interrogativo.

«L'incontro con Alex, per esempio. Avrei potuto organizzartelo facilmente, testare il terreno e trattare per farti ottenere condizioni favorevoli. Ma sei testarda e vuoi fare sempre da sola».

«Perché non dovrei?».

Rise. «Perché lo vuoi fare, quando potrei pensarci io e tu potresti concentrarti su altro?».

Mi staccai da lui. «Tipo? Organizzare il matrimonio?»

«No, tipo gestire altri aspetti dell'attività. Non è quello che ti piace fare?»

«Anche fare pubbliche relazioni fa parte del mio lavoro. Se qualcuno deve farlo, quella sono io».

«Come vuoi, Erica. Se vuoi fare le cose nella maniera più difficile, fai pure, ma io non vado da nessuna parte, quindi dovresti ripensarci. Ricordati che siamo nella stessa squadra».

Mi prese la mano che avevo sul grembo, intrecciò le nostre dita e mi sfiorò il braccio con le labbra. Tremai sentendo il suo respiro sulla mia pelle, e i miei capezzoli si inturgidirono subito. Guardai fuori dal finestrino, cercando di essere arrabbiata, ma quel tocco innocente era un segno di come poteva facilmente assumere il controllo quando voleva. Blake era abbastanza insistente da superare le difese di chiunque. Avrei potuto combattere, ma avrebbe sempre vinto lui.

Il salone si stava riempiendo di persone, tutti professionisti: legali, informatici e qualsiasi categoria vi fosse nel mezzo. Da quanto mi aveva detto Blake, era l'evento mondano per eccellenza del mondo della tecnologia, e mi aspettavo di incontrare un rilevante spaccato della gente del settore. Blake indossava un abito grigio scuro, io un semplice vestito rosso incrociato davanti e scarpe col tacco nere.

Blake mi mise un braccio intorno alla vita mentre ci muovevamo tra la folla, e quel gesto mi emozionò per più di un motivo. Ero sempre nervosa quando partecipavo a eventi del genere e, per quanto volessi cavarmela da sola, averlo lì con me mi confortava.

«Landon».

Erano passati mesi da quando ci eravamo incontrati, ma dopo un secondo riconobbi in Alex la persona che ci stava venendo incontro. Spostò lo sguardo da me a Blake, e poi sul braccio di lui intorno alla mia vita. Valutai la possibilità di scostarmi, ma sarebbe stato imbarazzante. Se Alex non era a conoscenza della nostra relazione, l'avrebbe saputo in quel momento. E se pensava che il mio recente successo fosse dovuto alla ricchezza di Blake... be', forse aveva ragione. Speravo solo che la cosa non avrebbe minato la possibilità di una collaborazione.

Mi rimproverai per quel pensiero. Dopotutto, io e Blake eravamo fidanzati ufficialmente. *Ufficialmente*. Quel pensiero mi esaltava ogni volta.

«Alex, è un piacere vederla. Grazie mille per averci invitati». Gli porsi la mano e gliela strinsi nel modo più professionale possibile. Lui rispose con un sorriso.

«Si figuri. Sono felice che siate riusciti a venire, è sempre un evento divertente. Tutti i pezzi grossi sono qui, sarà sicuramente a suo agio».

«Oh, grazie», risposi timidamente.

«Allora, mi dica di Clozpin. Come sta andando?».

Mi schiarii la voce, sperando di non sembrare a disagio come in realtà mi sentivo, e guardai Blake. «Ehm... mi porteresti da bere?»

«Certo», rispose con un sorrisetto. «Per te, Alex?»

«Sono a posto», disse, sollevando il suo bicchiere.

Blake si mosse con eleganza verso il bar. Sentii freddo nel punto in cui fino a poco prima mi aveva stretta. Presi fiato; avevo bisogno di spazio per parlare ad Alex. Incrociai il suo sguardo e sorrisi.

«Sarò sincera, Alex: l'attività va benissimo. Abbiamo inserzionisti importanti e siamo in rapida crescita, la nostra è una parabola ascendente. Tuttavia da poco è sbucato un sito rivale. In sostanza ci hanno copiati e ora cercano di portarci via gli inserzionisti».

«Dev'essere frustrante», replicò, aggrottando le sopracciglia.

«Molto, ma mi ha anche aperto gli occhi. La squadra è più forte che mai, abbiamo basi solide e credo che potremmo passare facilmente a un livello successivo lasciando indietro i plagiatori».

Alex bevve un sorso del suo drink. «E come pensa di fare?»

«È qui che entra in gioco lei. Sono aperta a qualsiasi suggerimento, ma questo mi sembra il momento più adatto per collaborare con qualcuno che potrebbe sfruttare il nostro traffico per aumentare la propria rete di vendita e, in cambio, aiutarci a crescere. Avevo dato un'occhiata al suo sito dopo la conferenza, e devo ammettere che non avevo preso seriamente in considerazione l'e-commerce perché ero troppo occupata a far crescere la nostra attività secondo il modello attuale. Non ero pronta per un cambiamento significativo fino a poco fa».

Annuì lentamente e un accenno di sorriso comparve sulle sue labbra. «Capisco perché Landon ha investito nella sua attività».

Risi nervosamente, non sapendo bene cosa rispondere, e i miei pensieri andarono a Blake. Inclinai la testa e studiai Alex per qualche istante.

«Non ricordo di aver detto che Blake era un mio investitore, ma forse era ovvio».

«Avrei potuto supporlo, ma no, oggi ci siamo sentiti per

telefono. Voleva parlarmi ed è saltato fuori. Stia tranquilla, era deciso a lasciare che fosse lei a convincermi. Però non ha detto niente sul plagio, e sono molto impressionato che lei me l'abbia confessato».

Rimasi a bocca aperta. Non sapevo se essere infastidita da quello che aveva fatto Blake o orgogliosa per aver impressionato Alex. Ma perché si metteva sempre in mezzo? Quando avrebbe capito che sapevo cavarmela da sola? Il mio cervello mi ricordò che voleva solo aiutarmi, in modo ossessivo, certo; ma un'altra parte di me si chiedeva se lui pensava davvero che ce l'avrei fatta.

La voce di Alex interruppe quei pensieri. «Sembra un inizio promettente, comunque. Vediamoci domani per discutere dei dettagli, non voglio farle perdere la festa. Sono sicuro che Blake non vede l'ora di portarla in giro, ci sono molte persone che dovrebbe conoscere».

Fece un cenno con la testa e io seguii il suo sguardo, all'improvviso più desiderosa di individuare il viso di Blake tra la folla che di conquistare il mio possibile socio. Quando lo trovai, sentii una stretta allo stomaco. Il suo profilo perfetto era rivolto verso Risa, che si stava attorcigliando una ciocca di capelli neri intorno al dito mentre parlava, pronunciando parole che non potevo distinguere. Era più elegante che mai in un vestito nero, ma la sua espressione era titubante, i suoi occhi spalancati e il suo corpo leggermente piegato all'indietro rispetto a Blake, che era immobile.

«Erica?».

Tornai a rivolgere la mia attenzione ad Alex.

«Va bene se ci vediamo domani a pranzo?»

«Sì, va benissimo», risposi, scacciando i miei pensieri.

«Ottimo. Allora ci vediamo al ristorante dell'albergo verso mezzogiorno».

«Perfetto, non vedo l'ora».

A quel punto Blake ci raggiunse e mi posò la mano sul braccio. La sua presa salda inviò un segnale d'avvertimento al mio cervello. Quand'è che avevo iniziato a capire alla perfezione i suoi stati d'animo? E che il mio corpo aveva preso a reagire così intensamente?

«Alex, vuoi scusarci?». La voce di Blake non era più tranquilla e informale, le sue parole suonarono brusche, come se Alex non fosse più un vecchio amico, ma solo uno dei tanti conoscenti in ambito lavorativo.

«Certo. Buona serata».

Alex ci fece un cenno di saluto senza dire altro. Blake mi condusse alla porta da cui eravamo appena entrati, la sua presa sempre più stretta. Resistetti all'impulso di liberarmi e gridargli contro per aver parlato con Alex prima che lo facessi io; volevo essere arrabbiata con lui perché si era di nuovo intromesso nella mia vita professionale, ma c'era qualcosa di strano.

«Che ci fa qui Risa?»

«È qui per lo stesso motivo di tutti gli altri: conoscere e farsi conoscere», disse a denti stretti.

Sentii un nodo allo stomaco per la preoccupazione. Ci fermammo davanti agli ascensori, e lui premette forte il pulsante.

«Cos'ha detto?».

Il campanello suonò ed entrammo nella cabina, fortunatamente vuota; le porte si chiusero lentamente e Blake mi bloccò con il suo corpo contro la parete a specchi dell'ascensore. Mi afferrò il mento, costringendomi così a guardarlo in faccia, e non riuscii a evitare l'intensità bruciante dei suoi occhi.

«Te lo chiedo per l'ultima volta e mi devi dire la cavolo di verità, altrimenti tra noi è finita».

Lo stomaco mi si strinse di nuovo sentendo quella minaccia.

«Mi hai mentito una volta perché pensavi di proteggermi, ma se mi menti anche adesso sarà l'ultima volta che lo farai», disse. Poi prese aria. «Dimmi la verità e troveremo una soluzione».

Credevo che il cuore mi sarebbe uscito dal petto visto il ritmo dei battiti. Ero troppo scioccata per rispondere subito.

«Blake… mi stai spaventando».

Strinse la mascella, come se stesse lottando per non far uscire le parole dalla sua splendida bocca. «Ti sei scopata James?».

Il mio cuore si fermò. Lo guardai negli occhi alla disperata ricerca del motivo di quella domanda inaspettata.

«No», sussurrai.

L'ascensore si fermò e lui mi lasciò, camminando velocemente nel corridoio. Gli corsi dietro, seguendolo fino alla nostra camera e rimasi ferma sulla porta, con la mente che viaggiava ancora a tutta velocità. Cos'aveva detto Risa? Cos'è che l'aveva fatto agitare così, apparentemente dal nulla?

Blake si tolse la giacca e la lanciò su una sedia, poi andò verso la finestra. Si passò le mani tra i capelli mentre guardava la città.

Io, semplicemente, lo fissavo: con soggezione, con paura, con amore. Non sapevo cosa stesse succedendo, ma odiavo la distanza che si era appena creata. Feci un passo verso di lui e mi fermai appena si voltò. Smisi di respirare quando incrociai di nuovo il suo sguardo: freddo come il ghiaccio, i suoi occhi erano scuri come non mai. Non era più l'amante dolce e romantico, ma il miliardario senza scrupoli con cui nessuno vorrebbe mai avere a che fare.

«Spogliati».

Quell'ordine ruppe il silenzio che aleggiava nella stanza. La parola mi raggelò e sentii un brivido lungo la schiena.

«Blake, non capisco…».

Si sbottonò la camicia tirandola fuori senza fretta dai pantaloni. «Spogliati, ti voglio nuda qui, al centro della stanza».

«Perché… perché sei così arrabbiato con me?».

La sua maschera di autocontrollo si ruppe e digrignò i denti con una smorfia. «Porca puttana, Erica. Mi prendo un'altra camera e salgo sul primo volo domani mattina, tu puoi dormire da sola e tornartene a casa da sola. Mettimi alla prova se è quello che vuoi, così vedi quanta scelta ti do», disse sempre più paonazzo in volto.

Era mai stato tanto arrabbiato con me? Ma perché, poi? Strinse la mascella, i muscoli del suo viso tremavano mentre aspettava la mia reazione. Aprii la bocca per parlare, ma non ci riuscii. Non sapevo da quale accusa mi dovevo difendere. Per quale motivo quella serata piacevole era diventata all'improvviso un inferno?

Come in risposta alla mia domanda silenziosa, Blake prese a parlare in tono misurato. «Risa mi ha detto di James. Hai presente? Il vostro piccolo incontro fuori dall'ufficio dopo che le ho dato un passaggio? A quanto pare le cose tra voi due si sono scaldate», disse piegando la testa. «Posto che la sua storia sia vera».

*No.* No, non stava succedendo. Mi si annebbiò la vista a causa delle lacrime che stavo trattenendo. Ero paralizzata. Avrei fatto di tutto per fermare la piega che quella situazione stava prendendo.

Blake lanciò via la camicia e venne verso di me.

«È stato come sulla spiaggia? Mi sembra di ricordare che fossi piuttosto eccitata dopo».

«Blake», supplicai. Stava rigirando tutto. Maledetta Risa che mi stava facendo questo, che *ci* stava facendo questo.

Rimase di fronte a me, fissandomi negli occhi. Appariva più alto e più minaccioso, non ricordavo di averlo mai visto così. Abbassai le spalle, sembrava che la sua postura me lo stesse ordinando.

«È vero? Dimmi di no».

Serrai la mascella. Tutto quello che avrei detto sarebbe stato inutile, non gli interessavano le mie scuse.

Mi infilò le dita tra i capelli, afferrandoli alla radice per attirarmi più vicino, e gemetti per quel lieve dolore. Posai le mani sul suo petto per riuscire a stare in piedi, le ginocchia mi tremavano. Il calore della sua pelle quasi bruciò la mia. Si chinò su di me e percepii il suo respiro sui miei capelli, contro il collo. Riuscivo a sentire il suo odore, quello dell'uomo che amavo e che forse mi odiava.

«Spogliati». Il tono velenoso della sua voce fu sostituito da uno pericolosamente determinato che mi fece formicolare la pelle. «E inginocchiati».

Serrai gli occhi e feci un respiro profondo, come se già le sue parole mi avessero spogliata. Volevo piangere, ma ricordai la sua minaccia: mi avrebbe lasciata. Forse solo per una notte, ma il pensiero di lui che se ne andava in quel modo mi terrorizzava. Senza pensare, perché in quel momento non riuscivo a dare un senso a niente, lanciai via le scarpe, prima una e poi l'altra. Feci scivolare le dita sul nodo del vestito e, con le mani che tremavano, sciolsi il nodo e lasciai che il vestito cadesse per terra. Sapevo che lui stava contando i secondi che passavano, in attesa. Mi tolsi velocemente il reggiseno e abbassai gli slip. Rimasi in piedi, nuda. Alzai lo sguardo e l'intensità dei suoi occhi sembrò ruggire l'ordine nel silenzio della stanza.

A quel tacito comando mi abbassai e posai le mani tremanti sulle ginocchia. Una voce nella mia testa mi urlava che non dovevo farlo, non così, e un'altra rispondeva che mi meritavo ogni secondo di quello che stava succedendo. In qualunque caso, non potevo permettere che mi lasciasse, e se mi fossi dovuta inginocchiare per farlo restare, l'avrei fatto.

# Capitolo sette

Fissai il tappeto che avevo davanti. Era quello che voleva da me. Desideravo chiedere il perché, lottare, ma le parole di Blake mi risuonavano in mente: *Sottomissione totale. Controllo totale sul tuo piacere e sul tuo dolore*. Era quello che voleva… la mia sottomissione. Non voleva spiegarsi. Avrei potuto chiedere scusa, avremmo potuto parlarne, litigare, ma al momento voleva solo quello. E forse era anche ciò di cui avevo bisogno io: i nostri corpi che si scontravano come in un ciclone, riducendo al silenzio il resto del mondo. Solo che lui era furioso, e odiavo leggerglielo negli occhi sapendo che la colpa era mia.

Si accovacciò davanti a me, ma io tenni lo sguardo basso concentrandomi sulle sue scarpe, sul modo in cui i pantaloni gli avvolgevano le cosce muscolose. Dio, quell'uomo era bellissimo, anche quando era infuriato.

Mi sfiorò la guancia, e un brivido mi corse lungo tutta la schiena.

«Se non fossi così incazzato sarei impressionato, Erica. Finalmente hai imparato a sottometterti. Vediamo quanto riuscirai a resistere, dal momento che stasera verrai punita per una vita intera. Credi di potercela fare?».

Alzai la testa e strizzai gli occhi. Il mio spirito combattivo minacciava di venire fuori e scagliarsi su di lui. Inspirai lentamente. *Devo resistere*.

«Sicura di non volere una parola di sicurezza?».

Avevo il fiatone. Feci un altro respiro veloce e scossi la testa, riabbassando lo sguardo. Stupidamente pensai che, se l'avessi avuta, l'avrei autorizzato a fare in modo che desiderassi usarla. Mi fece scivolare le dita sulle labbra.

«Ti ha baciata. Hai risposto al bacio?».

Presi aria, con le labbra che tremavano.

«Se non l'avessi notato, stasera non sono in vena di ripetermi. Hai risposto al bacio?»

«Sì... ho risposto al bacio». Quelle parole mi lasciarono un sapore amaro in bocca. Perché? Perché mi ero lasciata andare così? Mi venne la nausea a pensare che avrei potuto perdere Blake per uno stupido momento di debolezza.

«Con la lingua?».

Aspettai un attimo e poi annuii, e mi sentii ancora peggio. Fece scivolare la mano sul mio seno, prendendone uno.

«E le mani? Come poteva resistere a queste tette perfette mentre ti metteva la lingua in bocca? Ti ha toccato qui?», chiese, pizzicando il capezzolo e provocandomi un brivido.

«Non lo so. No».

Abbassò ancora la mano, scivolando sulla pancia per arrivare fino in mezzo alle gambe, dove sfiorò le labbra della mia intimità.

«E qui?»

«No», ribadii.

«Avresti voluto che lo facesse?»

«No».

Mi diede uno schiaffo tra le gambe, e provai dolore, ma anche un inaspettato piacere.

«La verità, Erica», sbottò.

«Volevo che fossi tu», dissi subito. «Se in quel momento ho avuto un minimo desiderio, è stato per quello. Ma non ho provato *niente*, è la verità».

«Vorresti dirmi che ti ha baciato abbastanza a lungo perché Risa vi vedesse, ti ha messo la sua lingua del cazzo in bocca e non hai provato niente?».

Chiusi gli occhi, non potevo sopportare quella situazione. Era tutto annebbiato, confuso come quando avevo lasciato che James mi si avvicinasse troppo quel giorno. Sentii un groppo in gola.

«Blake, credimi, ti prego. È successo tutto in fretta. Mi ha presa alla sprovvista e forse, per un decimo di secondo, sì, ho creduto di volerlo. Ma poi non ce l'ho fatta. Anche se pensavo di averti perso, che non ti avrei più rivisto, non volevo lui. Volevo *te*. Ma lui non è te, non lo sarà mai. E anche se mi odi e mi punisci, questo non cambierà».

Mi tremò la voce mentre pronunciavo l'ultima frase, una verità che mi avrebbe perseguitata fino alla morte, se mai mi avesse lasciata. Ne sarei uscita devastata.

«Perché non me l'hai detto? Perché cazzo l'ho dovuto scoprire così?».

Chinai il capo. «Non volevo ferirti, Blake», risposi, ma ormai era troppo tardi.

«Hai la minima idea di quanto sia infuriato in questo momento?», chiese con un tono basso, pericolosamente basso.

Mi azzardai a guardarlo in faccia, e lo vidi sfocato a causa delle lacrime; tuttavia la freddezza che scorsi nei suoi occhi mi agghiacciò. «Mi dispiace. Mi dispiace tantissimo…». La mia voce tremava, ma volevo disperatamente che lo sapesse.

«Ah, sì? E mi vuoi dimostrare quanto ti dispiace?»

«Farò tutto quello che vuoi». Mi avvicinai a lui, che però mi fermò tenendomi i polsi.

«Cosa ti fa credere che ti voglia ancora dopo quello che hai fatto?».

Quelle parole mi colpirono come una pugnalata al cuore, ma i suoi occhi dicevano tutt'altro: c'era rabbia, ma anche dolore. Non tanto da ammorbidire la sua espressione, ma abbastanza per darmi un minimo di speranza.

«Sei l'unico che vorrò mai. Non odiarmi, ti prego. Sono stata stupida e avevo paura, Blake. Odio il fatto che sia successo, che abbia rinunciato a noi prima che riuscissimo a ritrovarci. Ti amo. Ti prego… ti prego, lascia che te lo dimostri».

Si fermò un momento prima di lasciarmi andare i polsi, poi si alzò e andò verso il divano. Quell'immediato rifiuto fece aumentare la mia nausea. Trattenni il fiato quando sentii che si stava togliendo la cintura. La tenne in mano per un momento e mi guardò. Sentii una fitta al petto, che si muoveva a ritmo del mio respiro inquieto. Inaspettatamente la lasciò cadere per terra prima di sistemarsi sul divano. Tirò giù la zip dei pantaloni e liberò la sua erezione, poi iniziò a massaggiare tutta la sua lunghezza. Su e giù. Dentro di lui c'era un'emozione diversa, da cui l'avrei potuto liberare, se me l'avesse permesso. Trascorsero diversi secondi e lui continuò a toccarsi, senza mai distogliere lo sguardo dal mio. Strinsi le mani sulle cosce, lasciando il segno delle unghie. Volevo disperatamente andare da lui, ma mi avrebbe punita se mi fossi mossa senza permesso, e non osavo parlare.

«Vieni qui», disse con voce roca.

Feci per alzarmi, sollevata, ma lui mi bloccò. «A quattro zampe. Mani e ginocchia a terra finché non ti dico diversamente».

Esitai un attimo e poi iniziai a muovermi. Il tappeto faceva pressione sui palmi e mi pungeva le ginocchia mentre attraversavo la distanza che ci separava. Le mie guance avvamparono per l'imbarazzo: in quella posizione subivo l'umiliazione che lui voleva infliggermi, ma niente avrebbe potuto placare il desiderio che provavo per lui. Mi sedetti sui talloni, tra le sue gambe, proprio come volevo fare poco prima. La punta del suo grosso membro, lucida, spariva sotto il suo palmo e ricompariva quando la mano scendeva fino alla base. Mi leccai le labbra, quasi riuscivo a sentire il suo sapore. All'improvviso non desiderai nient'altro che averlo in bocca. Avrei potuto alleviargli la frustrazione e mitigare il dolore che bruciava dentro entrambi.

«Lo vuoi?». La tensione gli fece abbassare la voce mentre il ritmo aumentava.

«Sì». Mi sollevai e poggiai le mani sulle sue ginocchia.

«Non ti meriti la soddisfazione che ti darebbe».

Il pugnale che avevo conficcato nel cuore si rigirò, e mi abbassai come un animale ferito.

«Per favore. Fammelo fare», pregai piano.

Sibilò tra i denti e mi morsi le labbra, la mia frustrazione cresceva man mano che il suo orgasmo si avvicinava. Sembrava avessi parlato a vuoto. Mi avrebbe ignorata finché non fosse venuto? Feci scivolare le mani sulle sue cosce, su e giù. Mi leccai le labbra, immaginando il suo sapore.

«Fai fare a me. Ti amo. Lo voglio fare».

Chiuse le palpebre, i muscoli tesi sotto il mio tocco.

«Cazzo», grugnì, mentre faceva cadere la testa all'indietro con un sospiro. Incoraggiata, posai una mano sulla sua bloccando i suoi movimenti, e un attimo dopo era nella mia bocca. Leccai velocemente la punta e succhiai, mi mossi e gemetti, le cosce che sfregavano mentre mi sistemavo in modo da prenderlo ancora più a fondo.

Bastò quel poco per portarlo al limite. Poche spinte veloci in fondo alla gola e lui fremette, gemendo. Mi strinse i capelli e mi tenne la testa ferma finché non si svuotò completamente, il suo membro ancora pulsante dopo l'orgasmo.

Il dolore alle ginocchia e la scomodità della posizione sparirono mentre lo assaporavo e respiravo il suo odore. Leccai dalla base alla punta per pulirlo. Il mio uomo, il mio bellissimo uomo tormentato. Volevo essere questo, volevo adorarlo, servirlo. Volevo essere tutto per lui, anche nei momenti oscuri in cui niente aveva senso se non il bisogno dei nostri corpi.

Scivolò fuori dalla mia bocca e i nostri respiri ruppero il silenzio. Il mio seno era pesante, ed ero bagnata tra le gambe. Lo volevo subito, arrabbiato com'era stato poco prima, ma lottai contro l'impulso di mostrarglielo, di chiedere di più. Poggiai nuovamente le mani sulle mie ginocchia, ansimando per il forte desiderio.

Lui alzò la testa e vidi che la sua espressione si era addolcita, ma la mascella restò ferma. «Toccati».

Senza pensarci due volte, feci andare la mano tra le gambe; portai l'umidità dell'eccitazione sul clitoride e iniziai muovermi. Chiusi gli occhi e gemetti piano, pensando alle sue dita che mi davano piacere.

«Vuoi che sia io a toccarti?»

«Sì».

«Vuoi che entri subito?»

«Sì», ansimai. I muscoli del ventre si tesero e una sensazione di calore si diffuse in tutto il corpo. La mia intimità pulsò e si contrasse per il desiderio di essere colmata da lui. Lo volevo tutto, finché quella follia non fosse sparita lasciando solo noi due, insieme.

«Continua a fare da sola».

Un lampo di paura mi attraversò quando sentii che si stava allontanando. Se prima aveva intenzione di evitarmi, cosa gli avrebbe impedito di portarmi al limite e poi lasciarmi lì, per ripicca? Le mie dita si muovevano in modo febbrile sul clitoride, l'orgasmo era sempre più vicino. Con gli occhi serrati, rimossi qualsiasi altro pensiero. All'improvviso fui convinta che mi avrebbe lasciata insoddisfatta se non ci avessi pensato da sola.

«Blake», gemetti. Pronunciai il suo nome come fosse una preghiera disperata. Non era dentro di me, ma era ancora con me: nei miei pensieri e in ogni fantasia che mi avrebbe portato all'apice del piacere. Continuai a immaginarlo mentre mi aggrappavo al divano, ormai vuoto, sollevando i fianchi.

«Sono qui».

Aprii subito gli occhi al suono della sua voce sul mio collo. Prima che potessi realizzarlo, mi prese le braccia all'altezza del gomito e le tirò indietro, lasciandomi con il seno all'infuori e il clitoride che pulsava in cerca di attenzione. Mi mossi irrequieta, fin troppo desiderosa di concludere, o che fosse lui a farmi concludere. Fece scivolare la mano libera sulla mia gola, delicato e possessivo al tempo stesso, e, mentre mi circondava il collo, tenne il pollice fermo nel punto in cui il mio battito si sentiva più forte.

«Voglio far capire al tuo corpo a chi appartiene, ma voglio sentirtelo dire», sussurrò, portando la bocca al mio lobo, per succhiarlo e poi morsicarlo forte. Mi spostai di scatto, per quanto la sua presa lo permettesse, ma la sua stretta era troppo forte perché avessi scampo. Placò il dolore con la lingua, e mi lasciò sul collo una scia di caldi baci umidi, che mi tolsero il respiro e mi fecero contorcere dal piacere. Spinsi indietro i fianchi contro la sua erezione, supplicandolo silenziosamente di scoparmi. Lui si piegò in avanti e il mio petto andò a toccare il divano. La sua mano mi lasciò il collo e scivolò giù, infilandosi nella mia intimità umida, con le sue dita che stuzzicavano il clitoride gonfio. Mi irrigidii e il ritmo del suo tocco mi fece quasi impazzire.

«Mi appartieni, Erica. Il tuo cuore, il sangue che lo fa battere quando ti tengo in questa posizione, il tuo corpo e il modo in cui si muove quando vieni per me. È tutto mio. Dillo. Di' che mi appartieni».

Mi spinsi contro la sua mano, ignorando la sua richiesta.

«Dillo».

Sussultai. Il mio spirito combattivo era di nuovo in fiamme. «Non appartengo a nessuno».

«Cosa?», mi chiese con un tono di sfida. In qualche modo il fuoco del desiderio stava alimentando anche la mia rabbia. Avevo bisogno di venire, di liberarmi di quella tensione, di tutto.

«Non appartengo a nessuno», dissi bruscamente, di nuovo indifesa e frustrata.

Le sue dita si allontanarono dal clitoride; afferrandomi forte i fianchi mi spinse indietro contro di lui, finché il mio sedere non fu premuto sulla sua erezione. Boccheggiai, tra la rabbia e il desiderio bruciante.

«Invece sbagli. Mi appartieni dal momento in cui ti ho messo l'anello al dito, non fare finta di non saperlo. Mi hai promesso che nessuno ti avrebbe più toccata, ti ricordi? Ti avevo punita allora e ho intenzione di rifarlo finché non ti sento dire quella cazzo di frase».

Si spostò di lato, e l'unica cosa che sentii dopo fu il colpo della cintura sulle cosce. L'urlo che emisi fu affievolito dal divano, quando arrivò un'altra frustrata.

«Blake!».

«Possiamo andare avanti quanto vuoi, vedere il tuo culo che diventa rosso mi eccita».

«Non stavamo insieme». La mia voce, carica di tutte le emozioni che lui sembrava non provare, si ruppe mentre lui sferrava l'ennesimo colpo sul mio sedere.

«E di chi cazzo è stata la colpa?».

*Mia*. Il dolore bruciante sulla mia pelle raddoppiò quando ricevetti un'altra frustata nello stesso punto. Gridai, irrigidendomi e cercando di spostarmi, ma lui mi teneva troppo stretta. Non lasciava intervallo tra un colpo e l'altro, voleva che quella volta li sentissi in un modo che non avevo mai provato prima.

*Mi appartieni*.

Quelle parole si imprimevano nella mia mente, mentre

sopportavo un colpo dietro l'altro, tendendo i muscoli finché non temetti che mi sarebbero venuti i crampi. Ogni frustata era più forte della precedente, e il piacere sembrava sempre più lontano. I muscoli mi si intorpidirono, le lacrime iniziarono a scendere e l'unico dolore che sentivo era al cuore, che avevo spezzato a entrambi.

Quasi non mi accorsi del sollievo che provai quando Blake si fermò. China sul cuscino del divano, vedevo la stanza offuscata a causa delle lacrime. Mi fece allargare le ginocchia e sobbalzai quando sentii le sue mani stringere la pelle ancora sensibile che scottava per la punizione subita. Fece scivolare le dita tra i miei glutei e sul mio sesso umido, dove le fece affondare. Gemetti, sopraffatta da tutto quello. Il mio corpo era in tensione, intorpidito e sovraccarico. Nonostante la punizione, ero eccitata.

Tolse un dito umido che andò a infilare nella fessura tra i glutei. «Dovrei scoparti qui, te lo meriti», mormorò.

Scossi la testa. Avevo sopportato il dolore fino a quel momento, ma non sarei riuscita ad andare oltre. Non credevo, almeno. Non sapevo se mi avrebbe fatta venire, ma anche quell'eventualità esasperante era meglio di quello che stava minacciando di fare.

«No, ti prego».

Infilò un secondo dito. Trattenni il fiato e il mio cervello tornò in attività. Alzai la testa dal divano e irrigidii tutti i muscoli del corpo. «No! Ti prego, Blake. No, per favore, non posso».

Si fermò e tolse le dita senza dire niente, al che fui avvolta dal sollievo.

«Magari non stasera, ma ti scoperò anche lì, puoi contarci. E sai perché?». Si abbassò, le labbra a un millimetro dal mio orecchio. «Perché mi appartieni», sussurrò.

Strinsi la mascella, una fiammella di combattività era ancora dentro di me. Il groppo che sentivo in gola indicava il mio fiume di emozioni: aspettativa, dolore, amore. Che fossero passati minuti oppure ore, stavo provando un'ondata di sensazioni violente che mi avevano colpita come un fulmine.

«Ora ti scopo, e ti assicuro che non verrai finché non dirai quella frase».

Mi afferrò i fianchi e infilò il suo membro pulsante dentro di me, spingendo forte. Un urlo quasi disumano si levò nella stanza e mi resi conto di essere stata io. Fui colta da un desiderio disperato che mi percorse le vene come la droga più potente che potesse esistere e mi fece quasi impazzire, trasportandomi in un mondo dove l'unica cosa importante era che Blake fosse dentro di me. Mi allargò ancora di più le gambe, in modo che sentissi ogni spinta fino in fondo.

«Mia», disse, spingendo. «Non dimenticartelo mai più, Erica».

Quel modo di possedermi mi consumò, portandomi su un altro pianeta. Ne avevo bisogno, avevo bisogno di lui, di questo. Ed ero sua.

*Mio. Sei mio. Sono tua. Per sempre.* Mi ripetei quelle parole quasi irrazionalmente, come un mantra, finché non persero significato. *Ti appartengo. Ti appartengo. È sempre stato così.*

«Esatto. Mi appartieni, piccola».

Spalancai gli occhi: l'avevo detto ad alta voce senza rendermene conto, sconvolta dal desiderio che avevo di lui.

«E, cazzo, io appartengo a te».

Quella dichiarazione bloccò tutti i miei pensieri. Poi affondò dentro di me così forte che urlai. Portò nuovamente le dita sul mio clitoride, facendo salire ancora una volta il mio desiderio alle stelle. Tesi ogni muscolo del corpo, ma lui mi tenne ferme le braccia. Restai intrappolata nel piacere che mi stava dando, trattenendomi in modo che potessi sentire solo i suoi movimenti bruschi, l'attrito dentro di me. Il bisogno di venire mi bruciava nelle vene come lava.

«Blake... Oddio, ti prego, fammi venire. Ti amo. Sono tua... per favore, ti prego. Non riesco a fermarmi».

«Vuoi venire?»

«Per favore!».

«Allora vieni», disse.

A quel comando, la tempesta che avevo dentro infuriò. Mi irrigidii e lo attirai a me; ogni muscolo si tese mentre la soddisfazione continuava ad aumentare. I gemiti di piacere furono smorzati dal cuscino sotto di me, e poco dopo fui libera da tutto e rimasi debole e tremante. Poggiando una mano sul divano, Blake fece leva e raggiunse il piacere, reclamando il mio corpo con la stessa passione e lo stesso vigore con cui aveva reclamato il mio cuore e tutta me stessa.

Lo accolsi fino in fondo, sperando che quel modo di possedermi mi toccasse l'anima.

Affondò dentro di me con un'ultima spinta, teso e silenzioso. Un sudore freddo mi imperlava la schiena, e Blake mi avvolse col suo calore. Tutto il mio corpo sembrò sospirare, debole come mai era stato. Blake emise infine un sospiro tremante e mi mise un braccio intorno al busto. Un abbraccio caldo, che volevo credere fosse anche affettuoso. Allungai le dita verso la sua pancia, cercando di stringerlo a me, di tenerlo vicino, ma ero ancora prigioniera e lui non mi liberava.

«Ti amo», gli dissi. Mentre quelle parole mi uscivano dalla bocca, pregai perché anche lui le dicesse a me. *Perdonami. Mettiamo tutto da parte.* Ma subito scivolò via da me e non lo sentii più. Mi girai e lo vidi sparire in bagno. Chiuse la porta, l'unico suono nel silenzio di quella stanza.

Sentendomi fredda e vuota, mi sedetti sul pavimento e strinsi le braccia intorno al corpo. Ascoltai il rumore dell'acqua per alcuni minuti, poi mi alzai per andare a letto. Le gambe quasi non ressero. Collassai sulle lenzuola fresche e mi coprii col piumone, desiderando che fossero le braccia di Blake ad avvolgermi.

Iniziai a piangere e, lacrima dopo lacrima, mi addormentai e tutto diventò nero.

# Capitolo otto

«Erica… svegliati».

Spalancai gli occhi di scatto e misi a fuoco la stanza, ora inondata di luce. Il cuore mi batteva fortissimo, come se fossi ancora in preda al panico. Blake era in piedi dietro di me e beveva il caffè. Era già vestito, pantaloni e camicia perfettamente stirata. Mi tranquillizzai un po', sollevata che fosse ancora lì.

«Pranziamo con Alex. Mi ha mandato un messaggio dicendo che sarebbe arrivato tardi, ma dovresti comunque prepararti».

Mi sedetti lentamente e tirai su le coperte per nascondere la mia nudità. Mi stropicciai gli occhi per scacciare la sonnolenza, poi guardai l'orologio: avevo dormito quasi dodici ore, ma mi sentivo esausta. Piano piano mi ricordai della notte appena passata. Non avevo bevuto una goccia d'alcol, ma era come se avessi i postumi di una sbronza. Come promesso, Blake mi aveva sculacciato così tanto che sarebbe bastato per una vita. Cercai di provare rabbia, ma non sentivo altro che tristezza e rimpianto.

Quando cercai il suo sguardo, lui si allontanò e prese il telefono.

«Dovresti iniziare a lavarti».

Mi coricai di nuovo. Mi infilai la mano tra i capelli scompigliati e pensai al modo in cui si era conclusa la serata precedente: da sola, lontanissima da lui. Piano piano trovai la forza di alzarmi e dirigermi in bagno, ma non ero per niente reattiva. Avevo i muscoli indolenziti e un gran mal di testa.

Temporeggiai nella doccia, rifugiandomi sotto il getto caldo come se in qualche modo fosse in grado di lavare via il dolore che ancora provavo. Pensai a James, all'errore che avevo commesso e che ora sia io che Blake stavamo pagando: era molto geloso, ma sapevo che la sera prima l'avevo ferito.

Si era allontanato da me, lasciandomi sola con l'intensità di quello che avevamo fatto senza dire una parola. C'erano state altre notti intense, certo: mi aveva portato sull'orlo del precipizio e vi eravamo precipitati entrambi; nel bene e nel male, quelle notti si erano concluse con noi due insieme. Ma non quella appena trascorsa, e quando se n'era andato era successo qualcosa: aveva oltrepassato un limite nuovo e invisibile che non sapevo esistesse. Forse lo avevo fatto anche io, con quel mio errore che l'aveva portato a esplodere, ma il vuoto con cui mi aveva lasciata non l'avevo mai provato con lui. Quel vuoto aveva gettato un'ombra sul dolore e sulle punizioni che aveva sempre dosato, rendendo tutto più nero.

Il getto caldo della doccia mi stava indebolendo di nuovo. Uscii e mi asciugai, ben conscia che Blake era dall'altra parte della porta con il mio cuore tra le mani. A un certo punto avremmo dovuto parlare di quello che era successo, ma non sarebbe stata una conversazione facile. In quel momento non ero neanche nelle condizioni di contrattare con Alex per una collaborazione, ma la cosa non mi importava come avrebbe dovuto.

Blake si mise a lavorare al computer mentre io mi vestivo, e nessuno dei due parlò. Come se fossero attirati da una qualche forza magnetica, i miei occhi continuavano a cercarlo. Se lui se n'era accorto non lo dava a vedere, rimaneva apparentemente concentrato su quello che stava facendo. Ma anche se avesse voluto parlare, cos'avrei potuto dirgli?

Allungai il passo per stargli dietro mentre entravamo nel ristorante dell'albergo per prendere il tavolo. Cercai di nascondere un sussulto quando mi sedetti: non riuscivo a ignorare il dolore al sedere, ma non volevo dare a Blake la soddisfazione di mostrargli che mi dava fastidio.

Alex arrivò e mi salutò, io risposi con un sorriso debole e ci scambiammo frasi di circostanza, qualcosa sull'essere andati via prima dalla festa perché non stavo bene – il che in un certo senso era vero. Poi Alex mi chiese di Clozpin: voleva avere più dettagli, capire la logistica. Io annuivo, ma mi mancava l'entusiasmo che avrei dovuto avere per affrontare quella conversazione. Fissavo il mio piatto, senza il minimo appetito, e continuavo a pensare a quello che era successo tra me e Blake. Che cosa poteva avere importanza, se le cose tra noi non andavano bene?

Piombò un silenzio imbarazzante e, anche se me ne sarei dovuta preoccupare, non fu così. Blake mi strinse un ginocchio sotto il tavolo e alzai lo sguardo. Il mio cuore iniziò a battere forte a quel contatto, come se avesse ripreso a funzionare in quel preciso momento. Aggrottò leggermente le sopracciglia in una domanda silenziosa, ma quando cercai di parlare gli occhi mi si riempirono di lacrime.

«Torniamo subito, Alex», disse.

In un attimo ci alzammo dal tavolo e trovammo un posto appartato in un angolo del ristorante. Fummo avvolti dall'oscurità, sentii il suo corpo avvicinarsi e fu come se mi stesse risucchiando l'aria dai polmoni. Aspettai che mi toccasse, avevo bisogno che lo facesse o sarei andata in pezzi.

Mi prese il viso con delicatezza. Sospirai e tornai a sentire la spossatezza di prima. Blake mi alzò la testa in modo da poterci guardare negli occhi. Gli occhi con cui mi faceva sciogliere, in cui infuriavano oscurità e passione, tutto quello che avevo imparato ad amare di lui, mi fissavano.

*Ti amo*. Volevo dirglielo, volevo pronunciare di nuovo quelle parole e volevo che lui le dicesse a me.

«Blake…».

«Stai bene?», mi chiese, sfiorandomi la guancia con il pollice. I miei occhi erano colmi di lacrime che iniziarono subito a scendere; posai le mani sul suo petto in cerca del suo calore, della sua forza.

«Non ce la faccio, Blake, non ora. Mi dispiace, non posso».

Cercò di calmarmi e mi asciugò le lacrime. «Posso pensarci io».

«No, non posso rovinare tutto, devo esserci».

«Non stai rovinando niente, va tutto bene. Ci parlo io con Alex, tu vai su in stanza e riposati». Mi strinse le spalle e mi accarezzò le braccia, indugiando un attimo per poi andare via. Prima che potessi chiamarlo era già sparito, e mi ritrovai di nuovo da sola.

Andai velocemente verso gli ascensori, con la testa bassa per nascondere il viso. Mi asciugai le lacrime, ma continuavano a scendere. Cosa cavolo avevo che non andava?

Arrivata di sopra, osservai la stanza, vuota come il mio cuore. Volevo che Blake fosse lì. Odiavo il fatto che non ci fosse, e non ero in condizioni di parlare di affari con Alex. Ironico, visto che quello era proprio lo scopo del viaggio.

Senza spogliarmi mi lasciai cadere sul letto sfatto. Mi ero svegliata senza le sue carezze e a malapena riuscivo a sopravvivere. Le palpebre si fecero pesanti e pregai di svegliarmi e poter ricominciare da capo.

Mi sedetti al tavolo delle riunioni e aspettai che il resto della squadra si accomodasse. Dopo aver dormito quasi tutto il pomeriggio in albergo e durante il viaggio di ritorno in aereo, sarei dovuta essere riposata. Parte della tensione si era attenuata abbastanza da farmi tornare in modalità lavorativa non appena Blake mi aveva aggiornata sul suo incontro con Alex. Le condizioni che avevano concordato erano buone, molto meglio di quello che avrei chiesto o addirittura sperato. Avrei voluto essere sorpresa, ma con Blake a dirigere la trattativa non mi sarei aspettata niente di meno. Quello che dovevo fare era cogliere quell'occasione e agire subito in modo che Clozpin rimanesse in testa.

«Com'è andata a San Francisco?».

La voce di Alli interruppe i miei pensieri. Si era seduta

vicino a me, e quando incrociai i suoi occhi castani avrei voluto raccontarle tutto. La mia dolcissima amica. Non sapevo da dove cominciare. Come avrei potuto tirare fuori il discorso per spiegarle che il mio futuro marito mi aveva punita perché ero stata beccata a pomiciare con uno dei miei dipendenti quando ci eravamo lasciati? Dio, era proprio un bel casino.

«Bene», mentii.

Avevo il corpo indolenzito, per il sesso, certo, ma erano passate ore senza che tra me e Blake ci fossero state davvero interazioni. Durante il viaggio di ritorno, ci eravamo scambiati solo qualche informazione pratica. Avevo percepito però la sua esitazione, lo sforzo che traspariva dalle sue poche parole, il modo in cui evitava accuratamente i miei sguardi con cui lo supplicavo di darmi di più: un'occhiata, una carezza, qualsiasi cosa che mi facesse capire che andava tutto bene.

Troppo stremata per insistere, avevo lasciato perdere. Ricordavo quella sensazione, l'avevo provata non molto tempo prima, quando io e Blake eravamo stati separati a causa di circostanze molto diverse, e ora era tornata a infastidirmi. Odiavo non sapere a cosa stesse pensando, e una parte di me aveva paura di quello che mi avrebbe risposto se gliel'avessi chiesto. Avevo bisogno di credere che avremmo superato anche questa, che alla fine del tunnel c'era la luce. Se avessi creduto anche solo per un attimo che non ce l'avremmo fatta, non sarei stata in grado di andare avanti.

Piano piano tutti si sistemarono sulle sedie e, prima di iniziare, presi degli appunti al volo. Scacciai via le paure, rifiutandomi di permettere agli eventi del fine settimana di influenzare la mia giornata. Nonostante tutto, avevamo del lavoro da fare, e io dovevo andare avanti.

James si sedette di fronte a Blake e l'atmosfera divenne subito pesante. Si percepiva l'avversione che provavano l'uno per l'altro, e ne ebbi la conferma quando incrociai lo sguardo di Blake. James si agitò sulla sedia all'occhiataccia di Blake, talmente velenosa che non mi sarei sorpresa se li avessi trovati a darsele di santa ragione nel giro di un secondo.

Imprecai tra me e me, chiedendomi perché mi fossi fatta convincere da Blake a farlo partecipare a quella riunione sapendo che ci sarebbe stato anche James. Forse cercava uno scontro diretto, qualcosa che potesse farla finita una volta per tutte.

Mi decisi a parlare, spostando la loro attenzione sulle questioni urgenti.

«Lo scorso fine settimana io e Blake abbiamo incontrato un potenziale socio, Alex Hutchinson, che ci ha dato il via libera per avviare una collaborazione, grazie alla quale il nostro e-commerce sarà indirizzato al suo sito in cambio di pubblicità e commissioni per noi. Stiamo ancora lavorando agli ultimi dettagli, ma è un passo importante per la nostra crescita, per andare oltre quello che abbiamo sempre fatto e allargare i nostri orizzonti. Dovremo apportare alcune modifiche alla piattaforma per sfruttare al massimo quest'opportunità».

«Ci sono novità sugli inserzionisti?», chiese James, smorzando l'entusiasmo per le buone notizie con la dura realtà del colpo che avevamo subito a causa del sito rivale.

Alli intervenne: «Dalla scorsa settimana non si è ritirato nessuno, quindi forse Risa è riuscita ad accalappiare solo le prede più facili, per così dire. Si spera che gli altri restino con noi anche mentre ci allarghiamo».

Nascosi una smorfia. Avevo un paio di soprannomi per Risa che avrei proprio voluto usare.

«Qual è la scadenza?», chiese Chris, il nostro sviluppatore amante delle camicie hawaiane.

«Il prima possibile. So che sarà difficile farlo e in parallelo continuare a occuparci di quello che già abbiamo, ma dopo tutto ciò che abbiamo passato per gli attacchi degli hacker, sono sicura che riusciremo tranquillamente a gestire anche questo. Sid, puoi iniziare a studiare la loro interfaccia di programmazione?».

Blake gli porse un fascicolo. «Ho la documentazione che ti serve. Io e Alex abbiamo controllato, dovrebbe essere abbastanza semplice da implementare».

Sid prese il plico e sgranò gli occhi. Sorrisi, non ancora in vena di festeggiamenti, ma grata di aver catturato il suo interesse. Vedere il piano attuarsi faceva un po' paura; stavo navigando in acque sconosciute, ma era la cosa giusta da fare. *O la va, o la spacca*, mi ripetevo, ed ero determinata a non farci annegare. L'occasione che avevo avuto con Alex prometteva di essere l'àncora di salvezza che ci serviva.

La riunione proseguì bene, affidai a ognuno i propri compiti e iniziai a tranquillizzarmi. Ero stata fuori solo il fine settimana, ma ero tornata scombussolata; trovarmi di nuovo con la squadra mi faceva sentire a mio agio, ed ero impaziente di buttarmi a capofitto nel nuovo lavoro. La tensione si smorzò, e forse per Blake fu lo stesso. Però James continuò a lanciarmi delle occhiate preoccupate. Come sempre, aveva capito che qualcosa non andava, che non ero in me, ma non sapevo se gli avrei mai detto il perché. Sospirai. Cosa non avrei fatto per tornare indietro.

La riunione terminò e tutti iniziarono ad allontanarsi. Io raccolsi i miei appunti e mi preparai a tornare alla mia scrivania e affrontare il resto della giornata.

«Dobbiamo parlare».

Il tono di Blake era basso, inequivocabilmente minaccioso. Alzai lo sguardo e vidi che si era rivolto a James, che rimase immobile dietro a una maschera di indifferenza.

«Di cosa?».

Blake si alzò lentamente. «Credo sia meglio discuterne in privato. Andiamo?», disse, facendo un cenno verso la porta.

James si alzò con disinvoltura dalla sedia e fece strada. Il mio cuore iniziò a battere all'impazzata mentre esaminavo l'ufficio: sembrava che nessuno avesse visto la scena. Li seguii in fretta e, quando erano quasi in fondo al corridoio, li raggiunsi, chiudendo poi la porta alle nostre spalle.

Blake si piazzò davanti a James, rigido e con le braccia incrociate.

«Volevo essere io a dirti che darai le dimissioni, preferibilmente questa settimana».

«Scusa?», chiese James, irrigidendosi. «È Erica il mio capo, non tu».

«Non è questo il punto. Te ne devi andare».

Il tono di Blake non lasciava dubbi. Mi sentii arrabbiata e confusa. Volevo che Blake sapesse quanto mi dispiaceva, quanto desideravo che le cose tra noi si risolvessero, ma mi stava attaccando sulla cosa a cui tenevo di più: il mio lavoro, la mia vita, il rifugio che era soltanto mio. E lui, con quella richiesta, stava rovinando tutto.

«Blake, che stai facendo? Smettila». Mi avvicinai di un passo, sperando che nessuno in ufficio ci sentisse. Si girò verso di me, gli occhi colmi di tutto il dolore che gli avevo provocato e della rabbia nei confronti di James.

«Se ne deve andare, Erica, è semplice. A meno che tu non voglia che sia io ad andare via».

«Non dici sul serio». Lo fissai, quasi troppo stanca per mettere alla prova la sua determinazione.

La risatina di James interruppe quella situazione di stallo. Aveva gli occhi azzurri fissi su Blake e i pugni stretti lungo i fianchi.

«Il successo ti dà proprio alla testa, eh, Landon? Credi di poter venire qui e dare ordini. Che razza di stronzo arrogante farebbe una cosa del genere? E hai anche le palle di alzare le mani su di lei. Dovrei riempirti di botte, così sapresti cosa si prova».

Blake si voltò di scatto e tornò a fissare James, con la mascella contratta. «Ma che cazzo dici? Non l'ho mai picchiata!».

Feci un passo incerto in avanti, a disagio perché stavano arrivando alle mani. Con tutta quella tensione, probabilmente mi sarei fatta male anch'io.

«James, no. Non capisci».

«Gli hai detto che ti picchio?».

Incrociai lo sguardo implorante e confuso, e forse colpevole, di Blake. Aveva frainteso tutto. Mi si spezzò il cuore e mi si riempirono gli occhi di lacrime.

«No. Cristo, piantatela tutti e due».

James si avvicinò a me, il tono di voce più tranquillo. «Non meriti questo schifo, Erica. Basta che lo dici e lo faccio andare via».

«Col cavolo», disse Blake, spingendo James e facendolo sbattere contro il muro. James reagì subito con un pugno che Blake riuscì a schivare per un soffio. I due iniziarono ad accapigliarsi e spintonarsi, ed ebbi la certezza che, se non mi fossi intromessa, si sarebbero distrutti. Dovevo farli smettere a tutti i costi.

«È stato Daniel!», gridai, rivelando il mio segreto con la speranza di fermare quella follia.

Blake spinse via James e per un momento si tenne a distanza, mentre entrambi boccheggiavano, gli occhi furiosi.

La rabbia di James si attenuò leggermente per la confusione. «Chi?»

«È… non importa. Ma quando mi hai vista in quello stato, mi ero appena incontrata con lui. Avevamo litigato e…». Sospirai, mentre il peso delle ultime quarantott'ore mi crollava di colpo addosso. «Mi ha colpita».

Silenzio. Nessuna parola, nessun pugno. Nessuno dei due si mosse.

Lo sguardo di Blake mi devastò. Come se scoprire di James non fosse stato abbastanza, alle mie ultime parole assunse un'espressione tradita che mi fece desiderare di andargli incontro, stringerlo a me e chiedere di nuovo scusa, per tutto quanto.

«Prima questo», disse Blake, indicando James, «e ora mi stai dicendo che Daniel ti ha picchiata. Che cavolo succede, Erica? C'è qualcos'altro che mi vuoi dire? Vuota il sacco, già che ci sei».

Mi tremò il labbro e gli occhi mi si riempirono nuovamente di lacrime. Il mio rimorso non gli avrebbe fatto effetto, era troppo arrabbiato. Ero sola e dovevo lottare per mantenere una parvenza di equilibrio tra vita privata e professionale, il che sembrava sempre di più una causa persa.

«Dovreste andare, tutti e due. Fuori». Le ultime parole quasi mi si strozzarono in gola, poco convinte, specchio dello stato in cui erano i miei nervi.

James imprecò e ci lasciò da soli, e lo sentii allontanarsi giù per le scale. La porta di sotto sbatté e il rumore arrivò fino a noi. Blake era immobile e mi stava fulminando con lo sguardo. In quel silenzio doloroso, i miei pensieri vorticavano facendo rumore, e quasi riuscivo a sentire anche i suoi. Altri perché. *Perché ero stata così stupida e testarda?* Quando lo guardai negli occhi feriti, ebbi la conferma: lo sforzo di trattenere la rabbia e il dolore era evidente dalla sua postura, dai muscoli delle braccia tesi, sicuramente ancora pronti a prendere a pugni James.

Mi sarei scusata e avrei cercato di riavvicinarlo, se non fossi stata così arrabbiata con me stessa. Sapevo che era geloso, ma era andato troppo oltre. Non aveva il diritto di affrontare James e immischiarsi nel mio lavoro in quel modo, qualunque cosa fosse successa.

«Non so cosa dirti», disse finalmente.

«Allora non dire niente. Blake… sono esausta, irritata e sto per perdere la testa. Non ho bisogno di te che mi rimproveri e dici che è tutta colpa mia». Mi tremò la voce, mentre mi asciugavo una lacrima che era riuscita a scendere. «Forse è così, ma ora non ce la faccio a sentirtelo dire, proprio non ce la faccio».

Esitò un attimo, poi piombò di nuovo il silenzio. Infine, senza dire una parola, se ne andò.

Uscì di nuovo dal mio mondo. Guardai la sua ritirata, sentendomi libera dal peso del suo risentimento, ma anche molto più infelice di prima.

# Capitolo nove

Esitai nel corridoio con la mano appoggiata alla porta. Le risate di Alli e degli altri riecheggiavano al di là delle pareti del suo nuovo appartamento. Volevo festeggiare ed essere felice per Alli e Heath, ma mi sentivo tutt'altro che felice da quando Blake mi teneva a distanza.

Aveva preso fin troppo alla lettera la mia richiesta di non dire niente e andare via. Erano passati un paio di giorni; la sera prima aveva lavorato fino a tardi, era tornato a casa dopo che mi ero addormentata ed era andato via prima che mi svegliassi. L'unica prova del suo passaggio era stata una tazza vuota dentro il lavandino. Sembrava sempre più lontano, e nonostante fossi arrabbiata anch'io quella distanza tra noi mi stava distruggendo.

Feci un respiro profondo ed entrai, neanche minimamente preparata ad affrontare l'affetto che la famiglia di Blake mi dimostrava ogni volta. Però la cosa era contagiosa, quindi c'era la speranza che sarebbe stata in grado di sbloccare me, e anche Blake, da quella situazione.

Perfettamente in sintonia con l'energia di Alli e Heath, nell'appartamento risuonavano risate, il mormorio delle conversazioni e il grido di Alli quando il tappo di sughero schizzò dalla bottiglia di spumante.

«Erica!».

La sorella minore di Blake, Fiona, mi corse incontro per abbracciarmi non appena misi piede in casa. Catherine fu subito dietro di lei e mi strinse tra le braccia quando Fiona si allontanò.

«Come va, tesoro? Sei uno splendore».

«Tutto bene, grazie», risposi con un debole sorriso, guardando poi imbarazzata i vestiti che indossavo. Strano che non mi fossi messa due scarpe diverse, visto quanto ero riuscita a stare concentrata ultimamente. Gonna nera, maglia e ballerine: difficile fare macello.

Quando incrociai di nuovo lo sguardo di Catherine, vidi che sulla fronte le era comparsa una ruga di preoccupazione, quindi mi stampai sul viso un'espressione allegra. Non volevo assolutamente che i miei problemi con Blake rovinassero la festa di Alli. Era un passo importante per lei e Heath, ed ero già preoccupata di averle rubato la scena con la storia del matrimonio – cosa di cui avremmo parlato quella sera, come lei stessa mi aveva assicurato. Alli si avvicinò, mi prese la mano e mi trascinò via. «Ti faccio fare il giro della casa».

«Va bene». Salutai con la mano Heath e Greg prima di andare nell'altra stanza.

Alli mi mostrò tutte le camere, una a una. Nell'appartamento non mancava niente, come c'era da aspettarsi in casa di un Landon: colori tenui, stanza spaziose e arredamento di ottimo gusto. In alcune camere c'erano ancora scatoloni, ma nel complesso era una casa accogliente. La *loro* casa.

«È stupenda, Alli».

Drizzò la schiena e sorrise. «Grazie. La adoro. Non vedo l'ora di farla più nostra. Heath ha lavorato molto, ma spero che tra poco riusciremo a sistemarla meglio».

Sorrisi di rimando, felice di vedere fin dove lei e Heath fossero arrivati. Era uscito dalla riabilitazione solo da un paio di settimane, ma stavano bene e sarebbero stati anche meglio costruendo la loro vita insieme. Alli si stava reinserendo nella mia attività, così come Heath in quella del fratello. Blake voleva coinvolgerlo di più, e da quello che avevo sentito stava prendendo il toro per le corna investendo più di quanto avesse mai fatto.

In fondo ero felice per loro, molto felice. Ma non potevo non fare paragoni con me e Blake. Anche se vivevamo insieme, eravamo più distanti di quando abitavo nell'appartamento sotto di lui. Andare a convivere era stato facile, forse fin troppo. All'inizio ero titubante, ma Blake insisteva, quindi avevo preso le buste piene di roba che avevo portato da Harvard solo pochi mesi prima e le avevo spostate al piano di sopra. In meno di ventiquattr'ore la mia vita si era unita ancora più saldamente alla sua. Mi piaceva vivere con lui, ma non avevo mai sentito mio quell'appartamento, non come Alli considerava questa casa.

«Sono felicissima per te», dissi, cercando di mantenere la voce ferma, mentre lei mi guardava in cerca della rassicurazione e del supporto della sua migliore amica. Sorrise felice e mi prese a braccetto.

«Grazie, tesoro. Sono felice anch'io. E ora diventiamolo ancora di più e andiamoci a bere un po' di spumante. Dobbiamo discutere i dettagli del matrimonio e organizzare con Fiona le ultime cose per la festa».

«Festa?».

Sgranò gli occhi e si tappò la bocca con la mano. «Oh, cazzo».

«Cosa?»

«Merda, merda, merda. Dimentica che te l'ho detto».

Stava uscendo dalla stanza, ma la fermai. «Dài, Alli, sputa il rospo».

Rilassò le spalle. «Doveva essere una sorpresa. Catherine vuole organizzare una festa di fidanzamento».

Inarcai le sopracciglia. «Blake lo sa?»

«Certo».

«E perché nessuno me l'ha detto?»

«Pensavamo sarebbe stato divertente farti una sorpresa. So che sei stressata per tutto quello che sta succedendo al lavoro, e non volevamo rincarare la dose. E non è niente di che, davvero. Solo una festicciola a casa loro con alcuni amici di famiglia che ti vogliono conoscere, per stare un po' tutti insieme».

In quel momento sentii un nodo allo stomaco. Non sapevo quali amici di famiglia fossero coinvolti, ma considerando le tensioni che c'erano tra me e Blake in quel periodo, probabilmente me ne sarei stata sola per la maggior parte del tempo, e quel pensiero non era per niente confortante.

«Ti va bene?»

«Sì, sembra divertente. Fammi sapere se posso fare qualcosa».

«Tranquilla, credo che Catherine abbia tutto sotto controllo. Voi due dovete solo venire ed essere voi stessi».

Mi prese la mano e me la strinse mentre tornavamo in salone. Fiona stava cercando di riempire i bicchieri fino all'orlo senza far cadere la schiuma.

«Dove sono i ragazzi?», chiesi.

Fiona si sedette sul divano col suo bicchiere. «Di sopra, c'è la terrazza. Al tramonto il panorama è molto bello».

Mi chiedevo se Blake fosse già arrivato e fosse su con suo padre e suo fratello, ma mi imbarazzava ammettere che non avevo quasi idea di dove fosse stato il giorno e la notte prima. Volevo credere che quella sera sarebbe stato diverso. La compagnia della sua famiglia lo faceva sempre sembrare più umano, e forse con la loro presenza avremmo abbattuto il muro che c'era tra noi e avremmo parlato sul serio. Ci eravamo appena fidanzati ufficialmente, avremmo dovuto essere una coppia innamorata, solida, sempre unita, ma in quel momento non riuscivamo neanche a stare nella stessa stanza senza che si percepisse la tensione tra noi.

Io e Alli ci sedemmo sul divano grande, di fronte a Fiona. Ammirai la sala spaziosa illuminata dalla luce che attraversava il finestrone.

«Dovremmo brindare. Al trasloco», dichiarò Fiona, facendo tintinnare il suo bicchiere con quello di Alli. «E ovviamente al fidanzamento di Blake ed Erica».

«Cin cin», dicemmo all'unisono.

Mi rilassai e bevvi un sorso. Forse era quello che mi serviva, in attesa che Blake si calmasse: spumante e qualche chiacchiera tra amiche.

Alli non perse tempo e iniziò a frugare nella sua borsa appoggiata per terra.

«A proposito di fidanzamenti».

Tirò fuori una notevole quantità di riviste sul matrimonio piene di post-it colorati. Il mio entusiasmo per quel momento tra sole donne si smorzò all'istante.

«Ovviamente la cosa più importante è il vestito, ma stasera dobbiamo decidere i colori perché sto diventando matta a non saperlo. Sì, sono egoista».

Sorrisi. Non ci avevo pensato, almeno non dai tempi della scuola media, quando il rosa e il viola erano in cima alla lista di ogni ragazzina.

Fiona si andò a sedere vicino a Alli.

«Oh, adoro questo qui, ma magari in blu», disse, indicando uno dei modelli.

Alli storse le labbra. «Non lo so… se lo facciamo in spiaggia, c'è poco contrasto. Invece malva, o qualcosa di molto brillante, tipo fucsia?»

«Far indossare a Blake e Heath gilet e cravatta rosa sarebbe magnifico», disse Fiona, ridendo.

Alli si unì a lei. In poco tempo quella riunione degenerò e finirono per parlare di cinture di seta con brillantini rosa, quasi cadendo dal divano per le risate. Avrei volentieri cambiato discorso, ma sentii dei rumori dalla cucina e mi ricordai che Catherine stava preparando la cena per tutti. Gli uomini non si vedevano ancora.

«Vado a controllare la cena, torno subito».

Sparii in cucina e trovai Catherine che mescolava qualcosa in una pentola fumante. A quanto pareva cibo italiano e, dall'odore, buonissimo. Mi venne subito fame, nonostante non avessi avuto molto appetito per tutta la giornata.

«Ehi, tesoro. Posso fare qualcosa per te?»

«No, grazie. Sono venuta a vedere se ti serviva una mano».

«No, è tutto sotto controllo, vai pure dalle ragazze», mi rispose, sorridendo.

Esaminai la grande cucina con la speranza di trovare qualcosa da pulire, qualsiasi cosa potessi usare come scusa per stare alla larga dal covo delle damigelle per qualche altro minuto.

Che cavolo avevo che non andava? Tutte le donne del mondo volevano essere coinvolte in quelle decisioni, no? Come potevo gestire una start up di moda e non avere il minimo interesse per i dettagli di quello che si preannunciava come un matrimonio che andava ben oltre ogni mia immaginazione? La definizione "matrimonio in grande stile" stava assumendo un nuovo significato man mano che Alli e Fiona si sfidavano per vedere approvate le loro idee.

Mi morsi il labbro e pensai a qualche scusa per restare.

«Tutto okay?»

«Sì, sto bene», dissi, annuendo. *Però non mi dispiacerebbe essere inghiottita dal pavimento*, pensai. «Ho solo bisogno di staccare un attimo. Mi stanno...».

Lei sollevò un angolo della bocca, lanciandomi uno sguardo di comprensione. «Facendo diventare matta?»

«Sì, un po'», dissi, ridendo.

Si sentirono altre risate arrivare dal salone e ci scambiammo uno sguardo d'intesa.

«Alli si è fatta sfuggire della festa di fidanzamento. Grazie, non dovevi disturbarti».

«Oh, ma figurati. Volevo farlo. Non sai quanto tutti siano elettrizzati per la notizia, non vedono l'ora di conoscerti. E anche di rivedere Blake, in realtà. Quando si tratta di incontrare la famiglia al completo, è un po' schivo».

«Be', grazie ancora. Mi sento in colpa, perché immagino che dovrei essere io a occuparmene, probabilmente ci sono un sacco di cose a cui non ho neanche pensato».

Stava succedendo tutto troppo in fretta: lavoro, matrimonio... e, come se non bastasse, questo litigio con Blake che rischiava di rovinare tutto.

«Blake è uno che si occupa sempre di tutto, ma immagino che per organizzare il matrimonio non sia di grande aiuto».

«Direi di no», risposi scuotendo la testa.

Il mio sguardo rimbalzò per tutta la stanza tranne che sul suo viso; solo dopo un po' che era rimasta in silenzio mi azzardai a guardarla. Aveva le sopracciglia aggrottate. Fece un passo avanti e mi prese una mano tra le sue.

«Va tutto bene tra voi?», chiese con delicatezza. «Spero tu non ti offenda se te lo dico, ma non mi sembri una futura sposa felice, in questo momento».

Cercai di mandare giù il groppo che avevo in gola. «Non c'è niente di cui preoccuparsi».

«Ti ha fatta star male?».

Sentii una fitta al cuore e chiusi gli occhi. Come potevo spiegare a parole quello che era successo tra noi negli ultimi giorni?

Annuii semplicemente, incapace di nascondere il dolore. «Ci siamo feriti a vicenda, avevamo torto tutti e due e ora c'è tensione. Ultimamente è stato difficile parlare». Abbassai lo sguardo, facendo strisciare il piede sul pavimento. «A volte è opprimente. Esasperante, a dire la verità».

Fece una risatina. «Avrei dovuto dirtelo. Pensa com'è stato crescerlo».

Sorrisi debolmente. «Immagino».

«È un ragazzo difficile, lo è sempre stato. È mio figlio e gli voglio bene, ma è molto testardo. Però, quando ti ho vista, in qualche modo ho capito che eri perfetta per lui, e prego ogni giorno che lui sia perfetto per te. È cambiato tanto, non l'avevo mai visto comportarsi in modo così dolce tranne quando è con te, Erica. È diverso. Sono piccoli cambiamenti, ma li ho notati».

Sentii le lacrime affacciarsi e, prima che riuscissi a trovare una scusa qualsiasi per andarmene, mi abbracciò e io ricambiai.

«Non ti arrendere con lui», sussurrò. «Se c'è qualcuno che può abbattere il muro che si è costruito intorno, quella sei tu».

Mi scostai e mi asciugai le lacrime. «Vorrei non sentirmi così distante da lui, ora».

La voce di Blake risuonò nell'appartamento, insieme a quelle di suo padre e di Heath. Il mio cuore perse un battito: era qui.

«Blake!», chiamò Catherine, sciogliendo l'abbraccio.

Mi asciugai di nuovo le lacrime, sperando di nascondere i segni del mio dolore, e pochi secondi dopo Blake arrivò. Rimase fermo a qualche passo dalla porta, con le mani nelle tasche dei jeans. Sentii una fitta al cuore nel vedere quanto fosse bello senza che facesse il minimo sforzo. Era mio, mi rassicurai, anche se ultimamente non era stato proprio così. I suoi occhi verdi si spostarono da me alla madre, poi si fermarono su di me. Distolsi lo sguardo, cercando di nascondere la mia vulnerabilità, ma sapevo che mi ero già tradita nel momento in cui mi aveva vista.

«Blake», disse Catherine con tono duro. «Devi parlare con Erica. Qui stiamo tutti festeggiando e questa povera ragazza piange per te. È il caso che tu inizi a parlare».

La fissò un istante senza cambiare espressione. «Non parlo di queste cose con te, mamma».

Lei fece una smorfia. «Non sei il genio della famiglia?

Santo cielo, non mi aspetto che ne parli con me. Parla con la tua futura moglie. Sistema quello che non va. Questo è tutto quello che ho da dire sulla faccenda», disse, guardandolo duramente.

Poi la sua espressione si addolcì, quando si girò verso di me, e mi strinse la mano.

Senza dire una parola Blake si voltò, attraversò la cucina e sparì nel corridoio. Lo seguii finché non restammo soli in una delle stanze vuote che avevo visto prima. Questo sarebbe stato lo studio: due scrivanie allineate contro il muro, coperte da plichi di fogli in disordine.

Blake rimase immobile al centro della stanza, dandomi le spalle. Chiusi la porta e mi ci appoggiai contro.

Il lungo silenzio rendeva imbarazzante quell'intimità. Cercai le parole giuste, qualcosa che potesse farci tornare a com'eravamo prima di San Francisco, ma non sapevo cosa dirgli. Si sarebbe arrabbiato perché mi ero sfogata con sua madre, anche se non era stata mia intenzione parlarle di quello che era successo tra noi.

«Immagino tu voglia parlare», disse con calma, voltandosi verso di me.

Annuii e cercai di mandare giù il groppo alla gola. Non avrei voluto parlare in quell'occasione, ma chissà quando avrei avuto di nuovo la sua attenzione. «Non volevo farlo qui, ma sei sparito. Tua madre ha iniziato a chiedere di noi e non ce l'ho fatta a trattenermi, scusa».

«Ora sono qui».

La sua voce diventò ancora più calma e fece un altro passo verso di me. Si fermò a qualche centimetro di distanza, con le mani sempre in tasca. Di solito adoravo quella posizione, quell'aria menefreghista che aveva ogni tanto, in genere quando era al lavoro. Mi ricordai di quando si era seduto davanti a me nella sala riunioni dell'Angelcom, apparentemente disinteressato. Ero stata infastidita ma allo stesso tempo attratta da lui. Ma ora sapevo. Sapevo che ci teneva, anche se i miei sentimenti erano ugualmente contrastanti per la situazione che si era creata tra noi.

«Blake… mi hai ferita».

Serrò la mascella e rimase in silenzio per alcuni secondi.

«Ti avevo avvertita che se avessi aperto quella porta…».

«Non parlo del dolore fisico. A volte ci arrabbieremo e ci faremo del male a vicenda, è inevitabile, e so che ci sfogheremo l'uno sull'altra in modi diversi. Ammetto che l'altra notte per me è stato difficile, non perché non l'avessimo mai fatto prima, ma perché alla fine percepivo solo la tua rabbia, ed è quello che mi ha ferita molto di più del dolore fisico Mi sono sentita come se mi odiassi, se volessi ferirmi. Forse ti ha fatto sentire meglio…».

«No, fidati», rispose con una smorfia.

«E allora perché? Mi hai lasciata lì, come se non contassi niente. Come se mi stessi escludendo per farmi ancora più male. Quand'è che finirà? In quanti altri modi devo dirti che mi dispiace, che ho fatto un errore stupido e che se potessi tornare indietro non lo rifarei?».

Si voltò e si infilò una mano tra i capelli, scompigliando le ciocche.

«Non sarebbe dovuto succedere».

«Lo so, vorrei non fosse successo», dissi, accasciandomi contro la porta.

Si voltò di nuovo verso di me. «No, non credo tu capisca. Tutto quello che è successo quando eravamo separati è successo perché non ti sei fidata e non hai lasciato che mi occupassi di Daniel e delle sue minacce».

«Non è vero».

«Sì che è vero, Erica. Se l'avessi fatto non ci saremmo mai lasciati e James non avrebbe avuto l'occasione di avvicinarsi a te quand'eri vulnerabile».

«Credevo che Daniel ti avrebbe ucciso, lo capisci? Ho sofferto tantissimo senza di te, speravo di riuscire a trovare un modo per salvare il nostro rapporto, ma quando quella sera ti ho visto con Sophia, e poi quel giorno con Risa, mi sono arresa. Ero convinta che tra noi fosse finita, che ti avessi perso. James non c'entrava niente, ma senza di te mi sentivo così vuota che ho lasciato che lui si avvicinasse troppo».

«Credi davvero che avrei permesso a Daniel di fare del male a me o a te? Credi che non avrei mosso mari e monti per assicurarmi che fossi al sicuro da quel pazzo? Invece mi hai strappato il cuore dal petto, cazzo».

Il dolore che si percepiva dalle sue parole era vero. Lo sapevo perché avevo provato quella stessa tortura: per paura delle minacce di Daniel, avevo fatto passare settimane d'inferno a entrambi.

«Non si tratta solo di James, anche se non sono contento che sia successo, credimi. Ma è un'ulteriore prova della situazione in generale. Ne hai passate tante con Daniel e io non volevo rincarare la dose, ma la verità è che ci hai messo ancora più in pericolo perché non sei venuta da me. Come faccio a diventare tuo marito se non lasci che ti protegga? Cristo, Erica, ho lottato contro tutti i miei istinti per darti lo spazio che ti serviva, e a cosa è servito?».

Mi tremarono le labbra alla violenza di quelle parole. «Ho sbagliato. Avevo paura, e tutto quello che contava era sapere che tu fossi al sicuro».

«Quante altre volte ci farai passare momenti del genere perché sei troppo testarda per fidarti di me?»

«Mi stai punendo per decisioni che ho preso in passato e per cui non posso fare più niente. Ora le cose sono diverse».

Lui scosse la testa. «Ah, sì? Non prenderesti le stesse decisioni? Perché io posso dirti subito, senza alcun dubbio, che se fossi venuta da me quando Daniel ti ha minacciata le cose sarebbero andate diversamente. E tutte le volte che ti ho messa in guardia su James… lo sapevo. Lo sapevo, cazzo, che ti stava troppo vicino, e tu hai lasciato che continuasse a girarti intorno. E non hai fatto niente per cambiare la situazione, anche se sai che la cosa mi sta facendo impazzire. Vorrei spaccargli la faccia per averti messo le mani addosso. Lo capisci come sto, Erica?».

Ricacciai indietro le lacrime. Giorni di assoluto silenzio e poi quell'attacco… «Blake…».

«Voglio avere il controllo, Erica. Ma non voglio prenderlo, voglio che sia tu a darmelo. Hai aperto quella porta e ora devi attraversarla. Hai cercato di tenere separati il lavoro e la nostra relazione e hai avuto il controllo che credevi ti servisse. Ma finisce qui».

Mi venne un nodo allo stomaco e sentii l'impulso familiare di scappare, di respingerlo. Non sapevo se sarei stata in grado di dargli il controllo che voleva. Se non ci fossi mai riuscita?

«Cosa stai dicendo?»

«Sto dicendo che hai detto che mi vuoi così come sono.

E io sono fatto così. Quello che è successo con Daniel… e poi James. Non può succedere nient'altro del genere».

«Non voglio che succeda», insistetti.

«E ti assicuro che non succederà».

Rimasi un attimo con la bocca spalancata, non trovavo le parole per rispondere. Doveva sapere che quello che mi stava chiedendo era impossibile. Perché dominarmi solo tra le lenzuola non gli bastava?

«Vuoi che giochiamo al dominatore e alla sottomessa? Va bene, Blake, ti supplicherò e mi inginocchierò, ma fuori dalla mia vita lavorativa. Devi capire che ci sono dei limiti».

«Per me non è un gioco, e il problema è proprio questo tuo modo di pensare».

Si avvicinò di un passo, guardandomi negli occhi. Sulla difensiva, arretrai e mi ritrovai schiacciata contro la porta. Lui vi posò le mani, i nostri corpi si sfioravano appena. In quella posizione, così vicina a lui, non riuscivo a pensare lucidamente. Mi aveva bloccata con lo sguardo, privo del minimo accenno di incertezza. Riprese a parlare con un tono di voce basso.

«Com'è quando mi lasci il controllo, Erica?».

Era una domanda complessa, ma sapevo che non stavamo più parlando di Daniel o James. La sua espressione si era addolcita, l'intensità che c'era prima si era trasformata in qualcos'altro, qualcosa di sessuale. Quell'energia, non meno intensa di prima, era quasi palpabile. Risuonava tra noi, faceva scintille dove la nostra pelle era a contatto. La punta del suo dito fu sulla mia bocca, il pollice sul collo, per sentire il mio battito. Dio, ora volevo le sue mani dappertutto.

«Ti lasci andare del tutto ed è bello, vero? Sapere che mi occuperò di te, di noi. Che, qualsiasi cosa succeda, farò arrivare entrambi al culmine».

Fece scivolare giù la mano e il suo palmo sfiorò il mio seno e poi il mio busto, come a marcare tutti i posti di suo dominio, che, sul mio corpo, erano tanti.

«Ti ho mai lasciata insoddisfatta? C'è mai stata una volta in cui, anche se ti spingevo oltre i tuoi limiti, non avresti voluto averne di più? In cui non sei venuta gridando il mio nome? Dimmelo».

Mi mancò l'aria, avevo il respiro pesante. Scossi la testa, consapevole della risposta così come lo era lui. Mi sentii avvampare, e al ricordo di quello che mi faceva e al potere che riusciva a esercitare così facilmente su di me, fui percorsa da un brivido che arrivò fino all'inguine. Potevo accettare questo tipo di dominazione, anzi, non avrei cambiato quella parte di lui per niente al mondo.

Si sporse verso di me e si sfiorò le labbra. Mi alzai per approfondire il bacio ma lui si spostò, lasciandomi stordita. Presi aria, cercando di rompere l'incantesimo che mi aveva lanciato.

Dandomi prova del controllo di cui ero già schiava, mi stava attirando verso qualcosa che significava molto di più.

«Cosa mi stai facendo?»

«Ti faccio vedere quello che vuoi, quello di cui abbiamo bisogno».

«Lo sai che non si tratta di questo. Sono consapevole che posso darti tutta me stessa e che tu per me ci sarai sempre, ma non puoi... non puoi incatenarmi e rivendicare diritti su di me, come se fossi una *tua* cosa».

Inarcò le sopracciglia. «Ah, no? Non è quello che hai detto l'altra notte, ho sentito quelle parole forte e chiaro».

«Come se mi avessi dato scelta. Portami quasi all'orgasmo e ti dico pure che sei l'imperatore di Roma».

«Non vuoi appartenermi? Non vuoi essere mia come io voglio essere tuo? È questo che stai dicendo?».

Provai una fitta al cuore a quelle parole. Non riuscivo a tenere separato il discorso che stava facendo dalla paura che qualcun altro controllasse la mia vita.

«Non sono mai dipesa da nessuno, non ho mai reso conto a nessuno. Lo sai e continui a cercare di cambiarmi, come se fosse qualcosa che si può *spegnere*».

«Se ci sposiamo è una cosa che cambierà, in modo permanente».

«Cosa vorresti dire?»

«Voglio dire che verrai da me prima di *pensare* di prendere una decisione, che mi coinvolgerai in modo che mi possa assicurare che tu prenda quelle giuste, compreso mandare via James. Voglio dire che quando avrai bisogno di aiuto me lo chiederai e che non avrai *mai più* segreti con me. E quando sarà più logico che sia io a occuparmi di una determinata situazione, me lo lascerai fare».

Si avvicinò di nuovo, studiandomi con sguardo serio e disegnandomi il contorno della mascella. Quando riprese a parlare la sua voce era un sussurro: «Vuol dire che ogni respiro che farai, ogni passo, non sarà per andare avanti nella tua vita, ma nella *nostra*. Lo farai sapendo che sono lì con te, irrevocabilmente legato a ogni decisione che prenderai».

Sentii un dolore al petto per lo sforzo di mandare aria ai polmoni. Un respiro dopo l'altro, mi aggrappai a quello che Blake stava dicendo. Non mi stava dando spazio per scappare, per lottare, per niente.

«Mi… mi sembra che mi stia dando un ultimatum», dissi, sgranando gli occhi, con la speranza di aver capito male. Ma il suo sguardo serio rispose prima che lui parlasse.

«Voglio tutto, Erica, non accetterò niente di meno. Ficcatelo bene in testa, altrimenti…».

Cercai di fermare il tremore che mi aveva assalita. Come poteva chiedermelo? Minacciarmi usando la nostra relazione? Mi sentivo una bestia in gabbia spinta in un angolo.

«Altrimenti cosa?». Quelle parole uscirono taglienti, con un tono di sfida.

La presa sul mio fianco si strinse, insieme al serrarsi della sua mascella. Prima che potessi rendermi conto di quanto la sua reazione fosse rabbiosa, fece scontrare le nostre labbra. Violento ed esigente, chiedeva di entrare. Schiusi le labbra, impreparata alla passione bruciante della sua lingua. La rabbia che doveva rimbombargli nel petto era smorzata dalla fusione sfrenata delle nostre bocche. Quell'attacco risvegliò i miei istinti per rispondere al suo ardore.

Ricambiai il bacio, stringendogli la camicia per avvicinarlo di più. Intrecciammo le lingue, ci mordemmo, ci fondemmo l'una con l'altro. Avvinghiata a lui, sul suo bacino, sentii la sua erezione che premeva contro il mio corpo. Mi afferrò la coscia tirando su l'orlo della gonna, per farmi capire chiaramente cosa voleva. Soffocai il forte gemito che stava per uscire dalla mia bocca. Fece scivolare la mano tra le mie gambe e iniziò a stuzzicarmi da sopra gli slip, facendomi impazzire. Mi sfuggì un gemito: il piacere aveva sopraffatto la parte razionale del mio cervello che sapeva che non eravamo nel posto adatto, ma al mio corpo non importava niente quand'ero stretta a lui.

«Perché, Erica? Perché cazzo ti ribelli?».

Mi spinsi contro di lui; gli slip erano fradici ed ero pronta ad accoglierlo dentro di me. Quando sentivo le sue mani addosso, vinceva sempre. Lottare contro di lui era una causa persa e, rimasta senza il suo tocco da così tanto tempo, ero disposta ad arrampicarmi per mettere fine a quella distanza.

Feci scivolare le mani sotto la sua camicia, accarezzandogli il petto.

«Ti voglio… subito», mormorai.

Il suo respiro si fece più veloce e continuò a massaggiare la mia intimità pulsante attraverso il sottile tessuto della biancheria. Piegai le dita e gli infilai le unghie nella carne, accecata dal desiderio.

Poi si sentì un altro botto dal salone seguito dalle voci dei familiari e da quella di Alli che mi chiamava, ricordandoci che non eravamo esattamente da soli e che non potevamo continuare quello che stavamo facendo.

Ci separammo, senza fiato.

«Cristo». Blake, un po' instabile, si allontanò e si diede una sistemata. Anche attraverso i jeans riuscii a vedere che era eccitato, pronto a possedermi sulla prima superficie disponibile, che in quella stanza sarebbe stata probabilmente la scrivania di Heath. Ma non sarebbe stata una buona cosa. Decisamente piacevole, ma pessima.

Deglutii, cercando disperatamente di tornare alla realtà. Lasciai cadere la testa all'indietro e il mio respiro si fece regolare mentre cercavo di frenare quell'ondata di tensione sessuale che mi aveva pervasa. *Cazzo*. Era peggio che stare in un girone dell'inferno. Blake si allontanò di qualche passo, una distanza lunghissima, considerando l'intimità di qualche istante prima.

«Blake, non voglio litigare. Ti prego, torniamo a casa e lasciamoci tutto alle spalle».

Dopo un secondo si girò verso di me, facendomi di nuovo battere il cuore all'impazzata, ma non vidi segni di ripensamento nel suo sguardo. Anzi, sembrava aver ritrovato la determinazione in quei pochi secondi in cui il mio cervello era tornato a funzionare.

«Ti ho detto che mi dispiace, dico davvero», supplicai.

«Lo so, ma stavolta non basta. Quello che chiedo… non è che lo voglio, ne ho bisogno. *Noi* ne abbiamo bisogno».

Il suo sguardo mi paralizzava e la tensione tra noi era palpabile. Aprii la bocca, ma parlò prima lui.

«Sta a te, Erica».

Poche, semplici parole. Il tono definitivo che aveva usato, la speranza nei suoi occhi mentre aspettava… che cosa? Che mi sottomettessi? Che gli concedessi tutto? Pretendeva che gli consegnassi ogni piccola parte di me a cui valeva la pena aggrapparsi, insieme al mio amore, alla mia fiducia e al mio futuro. Volevo piangere, perché sapevo che non potevo dargli la risposta che desiderava. Oppure sì? Non riuscivo a immaginarlo.

Mentre combattevo contro me stessa, lui azzerò la distanza tra noi: mi baciò, una pressione leggera delle sue labbra sulle mie. Quel gesto dolce mi scombussolò di nuovo. Lo guardai negli occhi.

«Ti amo, Erica. Ma se non puoi darmi quello che ti chiedo…».

Non finì la frase, ma scosse la testa, negli occhi una tempesta di emozioni.

Ma… cosa stava dicendo? Era finita? Prima che potessi chiederglielo, raggiunse la porta e io mi spostai per farlo passare. Testa bassa e mani in tasca, sparì nel corridoio verso i rumori della festa.

Io rimasi lì, raggelata da quello che era successo. Ero stata io a voler parlare, ma non riuscivo a credere che Blake potesse sentirsi così.

Tutte le emozioni che avevo mandato giù negli ultimi giorni stavano riaffiorando, e non ero più in grado di restare lì con la sua famiglia e far finta che andasse tutto bene. Uno sguardo verso Blake, con il pensiero che il nostro rapporto era a rischio, mi avrebbe fatto scoppiare a piangere.

Anche se le scuse erano sufficienti, non potevo ripeterle più di quanto non avessi già fatto, e il mio cuore non avrebbe sopportato altro. Non sarei riuscita a stare lì un minuto di più, sapendo che quello che gli avevo dato non era abbastanza.

Senza dire niente alla madre di Blake su com'era andata la discussione, attraversai velocemente la cucina e andai in salone. Quando entrai il brusio amichevole si interruppe. Ignorai tutti per paura di crollare se avessi incrociato i loro sguardi, soprattutto quello di Blake, e andai verso Alli, che era in piedi vicino al divano, con il bicchiere in mano. Presi la borsa e la abbracciai velocemente.

«Scusa», le sussurrai, poi uscii.

# Capitolo dieci

L'appartamento era buio e silenzioso. Troppo silenzioso.

Ero tornata a casa da sola e avevo cercato invano di dormire. Dentro di me ero combattuta per quello che Blake mi aveva chiesto, la proposta dopo la proposta. Solo che questa non era stata accompagnata da un anello di diamante, bensì dalla minaccia che tutto tra noi finisse. Volevo credere che stesse bluffando, che potessi convincerlo a ripensarci, ma se invece non fosse stato così? Se non fossi riuscita a dire niente per fargli riconsiderare la posizione in cui mia aveva messa?

Avevo mandato un messaggio a Alli poco prima di mezzanotte, per sapere se Blake avrebbe passato la notte lì. No, se n'era andato, ma non sapeva dove. Alle prime ore del mattino finalmente mi addormentai.

La mattina era più afosa del solito dopo una serata di pioggia. Uscii e trovai Clay in attesa davanti all'Escalade, pronto per portarmi al lavoro. Anche quando non mi accompagnava, stava comunque sempre nei paraggi. Evidentemente Blake non aveva intenzione di rischiare la mia sicurezza, e non credevo avrei potuto fargli cambiare idea in alcun modo.

Mi godetti l'aria fresca del SUV, mentre attraversavamo le strade della città. Torni a pensare a Blake e a dove poteva aver trascorso la notte e, prima di lasciarmi trasportare troppo dall'immaginazione, guardai Clay. «Sai dov'era Blake ieri notte?».

Lui alzò lo sguardo e incrociò il mio nello specchietto. «Non saprei, signorina Hathaway. Mi ha detto di tenermi disponibile per lei questa settimana, non lo sento da allora».

«C'è qualcun altro con lui?»

«No, signorina».

A quanto pareva, Blake non si preoccupava di se stesso, ma io sì. Sfrecciammo sulla carreggiata finché la macchina non rallentò davanti all'ufficio. Salutai Clay e mi diressi all'entrata. Avevo un disperato bisogno di caffè per affrontare la giornata, ma decisi di saltare la solita routine mattutina e di non andare al Mocha. Volevo evitare Simone. Non sapevo quanto James le avesse detto del faccia a faccia con Blake ed ero già abbastanza devastata per quello che era successo la sera prima; se avessi dovuto affrontare un'altra situazione emotivamente estenuante, avrei dato di matto.

«Erica».

Sulla porta che dava sulle scale per salire in ufficio mi fermai, vedendo un volto familiare: in pantaloni grigi e camicia, Isaac Perry era davanti a me. *Davvero fantastico*.

«Cosa ci fai qui?».

Riuscii a malapena a nascondere il fastidio. Di tutti i giorni in cui poteva presentarsi, doveva scegliere per forza quello. Almeno aveva la decenza di essere a disagio.

«Ti ho mandato una mail, ma non hai risposto e ho pensato di fare un salto, visto che sono in città».

«Avresti potuto chiamare e avvisarmi».

«Lo so, scusami. È stata una decisione presa all'ultimo».

Mosse leggermente la mascella. Non sembrava l'uomo che mi aveva palpata mesi fa, ma piuttosto quello col sorriso da ragazzino che mi aveva convinta ad andare alla cena che aveva dato inizio a tutto.

«So che sei impegnata, ma non ti ruberò molto tempo», disse.

«Se Blake sapesse che sei venuto qui…». Per una volta ero grata di non dovermi preoccupare che Blake si intromettesse nel mio lavoro. Almeno, non credevo che l'avrebbe fatto. Dopo ieri sera, immaginavo che ci saremmo presi una pausa.

Fece una smorfia e si guardò le scarpe. «Lo so, mi rendo conto che non è proprio il mio più grande sostenitore. Ma speravo che tu avessi pietà di me e mi lasciassi spiegare».

Feci un passo e incrociai le braccia al petto. Eravamo in pubblico, ma l'ultima volta che l'avevo visto avevo le sue mani addosso. Non potevo e non volevo fidarmi di lui.

«Non credo abbiamo qualcosa di cui discutere, Isaac».

Sospirò e sembrò più normale e meno titubante di prima. «Mi dispiace, Erica, davvero. Per favore, fatti offrire un caffè. Ti chiedo solo cinque minuti».

Mi supplicò con i suoi occhi azzurri e mi ricordai dell'Isaac Perry affascinante. In più mi stava offrendo caffeina.

«Va bene».

I suoi occhi si accesero, ma io non ero altrettanto entusiasta. Mentre entravo timorosa al Mocha con lui dietro, sperai che Simone non lavorasse quella mattina. Ma sarebbe stato chiedere troppo, visto che non mi era mai successo di varcare la soglia senza il saluto della vivace barista dai capelli rossi.

Stava servendo un altro cliente quando noi ci accomodammo. Isaac avrebbe insistito per le inserzioni e io non sapevo cosa fare. Blake naturalmente si sarebbe infuriato, ma io sarei stata un'idiota a respingere Isaac se poteva dare un incremento all'attività. Con tutte le emozioni implicate in quella situazione, non sapevo come valutare la sua offerta. Persa momentaneamente nei miei pensieri, quasi caddi dalla sedia quando Simone ci salutò.

«Ehi», disse con un sorriso. «Non ti vedo da un po'».

«Ciao, Simone. Sì, scusa». I nostri mondi si erano finalmente scontrati, ma in quel momento non potevo discutere con lei. Forse avrei dovuto dirle cos'era successo con James e finirla lì.

«Il solito?», chiese, riportandomi alla realtà.

«Sì».

Poi si rivolse a Isaac, che sembrava stesse mangiando con gli occhi la barista come la maggior parte degli uomini.

«Per me lo stesso», disse con un sorriso gentile.

Sospirai, desiderosa della mia dose di caffeina.

«Allora... di cosa vuoi parlare?»

«Volevo spiegare...».

«Che c'è da spiegare? Sul serio, non mi piace che gli uomini allunghino le mani o mi tocchino senza permesso».

«Non mi sono regolato, mi rendo conto».

«Non ti sei regolato per niente. E per me è un po' difficile lasciar perdere e fare affari con te, spero che tu lo capisca».

«Sì. Ho sbagliato, il mio comportamento è stato imperdonabile», rispose, stringendo le labbra.

Quella semplice ammissione mi colpì e stavo quasi per

perdonarlo, quando parlò di nuovo. «Non avrei dovuto bere».

Aggrottai le sopracciglia. Non ero disposta ad accettare quella scusa. «Ma scherzi? Era una bottiglia di vino in due».

«Avevo preso delle medicine. Medicine che, se mischiate con l'alcol, annebbiano il giudizio. Non potevi saperlo e non è una scusa».

«Certo che non lo è».

Fissò il tavolo. «Voglio che tu capisca che non sono così. Mentirei se ti dicessi che non ero attratto da te, ma se fossi stato lucido non mi sarei comportato in quel modo».

Lo studiai attentamente, chiedendomi dove voleva arrivare. Quell'improvviso bisogno di perdono era sospetto.

«Cosa vuoi da me, Isaac?».

Sospirò e drizzò la schiena. «È un mondo piccolo il nostro, abbiamo conoscenze comuni. So che per Blake non conto niente, ma è molto probabile che le nostre strade si incontreranno di nuovo a un certo punto. E nonostante quello che è successo», disse indicandoci, «speravo di poter lavorare con te. Vedila come un'offerta di pace».

«Un accordo finanziario vincolante è una strana offerta di pace».

Lui non riuscì a trattenere un sorriso. «Forse, ma ho pensato che per te valesse più di un mazzo di fiori o una scatola di cioccolatini».

«Sono fidanzata ufficialmente, sprecheresti soldi».

Mi fissò e socchiuse gli occhi. «Non avevo capito. Congratulazioni».

«Grazie», risposi seccamente.

«In ogni caso voglio realmente lavorare con te. Prima

che l'alcol tirasse fuori il peggio di me, ero davvero interessato alla tua proposta. Mi piacerebbe provarci, se credi di poter riuscire a lasciarti alle spalle la cazzata che ho combinato».

Scossi la testa. Se solo avesse saputo cos'avevo passato…

«Non lo so».

Tornò ad appoggiarsi allo schienale della sedia e abbassò la testa.

«Va bene. Capisco, Erica, nessun rancore. Ho pensato che valesse la pena tentare. E, per quello che vale, sono immensamente dispiaciuto. Ho avuto un comportamento disgustoso, e più ci pensavo più mi rendevo conto che dovevo vederti e scusarmi. Spero che, se ci incontreremo ancora come credo, resteremo almeno in rapporti civili».

Sospirai, e avrei voluto non essere dispiaciuta per lui. Avevo cercato di leggere il linguaggio del suo corpo per capire se mi stava prendendo in giro, ma era stato disarmante, come il giorno in cui l'avevo conosciuto.

«Ci penserò su, d'accordo?».

Sorrise. «Non chiedo altro». Poi si alzò velocemente. «Senti, grazie per l'incontro. Non volevo farti l'agguato, ma certe cose è meglio chiarirle di persona».

«Lo apprezzo molto». Sarebbe stato molto più facile respingere il tentativo di tregua via mail. Nonostante l'odio che Blake provava nei suoi confronti, ora stavo seriamente prendendo in considerazione l'idea di una collaborazione tra le nostre compagnie.

Simone arrivò con i nostri caffè fumanti nei bicchieri da asporto. Lui le diede una banconota e la ringraziò, prima di andare via.

«Chi era?», chiese Simone.

«Un possibile inserzionista». Lo era? Stavo davvero prendendo in considerazione la sua offerta di pace? Non ero ancora completamente convinta che le sue intenzioni fossero buone, e non ero neanche propensa a perdonarlo.

«Mi sembra un buon candidato. Mi ha lasciato quaranta bigliettoni di mancia».

Risi e lei raggiunse il posto che fino a poco prima aveva occupato Isaac. «Che succede? Mi stai evitando?».

Bevvi un sorso di caffè, troppo stanca per mettere su una maschera. Lei socchiuse gli occhi.

«Simone, devo dirti una cosa, anche a rischio di farti incavolare e creare tensioni tra te e James».

«James ti ha baciata. Lo so».

Spalancai gli occhi per la sorpresa. «Lo sai?»

«Sì, me l'ha detto l'altro giorno. Mi ha raccontato che Blake ha dato di matto e gli ha ordinato di dimettersi».

«Cazzo», mormorai, riferendomi sia a quella scena che al fatto che lei lo sapesse.

«Senti, devi risolvere la cosa con James. È questo che mi preoccupava del triangolo amoroso, ma...».

«Ma cosa?»

«Ci tengo a James, Erica. Insomma, è da un po' che ci frequentiamo e so che lui tiene a te. Mi ha assicurato che non ha più interessi romantici nei tuoi confronti, ma comunque ti considera davvero un'amica. Non so se lui e Blake riusciranno a risolvere la cosa, ma sei tu a comandare. Dipende da te».

Gemetti. «Odio questa situazione. Blake mi ha messa in una bruttissima posizione. Non voglio licenziare James e sono furiosa con Blake per averlo affrontato così. Non aveva la mia approvazione quando l'ha fatto. È molto geloso e non sopporta l'idea che lavori ogni giorno con una persona che ci ha provato con me».

Simone arricciò le sue labbra rosse.

Continuai: «Parlerò con James. E, per quello che vale, mi dispiace che tutto questo ti faccia stare male. Credo che tu e James insieme siate fantastici, davvero. Tengo molto a entrambi e l'ultima cosa che voglio fare è mettermi in mezzo. Sfortunatamente la gelosia di Blake è un costante promemoria di un momento di debolezza che sono sicura io e James preferiremmo dimenticare. Tutti e due vogliamo andare avanti e spero ce la faremo».

«Non è una situazione facile, ma non cambia le cose tra noi. Le amiche vengono prima, no?».

Risi. Simone mi allungò la mano chiusa a pugno, aspettando che la colpissi leggermente con la mia, poi si alzò.

«Vai a dare una sistemata alla tua vita folle, io servo un po' di carburante a questi drogati».

«Ottimo piano. Grazie».

Mi fece un sorrisetto furbo e se ne andò, camminando lentamente. Presi il caffè e lasciai il bar, sentendomi un po' più leggera. Un problema in meno da risolvere.

In ufficio passai la mattinata a leggere le mail, prima che Alli arrivasse e mi aggiornasse sulla situazione degli inserzionisti. Aveva acquisito altri due clienti, il che era un ottimo inizio per compensare le entrate che ci erano venute a mancare. Stavo annotando velocemente delle cifre quando mi interruppe.

«Allora, cosa succede con Blake?».

La guardai con occhi preoccupati, poi sospirai e lasciai la penna. A un certo punto avrei dovuto parlargliene. Dopo che me ne ero andata dalla sua festa, si doveva essere chiesta cosa fosse successo tra me e lui per farmi scappare così.

«Niente di cui preoccuparsi. Qualche incidente di percorso, immagino».

«È ovvio che mi preoccupi per te, soprattutto se Blake rimane a casa mia fino a tardi, rintanato con Heath fino a mezzanotte per fare discorsi intimi tra fratelli».

Mi dimenai sulla sedia. «Non mi ero resa conto che fosse rimasto fino a quell'ora».

«Non è tornato a casa?».

Scossi la testa.

«E dove credi che sia andato?».

Feci scattare la penna, nervosa. «Sinceramente non ne ho idea».

«Cos'è successo tra voi due? Vi comportate in modo strano da quando siete tornati da San Francisco. Credevo che andasse tutto bene».

«Infatti, per quanto riguarda il lavoro. Ma lì abbiamo incontrato Risa. Senti, non posso parlarne qui. Ti va di andare a prenderci da bere dopo il lavoro? Così ti spiego tutto». Trattenni un gemito lamentoso. Affrontare quella conversazione sarebbe stata un bel casino.

«Va bene. Ora vado a prendere il pranzo, vuoi qualcosa?»

«Sì, va bene quello che prendi tu».

Mi lasciò sola, e un secondo dopo James prese il suo posto, sedendosi all'altra parte della scrivania.

«Hai un minuto?»

«Certo».

Spostai alcuni fogli che avevo davanti a me con l'unico scopo di ritardare un po' quello che aveva da dire. Ma Simone aveva ragione: dovevamo parlare, risolvere la questione. Appoggiai la fronte sulle mani. Non avevamo ancora iniziato a discutere e stavo già avendo un esaurimento. Feci un respiro profondo. «Dobbiamo parlare».

Si accomodò sulla sedia e mi guardò. «Non hai intenzione di licenziarmi, vero?»

«No». Mi sedetti meglio sulla sedia, irritata. Non c'era dose di caffè che avrebbe reso quella conversazione più tollerabile. «Mi dispiace un sacco per tutto questo. Sinceramente non so quando ha iniziato ad andare male, ma ho intenzione di fare il possibile per sistemare le cose. Solo che non so come gestirle in modo che tutti ci possano convivere».

«Solo a Landon girano le palle, noi ci stiamo comportando da adulti. Non capisco perché tu debba andare incontro ai suoi sbalzi d'umore, a meno che non ti stia minacciando economicamente».

«Non lo farebbe mai. E… non lo so, James. L'ho messo in una situazione difficile che non posso spiegarti».

«Qualcosa che ha a che fare con quel Daniel, immagino».

«È molto più complicato di quanto tu possa immaginare. Non che tu non saresti in grado di capire, ma certe cose è meglio tenerle per sé. E sì, Daniel è stato uno dei motivi principali per cui io e Blake non stavamo insieme. Le cose si sono incasinate sempre di più finché non ci siamo ritrovati. Quando ha scoperto quello che era successo con te…». Sospirai e chiusi gli occhi. «Be', credo sia stata la fatidica goccia che ha fatto traboccare il vaso, e ora sto cercando di capire come sistemare le cose».

Esitò un istante. «Erica, ci tengo a te. Tengo anche a questo lavoro, ma se stai con Blake e la mia presenza ti rende le cose difficili, dovrei andarmene. Queste tensioni non piacciono neanche a me».

«Ma non voglio che tu te ne vada, sei importante per l'azienda. E per me. Nonostante quello che è successo sei sempre un amico, e non ho intenzione di licenziarti».

Si morse il labbro e tamburellò con il dito sull'estremità della sedia, perso nei suoi pensieri. «Aiuterebbe se non fossi qui?»

«Che vuoi dire? Ti ho appena detto…».

«Intendo qui in ufficio. Ti renderebbe le cose più semplici se non venissi sempre in ufficio? Potrei lavorare da casa. Insomma, è una piccolezza, ma se così mi tengo il lavoro, è il caso di prendere in considerazione l'idea».

«E saresti disposto a farlo?»

«Certo. E se alla fine vorrai un lavoratore interno, potrò sempre andare via. Magari mettermi in proprio, fare il free lance o cose del genere».

Arricciai il naso: non mi piaceva quella parte della proposta. «È uno schifo».

«Lo so, ma non è colpa tua. Non so cosa Blake ti stia facendo credere, ma mi sarei dovuto fare da parte, sapendo che eri appena uscita da una storia. Ti serviva un amico e ti ho delusa».

«Non è vero».

«Sono saltato alle conclusioni sbagliate su tante cose. Questa situazione è anche colpa mia, e se devo fare dei sacrifici per sistemarla, ci sto».

«Apprezzo l'offerta, ma non prendiamo decisioni affrettate».

«Sinceramente non credo sia affrettata, è più una sistemazione a lungo termine. Sei stressata, è tutta la settimana che non sembri neanche più tu, e odio vederti così. Non voglio essere io la causa, non l'ho mai voluto e non lo vorrò mai. Ma se possiamo fare questo cambiamento, almeno per ora, e questo ti concedesse un po' di respiro o ti desse la possibilità di sistemare le cose con lui, dovremmo farlo».

«Spero si sia calmato un po'. Forse posso provare a farlo ragionare», dissi, ma era una bella sfida.

Si sporse in avanti e appoggiò i gomiti sulle ginocchia.

«Vuoi sposarlo, giusto?»

«Sì», risposi dopo una pausa.

«Personalmente non lo sopporto, ma è ovvio che per te è importante. Abbastanza da accettare la sua proposta di matrimonio. Non voglio essere quello che manda tutto a puttane. Con questa specie di relazione abbiamo fatto un casino e ora lo dobbiamo sistemare».

Annuii, ammettendo a malincuore che tutto quello che aveva detto era vero. «Forse hai ragione».

«Nessuno di noi due vorrebbe farlo, ma è la cosa giusta».

# Capitolo undici

Il resto della giornata trascorse tranquillo. Forse non tutte le speranze erano perdute: stavamo acquisendo nuovi clienti, non avevo problemi con Simone e, almeno per ora, io e James avevamo un piano per andare avanti. Non potevo negare il fatto che il pensiero che lasciasse la compagnia mi rattristava. Era parte della squadra, oltre che un amico. Mi sarebbe mancato vederlo tutti i giorni, e non riuscivo a fare a meno di prendermela con Blake. Mentre indugiavo su quel pensiero, Alli entrò per ricordarmi il nostro appuntamento.

Raccolsi le mie cose e uscii. Pochi minuti dopo, Clay ci lasciò davanti a un sushi bar su una strada affollata. Ordinammo due Mai Tai e scolai subito il primo, per poi chiederne un altro alla cameriera che ci servì gli involtini assortiti. Era una giornata no. Se non altro, forse l'alcol mi avrebbe fatto addormentare appena tornata a casa, nel letto ancora vuoto.

«James lavorerà da casa per un po'», rivelai, sapendo che il silenzio teso di Alli nascondeva domande su cosa cavolo fosse successo.

«Perché?», chiese, aggrottando le sopracciglia.

Feci un respiro profondo e spiegai: «Quando io e Blake non stavamo insieme, ho iniziato a uscire di più con

James, in amicizia. Ho cercato di mantenere un rapporto professionale, ma lui voleva di più. Alla fine ci ha provato, e…».

Alli spalancò la bocca. «Non avrai mica…».

«Ci siamo baciati. È durato pochissimo e volevo che finisse dopo tre secondi. A quanto pare, Risa ha visto tutto, e lo scorso fine settimana l'ha detto a Blake. Immagino volesse vendicarsi e incasinare il nostro rapporto, e purtroppo ci è riuscita. Blake era fuori di sé, abbiamo litigato, voleva che James se ne andasse…».

Divorai un pezzo di sushi, odiando il fatto che alla fine Blake aveva vinto: gli avevo dato quello che voleva.

Alli aveva gli occhi sgranati e mi fissava, immobile. «Non me lo sarei mai aspettata».

«Be', è per questo che non te l'ho detto. È stato un errore e volevo far finta che non fosse mai successo, ma così non è stato e ora ne pago le conseguenze».

«Quindi, ora che James non lavorerà in ufficio, le cose tra voi due si sono sistemate?»

«Non ne ho idea, non abbiamo più parlato».

Ingoiai uno dei miei involtini, mentre pensavo alla distanza che si era creata tra noi negli ultimi giorni. Per quanto fossi arrabbiata con Blake, odiavo ogni minuto di quando litigavamo. Era tutto sbagliato quando non eravamo insieme, e potevo solo sperare che le cose sarebbero cambiate.

«Comunque, come va con Heath? Dammi un po' di speranza. Sembra che sia tutto perfetto tra voi».

Scrollò le spalle e mise un po' di zenzero sul suo involtino. «Non direi perfetto».

Inarcai un sopracciglio. «Problemi in paradiso?».

Rise, ma il sorriso si spense subito. «Non lo so, sono preoccupata per lui».

«È comprensibile, ma ti ha dato dei motivi per preoccuparti?»

«È proprio questo il punto: no. Ma non posso farci niente. Ha concluso il programma, ma da quel momento è come se non riuscissi a scrollarmi di dosso il pensiero che ci ricadrà di nuovo».

«Ma ha te. Ha Blake, il lavoro e la sua famiglia. Sembra essere sulla buona strada. Va tutto alla grande, no?»

«Lo so. Apparentemente è così: l'appartamento, il lavoro... Ma ogni volta che gli chiedo qualcosa mi dice che gli sto addosso. Mi ricorda che Blake gli sta addosso, che la sua famiglia gli sta addosso, che mi capisce ma che non ha bisogno di un'altra persona che controlli tutto quello che fa. È che ci tengo troppo a lui per rischiare di perdere quello che abbiamo».

Riflettei un attimo su quello che mi stava dicendo. Non conoscevo bene Heath quando faceva uso di droghe, ma sapevo com'era quello nuovo, pulito, e mi rendevo conto di quanto fosse cambiato. Ero convinta che il rapporto con Alli, e il soffrirne la mancanza quando era tornato in riabilitazione, fosse stato il motivo che l'aveva portato a disintossicarsi del tutto. Lo pensava anche Blake, secondo lui lo aveva spinto a tornare a casa prima e inaspettatamente.

«Sembra che tu ti aspetti che fallisca, Alli», dissi alla fine.

Si incurvò e gli occhi le diventarono tristi. «Ho paura. Non voglio che succeda di nuovo. Ero distrutta. Insomma, mi hai vista. Ho bisogno di Heath, lo amo da morire e non riesco a immaginare di stare senza di lui. Ma per far funzionare le cose ho bisogno che resti in salute, e farò di tutto per assicurarmi che succeda».

«Mi ricordo che eri distrutta, ma lui non era da meno. Credo che entrambi abbiate bisogno l'uno dell'altra, ma forse quello che più gli serve è che almeno tu abbia fiducia in lui. Sappiamo com'è fatto Blake, e i genitori sono i genitori. Heath vuole che tu lo ami e creda in lui, non che gli faccia da madre».

Sospirò. «È difficile, perché quand'eravamo a New York trascorrevamo ogni minuto libero insieme. Dovevamo solo organizzarci in base ai miei orari, ma ora che lavora con Blake ci vediamo di meno».

«Solo perché non passate ogni secondo insieme non vuol dire che sia in pericolo. Lavorare con Blake e prendersi le sue responsabilità gli fa bene, anche se ha meno tempo a disposizione per stare con te».

Alli annuì. «Hai ragione. È che vorrei non dover vivere con questo fantasma che minaccia di rovinarci, ogni giorno c'è la possibilità che tutto vada storto».

Le presi la mano e la strinsi nella mia. «Alli».

Lei alzò lo sguardo.

«Smettila di aspettare che succeda qualcosa di brutto. La cosa migliore che puoi fare è amarlo, dimostrargli che ci tieni e approfittare di ogni minuto che avete insieme. Piantala di cercare di controllare quello che non puoi controllare».

Corsi sotto il tendone dell'edificio per ripararmi dalla pioggia che iniziava a cadere più forte. Controllai la strada, ma non c'era traccia della Tesla di Blake. Sentii una fitta al cuore, e la prospettiva di trascorrere un'altra notte senza di lui mi preoccupava. Avevo pensato di chiamarlo e raccontargli della mia conversazione con James, ma qualcosa – forse l'orgoglio – me l'aveva impedito. L'avrebbe scoperto… ma non ero ancora pronta a fargli sapere che aveva vinto la battaglia.

Mentre salivo le scale, incrociai Cady sulla porta dell'appartamento che io e Sid avevamo condiviso.

«Ciao». Mi sorrise con le chiavi in mano.

«Hai visto Blake?», le chiesi, decisamente meno entusiasta di lei.

«Quando sono andata via era in ufficio. Perché?».

Esitai, non sapevo se dirle di più. «Niente, solo che ieri notte non è rientrato».

«Ah». Assunse un'espressione preoccupata e continuò: «Allora dev'essere rimasto a lavorare. Sembrava stanco e… be', oggi non era esattamente di buonumore. Questo spiega il perché».

Sopirai di sollievo, anche se sapere che era in ufficio non lo avrebbe riportato a casa. La ringraziai e salii fino all'appartamento. Posai le mie cose all'ingresso e andai in camera: il letto era un disastro, con le lenzuola aggrovigliate, anche se per il motivo sbagliato. Non avevo dormito molto, e probabilmente neanche lui. Feci una doccia veloce e uscii dal bagno. L'appartamento era silenzioso come quando ero arrivata. Mi avvolsi nell'asciugamano e mi avvicinai al comò in cui tenevo i vestiti, sopra al quale conservavo una scatola con i gioielli. Mi rimisi l'anello, e i bracciali coordinati, con i loro diamanti, attirarono la mia attenzione. Li presi in mano e sentii il loro peso. Brillarono nell'oscurità della stanza, costosi e bellissimi;

ma era il loro significato la cosa più importante. Sfiorai i piccoli ciondoli: la roulette di platino si scontrò contro il compagno, il cuore… quello di Blake.

Alzai lo sguardo verso il mio riflesso sullo specchio. Tutto quello che riuscivo a vedere erano i miei occhi stanchi, colmi della tristezza che provavo solo quand'ero lontana da Blake. Combattere quella battaglia contro di lui sembrava inutile e dannoso, perché la mia risposta sarebbe comunque stata sì, dal momento che l'unico futuro che riuscivo a immaginare era con lui.

Lo rivolevo a qualsiasi costo, anche a scapito del mio orgoglio. Pensare di poter resistere a uno come lui – un uomo che sapeva quello che voleva e che non si sarebbe fermato davanti a niente per ottenerlo – era da pazzi. Ma, cavolo, mi costringeva a farlo. Dargli me stessa, anima e corpo, non era abbastanza, eppure in qualche modo lo avevo sempre saputo. Una parte di me era sicura che, quando saremmo arrivati a quel punto della nostra relazione, mi avrebbe spinta a dargli tutto quello che avevo. Era stato dispotico ed esasperante fin dal primo giorno, ero stata una stupida ad aspettarmi che cambiasse.

Però aveva ragione: avevo lottato con tutta me stessa per tenere separati i nostri mondi. Piano piano l'avevo lasciato entrare, ma l'avevo sempre tenuto a distanza su alcuni aspetti della mia vita. Gli avevo dato di più rispetto a chiunque altro, e pensavo fosse abbastanza, ma non era così. Era tutto chiaro. Non avevo voluto lottare e non avevo voluto che il nostro rapporto diventasse un campo di battaglia. Forse era per quello che adesso non mi aveva dato altre opzioni. Eravamo entrambi feriti e infelici per colpa della cazzata che avevo fatto, e lui aveva presentato il conto.

Mi misi i braccialetti e li ammirai. Li avrei sempre portati con orgoglio, volevo che tutto il mondo sapesse che li portavo per lui, anche se nessuno sapeva cosa significassero per noi. La nostra promessa, come quella che avevo al dito.

Potevo appartenere a Blake, essere sua fin nel profondo, ma anch'io avevo catturato una parte preziosa di lui. E non l'avrei mai lasciata a nessun altro. Diedi un'altra occhiata al letto, il dolore per la sua mancanza troppo forte da ignorare.

Ero quasi del tutto fradicia a causa dell'acquazzone quando entrai negli uffici del Landon Group. Dalla porta socchiusa dell'ufficio di Blake vidi un raggio di luce che illuminava il pavimento. Bussai piano prima di entrare, sperando di non avere un infarto.

Era seduto pigramente alla scrivania, con i piedi appoggiati sopra, concentrato sul televisore dall'altra parte della stanza prima di rivolgermi la sua attenzione.

«Si lavora?», gli chiesi, facendo il giro della scrivania per poi sedermi sull'orlo.

«Che ci fai qui?»

«Dovrei farti la stessa domanda. Quanto ancora hai intenzione di accamparti qui e fare l'offeso?».

Strinse la mascella e si portò un bicchiere di scotch alle labbra. «Non faccio l'offeso». Posò il bicchiere sul tavolo e iniziò a studiarmi fino alla punta delle scarpe. «Sei fradicia».

Inarcai le sopracciglia e guardai le finestre del suo ufficio: le tende tirate gli impedivano la vista all'esterno.

«Quando deciderai di lasciare la tua caverna, ti accorgerai che fuori piove che Dio la manda».

«Sei venuta a piedi?», disse, aggrottando le sopracciglia.

Alzai gli occhi al cielo. «No, mi ha portata Clay, stai tranquillo». Posai lo sguardo sui documenti sulla scrivania e vidi un plico con un logo familiare.

«E questi cosa sono?», gli chiesi, prendendo i fogli.

Lui sospirò infastidito. «Bilanci per l'agenzia di modelle di Sophia». Me li strappò di mano e li mise dall'altra parte della scrivania, lontano dalla mia portata.

Lo guardai con gli occhi socchiusi. «Era in città?».

Blake bevve un altro sorso. «Perché, credi me li abbia portati a mano?».

Lo fissai, non ero disposta a lasciar perdere.

«No, Sophia non era in città, non che io sappia. Puoi ritirare gli artigli».

Sollevata, gli sorrisi. «Non puoi biasimarmi per aver chiesto, no?»

«Immagino di no», mormorò.

Feci un respiro profondo e decisi di buttarmi. Per quanto volessi alleggerire la situazione per chiarire, mi resi conto che probabilmente ci saremmo riusciti solo parlando seriamente, anche se l'ultima volta non era andata benissimo.

«Ho pensato molto a quello che hai detto ieri sera».

«E...?», chiese, seccamente.

«Capisco che tu sia arrabbiato e capisco il perché. Mi sono trattenuta, soprattutto per quanto riguarda il lavoro. In qualche modo era il mio rifugio, quella parte della mia vita che avrò sempre, qualsiasi cosa succeda tra noi, perché è *mia*. Come miei sono i successi e i fallimenti. È tutto quello per cui ho lavorato, e mi spaventa condividerlo con te, mi ha sempre spaventata. Ma voglio cambiare e coinvolgerti di più».

«E perché lo faresti, dopo tutto questo tempo?»

«Be', tanto per cominciare, se ci sposiamo...». Indugiai su quel pensiero qualche istante, cercando di ignorare il fatto che magari non ci saremmo sposati, che lui non mi voleva più. «Immagino che quello che è mio è tuo, e se non posso fidarmi del mio futuro marito per queste cose, di chi posso farlo?».

Posò il bicchiere e intrecciò le mani sulle gambe, studiandomi. «Va bene», disse semplicemente. «Quindi suppongo che James se ne andrà».

Lo guardai negli occhi per vedere se c'era qualche segno di cedimento sulla questione.

«Ti è mai passato per la testa che forse sei un tantino irragionevole quando si parla di far rimanere James nell'azienda?»

«Se sono irragionevole è in risposta a un comportamento altrettanto irragionevole, e in quel caso sono più che giustificato. Ti ho già detto come la penso sulla questione, non è cambiato niente».

«E se ti dicessi che da oggi puoi avere tutto il controllo che vuoi sull'attività tranne che su una piccola parte?», gli chiesi, avvicinando pollice e indice.

«Dovresti andare, Erica, non ha senso che stanotte dormiamo entrambi qui». Appoggiò i piedi per terra e si girò a guardare gli schermi del computer.

Dio, se era testardo. Lo vedevo letteralmente puntare i piedi. E, per l'amor del cielo, stava giocando sporco. Stava mettendo in ballo la nostra relazione per ottenere quello che voleva, quello di cui aveva bisogno, a detta sua. Non sarei riuscita a farlo ragionare, stasera. Non senza giocare sporco io stessa.

«Fai come vuoi», dissi, scendendo dalla scrivania. Lentamente mi sbottonai l'impermeabile, bottone dopo bottone. Blake mi prestò di nuovo attenzione, avevo il suo sguardo fisso addosso mentre aprivo la giacca, mostrandogli quello che indossavo sotto... che non era molto.

«Non riuscirai a corrompermi con il sesso».

Inclinai la testa. «No?», lo sfidai, anche se avevo già ceduto alle sue richieste.

Sorrisi e lanciai via l'impermeabile, rimanendo solo con qualche pizzo nero a coprire il minimo indispensabile. I capelli bagnati per la pioggia sgocciolavano sulla pelle già umida del mio corpo. Ero preoccupata per le conseguenze delle condizioni meteorologiche sul mio aspetto, ma a giudicare dal modo in cui Blake aveva schiuso le labbra, forse stavano giocando a mio favore.

«Penso proprio di essere in grado di farti cambiare idea».

«Non puoi. Sono stanco di queste cazzate, Erica».

Se fossi stata bendata forse gli avrei creduto, ma i suoi occhi lo tradivano: restarono inchiodati al mio petto mentre portavo la mano sul gancetto davanti del reggiseno.

«Mi sembra di ricordare che hai un debole per il pizzo», lo stuzzicai.

«L'unica mia debolezza sei tu», borbottò.

Quelle parole mi colpirono al cuore, e il sorriso allegro mi svanì dal viso. Volevo essere la sua debolezza, ma non se ne era infastidito, come sembrava dal tono che aveva usato. Mi girai e camminai lentamente nella direzione opposta a lui. La mia audacia aveva ricevuto un brutto colpo, e ora mi sentivo soltanto imbarazzata e ferita. Volevo che mi desiderasse, che iniziasse a venirmi incontro e che considerasse il mio comportamento come una concessione.

«Dove cavolo vai?».

Piegai le labbra in un sorriso a quel piccolo barlume di speranza, quindi rallentai davanti al divano che si trovava sulla parete opposta dell'ufficio e mi sganciai il reggiseno. Feci scivolare le spalline giù per le braccia e rimasi di spalle, privandolo della vista del mio seno nudo. Passai i pollici sotto il tessuto degli slip quasi inesistenti e li abbassai, restando completamente nuda, eccezion fatta per i gioielli.

«Non vincerai così, lo sai?».

Mi girai e lui era già lì, davanti a me, con uno sguardo ardente.

«Non sto più cercando di vincere». A quell'affermazione il tono dispettoso della mia voce era sparito del tutto.

«E allora cosa stai facendo?».

Gli posai le mani sul petto. «Faccio vincere te».

«Stai facendo dei giochetti, e non mi interessano», disse con una smorfia.

«Non sto giocando, ti sto dando quello che vuoi. Ti sto dando tutta me stessa». Gli passai le braccia intorno al collo e il mio seno premette contro il suo petto. Sentivo il suo cuore battere veloce, allo stesso ritmo del mio.

«Questa cosa non funziona, stare separati ci distrugge. Non posso vivere senza di te, Blake. Riesco a malapena a sopravvivere una notte senza di te, come potrei rischiare di perderti per sempre? Se non vuoi concedermi quest'unica cosa, allora non ho scelta, no? Quindi ti faccio vincere. Ti do fiducia su tutto quanto: corpo, cuore e lavoro. Prendi quello che vuoi, stai ovunque tu voglia stare».

Incrociai il suo sguardo, volevo che credesse a quello che avevo detto.

«E James?».

Sospirai, rassegnandomi a quella scelta necessaria. «Se ne va».

# Capitolo dodici

Mi guardò in silenzio. Ero stretta a lui, che però non mi aveva toccata in nessun altro modo: si stava ancora trattenendo. Ma da come i suoi muscoli erano tesi, non potevo fare a meno di pensare che la situazione sarebbe potuta cambiare da un momento all'altro. Sarei diventata io la preda, e le nostre posizioni si sarebbero capovolte in un secondo. Quell'aspettativa mi fece battere il cuore.

«È quello che vuoi, no?». La mia voce si spezzò quando lui si leccò le labbra.

«Non è tutto quello che voglio».

I suoi occhi si riempirono di desiderio, insieme alla determinazione che avevo visto crescere in lui gli scorsi giorni. Sotto quello sguardo che mi scrutava mi sentii avvampare.

«Ti sto dando tutto», sussurrai.

«Vorrei crederti, però non hai fatto altro che lottare contro di me. Come faccio a sapere che le cose sono cambiate?».

Come potevo dimostrarglielo?

L'amore non era abbastanza, le parole neanche. Ero lì, nuda e vulnerabile, pelle contro pelle con l'uomo che mi stava chiedendo di dargli tutta me stessa. Indietreggiai e lasciai cadere le braccia lungo i fianchi. Quant'era *abba-*

*stanza*? Finalmente avevo accettato le sue richieste, e mi dovevo arrovellare per dimostrarglielo.

Iniziai a torcermi nervosamente le mani, e con la punta dell'indice tracciai la linea dell'anello che avevo al dito.

Poi un pensiero mi colpì e sentii un nodo allo stomaco, mentre l'adrenalina mi scorreva nel corpo. Chiusi gli occhi. *Cazzo*. Gli avrei dato tutto, ed ero pietrificata dal terrore.

Feci un respiro tremante, sperando di allentare un po' il groppo che avevo in gola. Aprii gli occhi e mi preparai per quello che dovevo fare. Fissai Blake, il desiderio e la preoccupazione dipinti sul suo volto.

«Blake, ti amo tantissimo, e mi fido di te. Sul serio». Mantenni il tono di voce fermo, non volevo dargli motivo di non credermi. «Quindi, ti prego, cerca di capire che questo è tutto… *tutto* quello che ho. Per favore, non farmene pentire».

Strizzai gli occhi e caddi lentamente sulle ginocchia. L'unico suono che si sentì nella stanza fu quello dei braccialetti che si scontravano tra loro mentre posavo le mani sulle gambe.

Poi aspettai. Che lui mi credesse, che venisse da me e ci riavvicinasse. Un minuto sembrò un'eternità: nessun movimento, nessuna parola, solo l'eco di quello che avevo fatto e l'aspettativa di dove ci avrebbe portati. Piano piano Blake si abbassò davanti a me, e io restai concentrata prima sul pavimento e poi sui suoi jeans scuri tirati sulle ginocchia. Mi alzò il mento in modo che potessi guardarlo negli occhi; aveva la bocca socchiusa e il suo respiro un po' affannato si scontrava con il mio. Tracciò con le dita una linea sulle mie labbra tremanti. «È *questo* quello che voglio, se lo vuoi anche tu», disse infine.

Il cuore mi martellava nel petto, rumoroso promemoria di quanto lui fosse importante per me. «Ti voglio. Non posso prometterti che sarò perfetta, ma farò del mio meglio per essere come vuoi, come hai bisogno che io sia».

Mi sfiorò la guancia e poi mi infilò una mano tra i capelli, come per sollevarmi. Mi alzai e mi tenni in equilibrio con le mani posate sul suo petto, i suoi muscoli rigidi sotto i miei palmi. Lui mi teneva, le nostre labbra erano a distanza di un respiro, i suoi occhi traboccanti di desiderio.

«Tutto quello che ho sempre voluto, dalla prima volta che ti ho vista, è la tua fiducia. Voglio esserci per te, voglio aiutarti, proteggerti. E non posso farlo se tu ti opponi e mi respingi».

«Non lo farò più, te lo prometto».

Il suo sguardo si addolcì e mi mise un braccio intorno alla vita, avvicinandomi di più a lui. «E io ti prometto che non ti farò mai pentire di questa decisione».

Una sensazione di calore mi invase il petto e allentò la tensione e i dubbi. L'amore che provavo per l'uomo che avevo davanti mi fece tremare, e il desiderio mi infiammò: dovevo averlo subito. Col suo nome sulle labbra lo baciai febbrilmente, come se fosse l'ultima volta. Gli misi le mani tra i capelli e mi aggrappai a lui per avere il suo corpo il più vicino possibile. Lui rispose silenziosamente a quella richiesta. Mi afferrò i glutei e, attirando il mio bacino contro il suo, mi fece capire quanto anche lui mi desiderasse.

Annaspai, senza fiato per il bacio e per la tensione che c'era nella stanza. «Prendimi subito. Prendi quello che è tuo, Blake».

Mi tirò su e mi mise sul divano, stesa di schiena. Mentre

ci baciavamo intensamente, mi prese i polsi e me li portò sopra la testa. Inarcai la schiena insoddisfatta, volevo sentire di nuovo il suo corpo contro il mio. Allentò la presa e cercai di allungare le mani verso di lui, ma mi resi conto di avere i polsi bloccati dai bracciali. Erano le manette più costose che avessi mai usato, e la loro bellezza mi teneva prigioniera come nient'altro avrebbe mai potuto fare.

«Mi hai dato tutto quello che volevo, Erica, e ora ti darò io tutto quello che vuoi. Stanotte non ti farò mancare niente».

Non vedevo l'ora di toccarlo, di infilargli le mani tra i capelli, di sfiorargli la schiena. Gemetti, sentendo un bisogno disperato di muovermi e stringerlo a me. «Allora scopami e non farmi più aspettare».

Mi lasciò una scia umida di baci sul corpo, scendendo dal petto all'ombelico e mordicchiandomi l'osso del bacino.

«Blake», mi lamentai.

«Lo farò, fidati. Ma prima voglio assaggiarti».

Mi fece mettere una gamba giù e mi afferrò l'altra all'altezza del ginocchio, tenendola ferma contro lo schienale del divano ed esponendomi completamente. Ero bruciante di desiderio e alla mercé dell'uomo che, con poche parole dette al momento giusto, mi faceva sentire una sgualdrina senza vergogna.

Avvampai e il mio cuore iniziò a rimbombare, mentre la tensione sessuale aveva preso il sopravvento sul mio amore per lui. Serrai i pugni, ricordandomi che ero legata. Il metallo freddo mi stringeva la pelle e mi ammoniva su chi aveva il controllo in quel momento. Chiusi gli occhi e sospirai, accasciandomi sul divano morbido.

«Brava ragazza. Rimani stesa e ti farò vedere le stelle», sussurrò.

Mi sfiorò le cosce con le labbra; quando la sua lingua lambì la mia pelle, chiusi gli occhi e strinsi i pugni sul bracciolo del divano, dove mi aveva bloccato le mani. Fu come se una colata di lava incandescente mi scorresse nelle vene. Non avevo mai sentito un bisogno così forte e, allo stesso tempo, non ero mai stata così paziente e fiduciosa che Blake lo avrebbe soddisfatto.

Le sue mani calde e sicure scivolarono dalle mie ginocchia al centro del mio corpo, dove Blake infilò le dita. Quando la sua bocca entrò in contatto con quel punto sensibile iniziai a tremare. Strinse la presa sulle gambe per tenermi ferma, mentre con la sua lingua vellutata sul clitoride mi baciava intimamente. Gridai e divenni sempre più impaziente mentre continuava a massaggiare, succhiare e leccare.

«Hai un sapore paradisiaco». Il soffio che uscì dalle sue labbra esalò sulla mia intimità pulsante, fredda al contatto con la sua bocca calda. Dio, la sua bocca. Continuava a tracciare lo stesso percorso con la lingua, avanti e indietro, succhiando e divorando. Ero pericolosamente vicina all'orgasmo, e mi mossi in modo frenetico contro di lui.

«Vuoi venire mentre sono dentro di te, piccola? Vuoi che te lo infili mentre ti porto al limite?».

Mise un dito dentro di me, abbastanza per ricordarmi cosa mi stavo perdendo.

Annuii velocemente, la voce ormai sostituita dal respiro affannoso che non riuscivo più a controllare. Lo volevo, volevo vivere ogni momento erotico che la sua mente riusciva a partorire. Senza dire altro si alzò, sbottonò la camicia e tolse la cintura. Il suono che fece mentre scivolava via dai passanti dei jeans mi fece formicolare la pelle. Mi morsi il labbro e mi inarcai leggermente. L'angolo della sua bocca si piegò all'insù mentre sbottonava anche i jeans e li abbassava insieme ai boxer, mettendo in mostra il suo membro eretto.

«Ammettilo».

Spostai l'attenzione sul suo viso, bello da togliere il fiato come ogni altra parte di lui, e gli rivolsi uno sguardo interrogativo.

«Ammetti che ti piace la cintura».

Mi morsi il labbro inferiore un po' più forte, e quel dolore rappresentava il dolce limite del desiderio.

«Lo so che ti piace», disse con un ghigno, «ti bagni un sacco ogni volta. Non c'è bisogno che lo ammetti, tanto lo so già, il tuo corpo ti tradisce. Ma mi piacerebbe sentire quelle parole dalla tua bocca».

Il ricordo della cintura sulla pelle mi provocò una reazione fisica che andava oltre ogni comprensione. Avevo dovuto affrontare le mie paure, ma mi era sempre piaciuto quello che avevamo fatto. Non mi veniva in mente niente che non mi fosse piaciuto, o che non avessi adorato. Magari era da pazzi, e magari niente di tutto quello aveva senso per il resto del mondo, ma Blake aveva ragione: mi piaceva ed era inutile negarlo. Le mie labbra si piegarono in un sorriso. «Mi piace».

Si mise sopra di me e ghignò. «Mi sono trovato un piccola pervertita. Una pervertita intelligente e bellissima. Lo sapevo che eri perfetta per me, e continui a dimostrare che avevo ragione».

Allargai il sorriso. «Però preferisco quando usi le mani.

Mi piace quando puoi sentire quel dolore anche tu, e quando ti fermi per toccarmi lì».

Gemette e prese in mano la sua erezione, massaggiandosi. «Non avevo intenzione di sculacciarti stasera, ma mi fai venire voglia di bendarti e legarti sulla scrivania».

«Si può fare», dissi, guardandolo attraverso le palpebre socchiuse. Ero pronta a pregarlo, quando si abbassò e si insinuò tra le mie gambe. Si posizionò sopra di me e il contatto dei nostri corpi che scivolavano l'uno sull'altro fu quasi troppo. Annaspai e lui mi mordicchiò il labbro; dopo averlo succhiato, ne tracciò il contorno con la lingua.

«Non voglio punirti, piccola, voglio ricompensarti. Voglio passare le ore a farti venire ancora». Scivolò con le labbra sul collo. «E ancora...», continuò scendendo sulla spalla e succhiando la pelle, «e ancora, finché non mi supplichi di fermarmi».

Mi irrigidii, fin troppo consapevole di quanto ero vicina all'orgasmo.

«Ti supplico, ora... comincia. Fammi venire, Blake, per favore».

«Va bene. Come vuoi che faccia? Piano?».

Mi inarcai contro la sua bocca mentre raggiungeva il mio seno. Disegnò dei cerchi con la lingua intorno al capezzolo, poi succhiò e tirò. Mi guardò e io scossi la testa.

«Veloce?». Spostò l'attenzione sull'altro seno e fece lo stesso lavoro, finché non credetti di impazzire.

«Sì», dissi in un soffio.

«Forte?».

Strinse la punta tra i denti, mentre le sue dita ritrovarono la mia intimità umida e calda. Ne infilò due, muovendole piano, poi mi morse delicatamente il capezzolo e io tremai.

«Cazzo», gemetti.

Lasciò la presa e risalì di nuovo. «Il tuo corpo mi dice quello che devo sapere. Ora ti do tutto quello che vuoi».

Quando sentii le pressione della sua punta calda pensai che sarei morta per il sollievo. Scivolò dentro di me con facilità e il mio respiro diventò un gemito. Stavo perdendo coscienza della realtà troppo presto. Blake mosse i fianchi e quel gesto possessivo mi fece impazzire; poi mi baciò dappertutto: sul viso, sulle spalle, sul collo.

«Blake, ti prego, fatti toccare. Ne ho bisogno».

Col suo corpo sopra il mio, riconobbi la vulnerabilità nei suoi occhi mentre annuiva. Abbassai le braccia, i muscoli delle spalle dolenti per la posizione tenuta tanto a lungo. Non appena mi liberò, sganciando i bracciali, gli affondai le mani nei capelli e lo avvicinai al mio viso per baciarlo appassionatamente.

Come se fosse stato un segnale di via libera, Blake mi strinse il fianco ed entrò completamente dentro di me. Con spinte forti e profonde mi fece risalire sul divano finché con l'altra mano non arrivò ad appoggiarsi al bracciolo, e, facendo leva, riuscì spingere ancora più forte e ad andare più a fondo.

«È questo quello che vuoi, splendore?»

«Sì», ansimai. «Dio, sì». Gli infilai le unghie nella carne per marchiarlo e strinsi la presa delle gambe sui suoi fianchi accelerando i movimenti. Dovevo sentirli, *sentirci*, mentre tutto il resto spariva.

«Non avrei mai creduto di poter amare qualcuno come amo te, Erica… Cristo, non hai idea di cosa mi fai».

Tremai, la profondità della penetrazione mi causava ondate di piacere che mi attraversavano il corpo. Mi stavo perdendo in quella sensazione. Gli afferrai i capelli, il mio sesso stringeva il suo. Tutto stava crollando: i muri, il mio orgoglio. Non contava più nulla tranne quel momento.

Senza dire niente si mise sulle ginocchia e mi afferrò le caviglie portandosele sulle spalle, e con la spinta successiva mi sentii in paradiso.

Fece scivolare una mano tra i nostri corpi e mi stuzzicò il clitoride con movimenti circolari delle dita. Vidi un'esplosione di colori e cominciai a fremere; l'orgasmo era così vicino che potevo quasi assaporarlo, lo sentivo dalla punta delle dita delle mani fino ai piedi.

«Blake», dissi in un soffio, pregandolo.

«Dimmi quello che vuoi».

«Forte!», gridai, raggiungendo l'apice. Inarcai completamente la schiena e i muscoli si contrassero, ormai fuori controllo.

Con un gemito feroce affondò ancora di più, prendendomi per i fianchi e spingendomi contro il suo membro, più forte di quanto avesse mai fatto. Con tutta la sua lunghezza arrivò fino in fondo, toccandomi in quel suo modo perfetto, pochi secondi prima di venire.

Urlò, pulsando dentro di me, poi alzò gli occhi al cielo e prese fiato. Sembrava distrutto quanto me. Scivolò fuori e si lasciò cadere sul divano; con le mani sulla testa sospirò.

«Perché?».

Si girò verso di me, guardandomi confuso. «Perché cosa?»

«Perché cavolo ci dovresti privare di tutto questo?».

Lui rise e sorrisi anch'io, troppo stanca per rimanere seria. Poi il sorriso svanì. Mi posò la mano sul ginocchio e mi accarezzò la gamba. Trascorremmo così alcuni minuti.

«Non lasciarmi più Blake», dissi piano.

I nostri sguardi si incrociarono. «Non ti avevo lasciata».

«Il letto era vuoto e non sapevo dove fossi».

«Non volevo che andasse così, non ho mai voluto stare lontano da te. Tu sei l'unica a cui penso, l'unica con cui voglio stare».

«E allora perché te ne sei andato?».

Sospirò. «Perché se fossi tornato a casa, ti avrei scopata fino a svenire».

Risi di nuovo, nonostante stessi cercando di fare un discorso serio. «Ed è un crimine?»

«Assolutamente no, ma per quanto sia fantastico, non avrei ottenuto quello che volevo. Anzi, avrei solo complicato le cose. Lo sappiamo entrambi che non è il sesso il problema, ma speravo che prima o poi avresti cambiato idea. Ero pronto ad ammazzarmi di seghe finché non avessi ceduto alle mie richieste, ma non posso dire che fossi entusiasta della prospettiva».

Scossi la testa incredula. «E ora che l'ho fatto?».

Mi prese le mano e intrecciò le dita con le sue. «Ora voglio portarti a casa e dimostrati la mia gratitudine fino all'alba».

Mi vestii per andare al lavoro e raggiunsi Blake in cucina. Vedendolo lì, che versava il caffè, mi resi conto ancora di più di quanto la nostra breve separazione fosse stata terribile. Lo volevo nella mia vita: ogni mattina, ogni sera, ogni notte e ogni attimo che potevamo passare insieme.

La vita da sposati, immaginai, sarebbe stata così, e quel pensiero mi emozionò.

Girai intorno all'isola della cucina per prendermi il caffè e lui mi attirò a sé per darmi un bacio che mi fece sciogliere. Le sue labbra si muovevano lente e la sua lingua mi stuzzicava. Mi tornarono in mente ricordi della notte precedente: ogni tocco, ogni momento eccitante. Avrei voluto avere più tempo. Ma comunque il fine settimana era vicino e avremmo potuto passarlo a letto. Volevo Blake al mio fianco, ma desideravo anche recuperare un po' di sonno arretrato: non dormivo bene dal rientro da San Francisco e la stanchezza si stava facendo sentire.

«Sono esausta». Sciolsi l'abbraccio e mi sedetti a bere il caffè.

«Siamo in due. Non puoi rimanere a casa?»

«Alcuni di noi devono lavorare, tesoro».

Restammo in silenzio mentre bevevamo il caffè.

«Quando se ne va James?».

Stinsi la mascella e provai amarezza, pensando a James. «In realtà volevo giusto parlartene».

Posò la tazza e inarcò le sopracciglia con uno sguardo di sfida.

«Non è quello che pensi», lo rassicurai.

«E cos'è, allora?»

«Non volevo dirgli di andarsene, ma l'ho fatto per te».

«Per *noi*», mi corresse.

Sospirai pesantemente. «Sì, va bene. Per me però è difficile non paragonare la situazione a quello che c'è tra te e Sophia».

Mi fissò impassibile prima di riempirsi di nuovo la tazza. «Vive a New York».

«Ma sei stato a letto con lei, avete dei trascorsi. Avevate una relazione. E anche se mi stesse simpatica, mi darebbe fastidio sapere che la vedi, sporadicamente o meno».

Sì girò e si appoggiò sul ripiano. Nonostante la posa naturale, percepivo la tensione emanata dal suo corpo. Mi infastidiva l'effetto che il nome di quella donna provocava. Mi infastidivano anche i vestiti di Blake, in realtà, perché sembrava che riuscissimo a gestire meglio conversazioni del genere se eravamo entrambi nudi.

«L'unico motivo per cui la vedo è il lavoro, te l'ho già detto. Perché continui a insistere?»

«Perché sono un essere umano, e come te sono gelosa di chiunque voglia quello che è mio. Tu sei mio, e nessuno di noi due può negare che lei ti vuole. Puoi dirmi che siete solo amici per giorni interi, ma io posso dire lo stesso di me e James e tu non mi ascolteresti».

«E cosa vuoi che faccia?».

Feci scorrere un dito sull'orlo della tazza, terrorizzata che la conversazione finisse male dopo che ci eravamo appena chiariti.

«Da quanto finanzi la sua attività?».

Corrugò la fronte. «Quattro anni».

Annuii. «È un bel po' di tempo».

«Dove vuoi arrivare, Erica? Sputa il rospo»

«Vorrei che prendessi in considerazione l'idea di non investire più nella sua azienda. Non voglio che ne risenta la sua attività, ma non posso fare a meno di pensare che per lei mantenere questa connessione sia una scusa, un modo per sapere che avrà sempre la possibilità di riconquistarti».

«Non ha nessuna possibilità di riconquistarmi».

«Le hai detto che ci sposiamo?».

Blake serrò la mascella, poi si alzò e posò la tazza, ancora piena di caffè, nel lavandino. «Sei proprio una rompicoglioni, lo sai, vero?».

Risi, sollevata dalla piega quasi comica della discussione. «Fai quello che vuoi, Blake, ti sto solo dicendo come mi sento. Volevi che fossi onesta con te, e lo sono appena stata. Ho fatto un sacrificio per il bene del nostro rapporto, e i sacrifici sono più facili quando non ci sono due pesi e due misure».

Girò intorno all'isola della cucina, si fermò davanti a me e mi guardò, di buonumore. Era cambiato qualcosa in lui, e già lo adoravo.

«Prenderò in considerazione la cosa».

«Grazie», mormorai, alzandomi per baciarlo.

«Questo ti rende felice?».

Gli sorrisi. «Sei tu che mi rendi felice, quindi sì. Meno ti devo dividere con qualcun altro, meglio è».

Sorrise anche lui e si abbassò di nuovo per baciarmi, disegnando il contorno delle mie labbra con la lingua. «Che ne dici se ti rendo felice un'altra volta, prima di andare al lavoro?».

# Capitolo tredici

Lavorai incessantemente per tutta la mattina. La maggior parte delle cose stava andando bene. Io e Blake avevamo chiarito tutto, avevo trovato un accordo con James ed ero pronta a mandare avanti la mia vita. Dopo pranzo, Daniel mi mandò un messaggio per ricordarmi dell'appuntamento che avevamo organizzato per il pomeriggio.

Mi rimproverai tra me e me per essermene dimenticata. Uscii e presi un taxi fino alla sede della campagna elettorale. Fui accolta dall'assistente responsabile della campagna di Daniel, e provai pena per lui a vederlo così sfinito. Senza perdere tempo, mi fece attraversare il trambusto dell'ufficio che mi metteva sempre a disagio.

«È un piacere vederti, Erica», disse Will, chiudendo la porta dietro di noi. Si infilò una mano tra i capelli biondi, di solito ribelli, e si sedette alla scrivania. Io mi accomodai di fronte a lui e tirai fuori il mio blocco per gli appunti.

«È un piacere anche per me. Allora, come procede qui?»

«Be', come saprai siamo nel bel mezzo dei dibattiti», rispose, alzando le mani.

Sorrisi. «No, non lo sapevo. È una buona cosa?».

Lui inarcò le sopracciglia: pensava ancora che per me

si trattasse di un lavoro importante, non di un obbligo, cosa che spiegava il fatto che non sapessi niente sull'andamento della campagna. Se avessi voluto informazioni, avrei saputo dove procurarmele, ma non ero interessata alla corsa per il posto di governatore del Massachusetts, neanche se il mio padre biologico era uno dei candidati.

«Finora sì, va tutto bene. Il signor Fitzgerald è in testa su quasi tutti. Siamo avanti nei sondaggi, e con un mese di campagna ancora da fare vogliamo che l'ultima spinta ci garantisca la vittoria».

«Naturalmente». Non sapevo come mi sarei sentita se Daniel avesse vinto o perso. Era mio padre, e anche se era un assassino sociopatico, una parte di me voleva sostenerlo. Allontanai quello strano pensiero dalla testa e chiesi a Will di spiegarmi bene la situazione, dato che non ero stata aggiornata nelle ultime settimane. Per fortuna Daniel mi aveva lasciato un po' di spazio, ma avevo la sensazione che non sarebbe durato ancora a lungo.

Nell'ora successiva Will mi mise al corrente delle ultime novità; elaborammo strategie e partorimmo alcune idee. In qualche modo, riuscivo a fare paragoni tra la mia attività e gli obiettivi di Daniel, e quando me ne andai avevo dato a Will degli spunti per nuove iniziative da portare avanti fino al nostro prossimo incontro la settimana successiva.

Il brusio costante al di fuori dell'ufficio di Will sembrò aumentare e, accorgendomi del cambiamento, mi girai. Dai vetri della stanza vidi un gruppo di persone ammassato vicino all'entrata, dove era apparso Daniel. Aveva il solito aspetto imponente e indossava un abito impeccabile, ma il suo atteggiamento era disinvolto. Osservai le sue labbra muoversi, poi i suoi occhi blu incrociarono i miei e il suo sorriso sembrò allargarsi. Pochi istanti dopo si unì a noi nell'ufficio di Will.

Mi alzai, imbarazzata. Gli avrei dovuto stringere la mano?

«Will, uno stagista ha alcune domande sugli articoli che sono usciti oggi, citazioni e cose del genere. Puoi pensarci tu? Dammi un attimo per parlare con Erica».

«Certo, faccia con comodo». Will si alzò velocemente, prendendo telefono e documenti.

Per quanto a volte la presenza di Daniel potesse essere inquietante, mi rilassai non appena il fascio di nervi che era Will lasciò la stanza. Daniel si sedette, incrociò le gambe e tamburellò con le dita sulle ginocchia.

«Come stai?»

«Bene».

«E Blake?».

Gli lanciai uno sguardo preoccupato e lui rise. Sembrava di buonumore, ma per abitudine gli parlavo sempre con cautela, soprattutto se si trattava di Blake. Forse ero ancora traumatizzata da alcuni dei nostri incontri non proprio civili.

«Stavo solo chiedendo. L'ultima volta che ci siamo sentiti hai detto che eravate fidanzati. Ci sono novità?».

Presi fiato, sollevata che non avesse ancora rancori nei confronti del mio fidanzato. «Ehm... no, direi di no. Come sta Margo?», gli chiesi, tentando di cambiare argomento.

Lui distolse lo sguardo.

«Si sta adattando. Le elezioni sono state la sua salvezza, ha trovato qualcosa su cui concentrarsi, grazie al cielo».

«È una buona cosa».

«L'altro giorno mi ha chiesto di te».

Non la vedevo da settimane, da prima della morte di Mark. Non volevo affrontare la madre del mio stupratore, sapendo che il nostro sfortunato legame era quello che alla fine l'aveva portato alla morte. Non avrei potuto guardare il dolore negli occhi di quella donna e condividerlo, e non sarei riuscita a fingere di non sapere che era a causa di mio padre se non aveva più il figlio.

«Sa che sto lavorando con te alla campagna?»

«Sì. Tu e Will avete discusso dei dettagli?»

«Sì, e credo che siamo riusciti a elaborare un buon piano per le tue prossime mosse. Se le cose continuano ad andare bene, i nostri sforzi potrebbero portarti in vetta. Non ho esperienza in campo politico, ma sembra promettere bene».

«Ottimo, è quello che volevo sentire. Mi fa piacere che siamo riusciti a risolvere in un modo o nell'altro».

Scarabocchiai qualcosa sul mio blocco. In quel momento era felice, ma mi aveva fatto passare le pene dell'inferno per farmi arrivare lì, quando invece avrebbe potuto chiedere gentilmente, senza l'omicidio, la violenza e le minacce di morte che speravo fossero acqua passata.

«Erica».

Alzai il mento non appena sentii quel tono più esigente.

«Aiuterebbe se ti dicessi che mi dispiace per tutto quello che è successo?»

«Ora sono qui, non basta? Devo anche essere felice?»

«Mi sentirei un po' meglio se lo fossi. Se vinciamo ci saranno un bel po' di motivi per essere felici».

Cercai di immaginarmelo: non ero sicura che la mia

concezione di vittoria fosse come la sua. «Credi davvero che vincere queste elezioni ti renderà felice?».

Aggrottò le sopracciglia e si alzò. «Ho la giornata piena, prima di andare devo controllare alcune cose non Will. È stato un piacere vederti».

Infilai velocemente il blocco degli appunti nella borsa e mi alzai. «Allora ci vediamo».

Lo oltrepassai e mi diressi alla porta. Lui mi posò una mano sul gomito e io la scrollai via. Tremante di rabbia, il mio cuore iniziò a battere all'impazzata al ricordo dell'ultima volta che mi aveva toccata.

Alzai gli occhi e incrociai il suo sguardo. «Anche se per te non ha alcun valore e non sei felice di essere qui, voglio che tu sappia che sono contento che abbia preso parte a tutto questo», disse.

Annuii e uscii dalla stanza, poi salutai Will con la mano e me ne andai il più velocemente possibile. In quello stesso momento, vidi Daniel che mi guardava con un'espressione imperturbabile.

Entrai nell'appartamento e sentii il profumino della cena e la musica jazz nello stereo. Blake era in cucina, concentratissimo sugli ultimi ritocchi da apportare ai piatti.

«Cos'è?», chiesi, dopo aver posato la borsa ed essermi avvicinata.

«Se ho fatto tutto giusto, dovrebbe avere il gusto del filetto alla Wellington. Julia Child sarebbe fiera di me».

Sorrisi, commossa per quel gesto e anche un po' orgogliosa. Non c'era da stupirsi, ma Blake era bravissimo in tutto quello che faceva.

«Se avessi saputo che inginocchiandomi avrei ottenuto cenette fatte in casa tutte le sere, mi sarei arresa molto prima. Il cibo è il modo giusto per conquistare il mio cuore».

«Attenta a ciò che dici con quella bocca, altrimenti dopo la punisco», disse, sorridendo.

Io ridacchiai. «Interessante. Spero la sfrutterai al meglio».

Blake mi guardò storto. «Non scambiare la mia prodezza culinaria per debolezza, tesoro».

«Non oserei mai. Tutto quello che fai non può che essere dominante. Ma non chiedermi di chiamarti *padrone* mentre mangiamo, va bene?».

Gli andai alle spalle e lo abbracciai, mentre aggiungeva un pizzico di erba aromatica ai piatti.

«Mi sembra giusto. Dài, mangiamo», disse.

Lo lasciai e ci sedemmo al tavolo. Arrossii al ricordo di quando ero stata legata proprio lì, dopo essere tornata a casa da un Blake decisamente meno affabile.

«A cosa pensi?».

Sgranai gli occhi come se fossi stata colta in flagrante. «Ehm… al tavolo».

Lui rise e si portò un boccone di carne alla bocca. «Stai cercando di farci finire in fretta una cena da gourmet così posso legarti?»

«No. Mi piace l'idea di rilassarmi un attimo prima che inizi con le corde. Perché sei così allegro, comunque?».

Si appoggiò allo schienale della sedia. «Max è fuori».

Inarcai le sopracciglia. «Fuori dall'Angelcom? Fantastico! Come hai fatto?»

«Sfortunatamente la chiacchierata con Michael non ha avuto esiti, ha detto proprio quello che mi aspettavo:

che dovevamo chiarire tra noi e che lui non voleva essere coinvolto. Allora ho risolto».

«Come?»

«Stavo discutendo con Heath sulla possibilità di interrompere i finanziamenti all'attività di Sophia. È un investitore anche lui, quindi non penso si possa fare senza...».

«Aspetta, questo cosa c'entra con Max?»

«In sostanza ho controllato tutti gli investimenti che avevo in comune con i membri del consiglio contrari e ho pensato alla mossa peggiore che potessi fare nei confronti di ognuno di loro. Dopo qualche chiacchierata, hanno acconsentito».

«Cavolo. Hai giocato sporco».

«E la cosa ti sorprende?»

«No», ammisi.

Lui scrollò le spalle. «Avrei potuto hackerare i loro conti in banca e prosciugarglieli, sono stato bravo».

«L'hai detto a Max?».

Scosse la testa, con un'espressione soddisfatta. Odiavo Max, e adoravo vedere Blake finalmente felice dopo tutto quello che Max gli aveva fatto passare.

«Gli ho fatto recapitare tramite uno degli amministratori la copia del verbale della riunione con le nostre scuse. Capirà».

Mangiai in silenzio, cercando di immaginare la reazione di Max a quella novità. Mi chiesi se essere stato cacciato da Blake gli importasse tanto quanto a lui importava averlo cacciato. Se non altro, la Angelcom era un canale rilevante nella vita lavorativa di Blake attraverso cui Max avrebbe avuto la possibilità di danneggiarlo; una volta escluso, Blake era più al sicuro. *Noi* eravamo più al sicuro.

«Sarai sollevato».

«Infatti. E anche fiducioso, perché già che stavamo votando sulle posizioni nel consiglio ho fatto aggiungere una persona».

«Chi?»

«La futura signora Landon, ovviamente».

Lo fissai scioccata, in cerca delle parole giuste da dire.

«Ho pensato che i problemi di fiducia che abbiamo avuto derivassero dal fatto che io sono coinvolto nel tuo lavoro, ma tu non lo sei nel mio. Sono felice che tu mi sia venuta incontro, non hai idea di quanto sia stato sollevato. Ma non mi piace se pensi di non avere potere nella nostra relazione e di non poter dire la tua, e non voglio scoraggiare la tua crescita di imprenditrice. È questo spirito che mi ha subito attirato, quindi l'ultima cosa che voglio è spegnere quella fiamma che hai dentro. Ci ho pensato, e credo che una posizione nel consiglio sarebbe il posto perfetto per farti partecipare con la tua esperienza di start up».

Posai la forchetta e mandai giù il groppo che mi sentivo in gola. Quelle parole e quel gesto erano troppo da elaborare. Tutte le cose che avevo paura mi sarebbero state tolte erano molto più sicure nelle mani di Blake. Forse dovevo solo concedere un po' di quel controllo per averlo indietro in modo diverso.

«Grazie. Sono lusingata che tu abbia preso in considerazione la cosa, ma sei sicuro? Insomma, già ho difficoltà agli eventi mondani, non oso immaginare come sarebbe essere nel consiglio. Coinvolgermi a quei livelli è una decisione importante».

«Decidere di sposarti è stato importante, aggiungerti al

consiglio è stata una scelta facile. Conquisterai i membri in pochissimo tempo: sei intelligente, bella e impertinente come pochi. Non sapranno come comportarsi con te, così come succede a me la metà delle volte. Non vedo l'ora di godermi la scena, a dirla tutta».

«Ma non sono tutti investitori? Io non lo sono, quindi che posizione avrei?»

«Sei mia moglie, o lo sarai. E io faccio questo, trovo progetti in cui investire. Quando vorrò investire uno o cinque milioni in un nuovo progetto, tu farai parte del processo decisionale».

Giocai con il tovagliolo che avevo sulle gambe. «Non vorrei rovinare questa serata bellissima, ma forse è il caso che ne parliamo. Cioè, presuppongo che tu voglia un accordo prematrimoniale, giusto?».

Non avevamo parlato di proprietà né di cose simili, da quando mi aveva fatto la proposta. Non ero sicura che sarei stata capace di far finta che non ci fosse un forte divario tra noi a proposito di soldi. Per quanto mi avesse assicurato che a lui non interessava, io volevo dare il mio contributo alla nostra vita.

Il calore nei suoi occhi svanì e diventò serio. «Sia chiaro, quello che è mio è tuo. Non mi servono documenti per sentirmi sicuro. Se deciderai di divorziare e girare il coltello nella piaga, nessuna somma di denaro attenuerà il dolore di averti persa. Per me il problema non sussiste».

«È un po' affrettato. Hai impiegato metà della tua vita per accumulare quello che hai e ora vorresti rischiare tutto?»

«Sei un rischio? Di solito quando mi lasci ti prendi solo il mio cuore. Direi che il rischio più grosso è quello».

Posai il tovagliolo sul tavolo e pensai a come l'avevo ferito recentemente. Prima che mi rattristassi troppo, Blake mi prese la mano e mi fece sedere sulle sue gambe.

«Non voglio parlare della possibilità di non stare insieme a te, in nessun modo. Ti amo e ti voglio sposare, non c'è niente di più importante. Quel legame, quella promessa, è l'unico documento che ci riguarda che voglio avere».

Sospirai. Non avrei vinto quella discussione. Gli posai una mano sul petto e sentii il ritmo del suo respiro. Il suo battito, la carne e il sangue dell'uomo che amavo da morire. «Spero tu sappia che non farei mai...».

Mi portò un dito sulle labbra e mi zittì. «Mi fido di te, e credimi quando ti dico che non sono preoccupato. Per quanto riguarda la Angelcom, ci stai? Vorrei fare le votazioni finché li tengo ancora tutti per le palle, ma se non vuoi, non sei obbligata».

«No, sarà divertente. E concordo sul fatto che sarebbe bello assistere dall'interno a quello che fai. Mi spaventa, ovviamente, ma per me sarebbe un'ottima esperienza. Mi hai già insegnato tante cose».

«Bene». Mi infilò una mano tra i capelli e mi attirò per baciarmi. Mi girò leggermente la testa mentre mi beavo della morbidezza delle sue labbra e della presa ferma ma delicata con cui mi teneva stretta a sé. In quel momento di dolcezza, pensai al progresso che c'era stato. Quella parte di me che per così tanto tempo aveva voluto trattenersi e proteggermi sembrava piccolissima, quasi infantile. Dare a Blake tutta la mia fiducia aveva già cambiato le cose tra noi più di quanto immaginassi, e per il meglio.

Quel pensiero mi fece venire in mente una cosa decisamente meno positiva. Mi scostai, cercando il suo sguardo. Lui sollevò una mano e mi spostò una ciocca di capelli dal viso. «Tutto bene?»

«Ti devo parlare di una cosa».

Volevo muovermi, ma lui mi teneva ferma.

«Dimmi».

Esitai. «Ieri Isaac è venuto in ufficio».

«Ma davvero».

Quel tono di disappunto era una minaccia più che una domanda. Giocherellai con la sua camicia; non ero sicura mi piacesse parlargli delle persone che disprezzava quando eravamo così vicini.

«Mi ha contattata un paio di settimane fa. All'inizio l'ho ignorato perché non sapevo come volevo gestire le cose con lui, dopo quello che aveva fatto».

«Non me l'hai mai detto».

«No, ma te lo sto dicendo adesso». Lo guardai negli occhi, cercando di fargli capire che anche quello era un passo avanti, seppure la notizia in sé non gli piacesse. «Non volevo che ti arrabbiassi e desideravo anche pensarci un po' per conto mio. Vuole collaborare con noi, e sarebbe un accordo importante: toccherebbe tutte le pubblicazioni del nostro ambito, quindi faremmo il colpaccio».

«Non puoi farlo entrare come inserzionista», disse con tono piatto, senza esitazioni.

«Immaginavo l'avresti detto, e capisco le tue ragioni, che naturalmente condivido. Per quello che vale, sembrava davvero dispiaciuto; al di là di quell'incidente appare innocuo».

«Tutti quelli che hanno tanti soldi e potere sono ben lontani dall'essere innocui».

«E allora perché tu saresti diverso, visto che hai soldi e potere?».

Inarcò le sopracciglia. «Ti sembro innocuo? Solo perché sono innamorato di te non significa che ci penserei due volte prima di distruggere chiunque minacci te, me o le nostre attività».

«Vero. Comunque ci aiuterebbe a superare la carenza di entrate mentre sviluppiamo i cambiamenti con Alex, ma immagino non valga la pena rischiare».

«Te ne pentiresti subito dopo, te lo assicuro. Tutto ha un prezzo».

Lo studiai un attimo. «Cos'è successo tra voi?»

«Cercare di saltarti addosso non è un motivo sufficiente per odiarlo?».

Inclinai la testa, in una muta richiesta di onestà. «So che c'è di più. Lo conoscevi da prima che ci incontrassimo e non ti piaceva molto neanche allora».

Sospirò e lasciò la presa, poi mi diede una pacca sul sedere come per dirmi di alzarmi.

«No, me lo puoi dire mentre sono in braccio».

La sua espressione non cambiò, ed ero preoccupata che potesse non essere d'accordo. Alla fine fece un respiro e iniziò a parlare.

«Da quando ho incontrato Sophia, Isaac è sempre stato nel suo giro di amici. Faceva la modella per i suoi servizi fotografici e si conoscevano da un po'. Quando ho chiuso con lei, lui è arrivato in soccorso e ha fatto l'eroe. Sicuramente voleva solo scoparsela, e forse ci è pure riuscito. Non appena ci siamo lasciati ha pensato bene di demonizzarmi, con lei e altra gente. A me non importava più di tanto di quello che pensavano gli altri, ma non volevo che lei credesse che l'avevo abbandonata».

«Ma mica l'hai abbandonata».

«Te l'avevo detto, lei non l'aveva presa bene. Quando ci siamo lasciati era pulita e non riusciva a capire. Ci è voluta molta forza di volontà per non tornare da lei, anche solo per vedere se stava meglio. Ma non era solo la droga… In realtà, quella è stata la goccia che ha fatto traboccare il vaso. La distanza che si era creata mentre era in riabilitazione aveva solo evidenziato quanto eravamo diversi, e ho capito che non avrebbe mai funzionato».

«L'amavi?».

Strinse la labbra. «Non lo so. Ce lo siamo detti, ma non so dirti se quello che provavo era amore. Volevo prendermi cura di lei, e lei ci marciava sopra. Per un po' ha funzionato, ma non posso dire che fosse amore. Non si avvicinava minimamente a quello che provo per te».

Mi morsi il labbro, cercando di ignorare la gelosia che mi divorava.

«Ho pensato a quello che hai detto, a non investire più nella sua agenzia. Economicamente parlando, potrei danneggiarla, ho più azioni degli altri. Quando ha iniziato ho investito molto per aiutarla a rialzarsi. Ma anche Heath è un suo investitore. Non so esattamente cosa ne pensi, ma mi sembra esitante. Ha un rapporto diverso da quello che avevo io con lei; è più di un'amicizia, forse perché hanno passato insieme un periodo difficile della loro vita e ne sono usciti. Non lo so, comunque non vorrei insistere con lui, se non sono costretto».

Guardai un punto alle sue spalle, cercando di nascondere la delusione. Anch'io non avrei voluto far lavorare James da casa. Serrai le labbra, mentre il rancore prendeva il sopravvento. Blake mi accarezzò la guancia e mi girò delicatamente il viso, riguadagnandosi la mia attenzione.

«Capisco perché ti dà fastidio, quindi vedrò cosa posso fare. Magari si può fare gradualmente, in modo che non abbia conseguenze dannose sulla sua attività».

«La coccoli ancora».

Lui si irrigidì un po'. «Forse. Le vecchie abitudini sono dure a morire».

«Non è indifesa come sembra. Se avessi visto come mi ha parlato... Sa essere molto maligna. Se usa quella parte di sé anche nella vita lavorativa, non avrà problemi».

«La gelosia tira fuori il lato peggiore delle persone».

I miei pensieri si concentrarono su quel sentimento: ero stata costretta a mandar via James dall'ufficio per calmare la gelosia di Blake.

Lo respinsi bruscamente, nonostante il suo sforzo di trattenermi. Quando raggiunsi la cucina, intenzionata a pulire finché non mi fossi calmata, me lo ritrovai alle spalle e mi spinse contro il ripiano.

«Smettila».

«"Smettila" cosa?», scattai.

«Cosa vuoi che faccia, che mandi a rotoli la sua attività?»

«Sei intelligente, Blake, sono sicura che puoi risolvere. Puoi inserirla in un piano di pagamento, farle chiedere un prestito... magari può iniziare a vendere quella che credo sia una linea di scarpe su misura. Ma non voglio che affondi gli artigli su di te, in nessun senso».

Blake alzò gli occhi al cielo. «Non ha affondato gli artigli su di me. Sei tu che lo stai facendo, proprio in questo momento, cazzo».

Lo guardai male. Quello che diceva non aveva importanza, le sue rassicurazioni sulla loro amicizia erano una perdita di tempo se ogni volta che incrociavo Sophia la sua espressione raccontava tutt'altra storia. Finché non avesse interrotto quel legame, lei me l'avrebbe sempre sbattuto in faccia.

«Sei mio, e la prossima volta che la vedo voglio che lo sappia. Dammi della gelosa, e se questo fa di me una brutta persona, pace».

Mi spostò i capelli dietro l'orecchio. «Mi piaci così protettiva. E la cosa non ti rende una brutta persona».

«E allora taglia i ponti con lei. Per favore». Mi rilassai tra le sue braccia, sperando che avrebbe preso la decisione giusta.

Passò un lungo istante, e il mio rancore diventò delusione.

«Va bene».

Alzai lo sguardo, ma prima che riuscissi a dire qualcosa le sue labbra furono sulle mie, zittendomi, dandomi tutto quello che volevo.

# Capitolo quattordici

Marie era dietro di me e mi stava arricciando i capelli, mentre Alli, con un'espressione concentrata, mi applicava un po' di fard sulle guance.

«Ti stai affannando troppo, Alli. È solo la festa di fidanzamento, non il gran giorno. Va bene così».

Fece un passo indietro e inclinò la testa. «Adesso va bene. Sei perfetta. E comunque dovresti abituartici: sposarsi è come un ballo di fine anno che ha fatto uso di steroidi».

Sorrisi. «È proprio di questo che ho paura. Se continui a dire cose del genere dovrò riconsiderare la proposta di Blake di scappare insieme».

Fiona alzò lo sguardo dal posto in cui sedeva, con l'ennesima rivista per spose sulle gambe. «Non ci provare!».

«No», dissi, addolcendomi. «Siete le uniche amiche che ho e se vi privassi di questo matrimonio sono sicura che nessuna di voi mi rivolgerebbe più la parola».

«Che cavolata». Alli mi tirò la ciocca che Marie aveva appena finito di sistemare. «Ma tra poco andremo in cerca del vestito, sono sicura che sarà quella la chiave per farti entrare in modalità matrimonio».

Sospirai. «Forse hai ragione. Magari dovrei iniziare a guardare quelle riviste per farmi un'idea. Non so proprio da dove cominciare».

«Be', non ti impegnare troppo, io e Alli abbiamo già scelto quasi tutto quello che ti serve», si intromise Fiona, con gli occhi sorridenti.

«Okay», risposi, ridendo.

«Raso e niente spalline». Fiona aprì una pagina per mostrarmi una foto di un bellissimo modello.

«Bello. Che ne dite del pizzo?».

Alli spalancò gli occhi. «È quello che vuoi?»

«Non lo so, forse. Credo che a Blake piaccia».

«Dev'essere una cosa di famiglia», scherzò Alli.

Risi di nuovo, cercando di stare ferma per evitare che Marie mi toccasse inavvertitamente col ferro.

Fiona non si sforzò di nascondere il suo disgusto. «Oddio, questa conversazione deve finire qui, vi prego, altrimenti faccio gli incubi».

Io e Alli ridemmo, scambiandoci uno sguardo d'intesa.

La porta si aprì e Heath si affacciò.

«Mamma mi ha detto di riferirvi che gli ospiti stanno iniziando ad arrivare, quindi appena siete pronte uscite. Non fateli aspettare troppo per conoscere la star della serata», disse con un occhiolino.

«Vattene, Heath, così le fai venire l'ansia», replicò Fiona.

«Va tutto bene, ho il mio carisma liquido proprio qui», dissi, sollevando il mio bicchiere di champagne quasi vuoto.

Marie sciolse l'ultimo boccolo. «Non hai bisogno del carisma liquido, piacerai un sacco a tutti».

Le sue parole mi scaldarono. Di tutte le persone presenti, Marie era l'unica famiglia che avevo, nonostante più ci pensavo più la divisione tra la famiglia di Blake e la mia iniziava a venir meno. Alli apparteneva a entrambe, e io non ero decisamente un'estranea nelle vite dei Landon. Erano una famiglia affettuosa e ospitale, e io ne facevo sempre più parte ogni giorno che passava. L'assenza dei miei parenti importava poco, e i momenti in cui ero triste perché non avevo una famiglia normale erano sempre meno.

«Usciamo tra poco, appena saremo diventate bellissime», disse Alli, infilandosi le dita tra i capelli liscissimi.

«Sei già bellissima, splendore», sorrise Heath, guardandola.

Lei arrossì e finse di ignorarlo.

«Che schifo. Vattene». Fiona gli lanciò un cuscino, mancando il bersaglio e colpendo la porta appena chiusa. Si sentì la risata di Heath dall'altra parte.

Marie mi fece l'ultimo boccolo. «Ora sei pronta, piccola».

Mi alzai, ricontrollando come stavo. Non mi preoccupava tanto il mio aspetto, quanto piuttosto riuscire a cavarmela con gli amici e i parenti dei Landon. Sarebbe stata una bella sfida, ma ero più pronta che mai.

Alli mi prese a braccetto e mi diede una leggera gomitata. «Andiamo a conquistare tutto l'albero genealogico dei Landon».

«Sono pronta. Andiamo».

Blake ci venne incontro appena lasciammo la stanza dove io e le ragazze ci eravamo preparate. Era bellissimo con i jeans scuri, la camicia gessata con le maniche tirate su e morbida sulla vita. In realtà sarebbe stato bene anche con un sacco, con una toga o con qualsiasi altra cosa. Mentre gli altri giravano per casa, io rimasi un attimo in disparte insieme a lui.

«Sei stupenda, non vedo l'ora di metterti in mostra», disse, mentre i suoi occhi si facevano più scuri.

«Ti piace?», gli chiesi, guardando il vestito color crema che indossavo. Era senza spalline, la parte alta era di pizzo e la gonna morbida mi arrivava sotto il ginocchio.

«Lo adoro, sa molto di sposa. Naturalmente adoro di più te».

Mi strinse e mi diede un bacio, dolce e carico di devozione. Quella consapevolezza fece scoppiettare l'attrazione che c'era sempre tra noi. Le sue labbra sfiorarono le mie quasi con deferenza e io chiusi gli occhi, lasciandomi annegare in quell'abbraccio. Tracciò il contorno delle mie labbra con la lingua e sospirai schiudendole, accogliendo il suo sapore dolce. Approfondì il bacio, accarezzando e mordicchiando. Ansimai piano, e mi alzai sulle punte per avvicinarmi di più a lui, che mi allontanò leggermente scuotendo la testa.

«Andiamo prima che decida di rapirti e fare l'amore con te».

Io non avrei avuto niente in contrario se non avessi saputo che i suoi genitori ci aspettavano, dopo il tempo che avevano impiegato per organizzare la festa.

«Alli ha passato gli ultimi venti minuti a truccarmi, mi stava uccidendo. Senza contare i tuoi genitori e tutti gli altri».

«Sei nervosa?», mi chiese dopo una pausa.

Scrollai le spalle. «Forse un po'. Non conosco quasi nessuno».

«Li conoscerai tra poco. La maggior parte sono amici dei miei. Ti adoreranno». Mi prese la mano e intrecciò le dita con le mie. Petto contro petto, restammo immobili.

Sarei rimasta così per sempre, nascosta tra le sue braccia, come se il resto del mondo non esistesse.

«Ti amo, Blake. Ce lo diciamo sempre, ma a volte vorrei dimostrartelo di più. Non c'è niente che sembri fare giustizia a queste parole».

Mi sollevò la mano e posò le labbra sull'anello. «Me lo dimostri ogni giorno stando con me, e se credi non sia abbastanza, hai tutta la vita per provarlo».

Sorrisi calorosamente. «Mi piace questa prospettiva».

«Dài, andiamo».

Blake mi condusse nel grande salotto, comunicante con la cucina di design e la fantastica sala da pranzo, da dove si poteva vedere l'oceano attraverso la parete a vetri. L'ampia stanza iniziò a riempirsi di ospiti e, prima che potessi pensare a come presentarmi, Catherine mi accompagnò dal primo gruppo di amici. Il viso di Blake si illuminò non appena li riconobbe, e io mi feci coraggio per la prima di quella che sarebbe stata una lunga serie di presentazioni.

Trascorsero le ore, mentre noi ci spostavamo da un gruppo all'altro. I membri della famiglia di Blake furono tutti gentili e affettuosi fin da subito. Per loro Blake era ancora un ragazzino, lo vedevo nei loro occhi e nel modo in cui gli parlavano: in quel momento, non era più l'uomo intimidatorio e dominatore che lottava con ogni mezzo per ottenere quello che voleva, ma scherzava ed era addirittura arrossito un paio di volte mentre gli ospiti raccontavano storielle di quando era piccolo.

Ripetei più volte come ci eravamo conosciuti nella sala riunioni della Angelcom, rivivendo ogni momento. L'attrazione che aveva dato inizio al nostro interesse reciproco col tempo era aumentata.

Visto da fuori, Blake era perfetto: bello, di successo, ricco e affascinante, dalla punta dei capelli alle dita dei piedi. Pochissime persone, però, conoscevano quello che c'era nel suo cuore, l'oscurità che a volte lo riempiva e la passione che aveva approfondito il nostro legame. Da quello che mi aveva raccontato di quando era più giovane, vedevo un ragazzo intelligente che cercava risposte in questo mondo complicato, e in quella ricerca aveva perso un amico.

Nonostante si rifiutasse di parlarne, sapevo che portava sulle spalle il peso del suicidio di Cooper. Immaginavo che da quel momento qualcosa in lui fosse cambiato, che fosse nata la necessità di avere il controllo su tutto. Con una forte determinazione a non voler rivivere una simile terribile esperienza e con l'opportunità che gli aveva dato Pope, il suo mentore, per avere successo nel mondo dell'informatica, il controllo era diventato per lui possibile, e ora ne aveva più di quanto qualsiasi persona normale potesse sperare.

Ero persa nei miei pensieri quando l'espressione di Blake si raggelò. Seguii il suo sguardo e mi irrigidii: Max era lì tranquillo, vicino all'uomo che, grazie alle foto su internet, riconobbi come Michael, suo padre. Con pantaloni color kaki e una polo scura, Max aveva stampato in faccia il solito sorriso affascinante. Di pari corporatura e altezza, Michael non era meno affascinante, nonostante fosse avanti con l'età: aveva la pelle brunita dal sole e i capelli che dal biondo tendevano al bianco.

Quando lo sguardo di Max si fermò su di noi, si bloccò un istante. Michael avanzò verso di noi e, senza una parola, abbracciò Blake. Quel gesto la diceva lunga sul loro legame, che andava ben oltre il rapporto professionale. Max si girò e si unì a un gruppo di persone.

«È un piacere vederti, Blake. E congratulazioni, naturalmente».

Quando sciolse l'abbraccio, gli occhi di Michael erano felici. Per essere un magnate aveva molto più calore umano di quanto ci si potesse aspettare.

«Non credevo ti saresti neanche avvicinato all'idea del matrimonio, ma devo dire che sono piacevolmente sorpreso».

Spostò lo sguardo, sempre caloroso, su di me. «Tu devi essere l'adorabile Erica di cui ho sentito tanto parlare. Catherine mi ha tenuto un'ora al telefono la scorsa settimana. Credo volesse accertarsi che sarei venuto, cosa che naturalmente avrei fatto in ogni caso. Sono Michael, a proposito».

Gli strinsi la mano. «Sono contenta che sia venuto, è un piacere conoscerla, finalmente».

Blake si rilassò leggermente. «Non avevi detto che saresti venuto con Max».

Michael si voltò e lanciò uno sguardo alla porta. «In tutta onestà, non sapevo sarebbe venuto. Gli avevo detto che sarei stato in città e sapeva già della festa, quindi ho pensato che tua madre avesse allargato l'invito». La sua espressione divenne più fredda quando vide tremare le narici di Blake.

«Michael, Erica, scusatemi un attimo, torno subito». Aveva il sorriso tirato e il tono della voce aveva tradito la rabbia che ribolliva sotto la superficie.

Michael sospirò. «Morirei felice se solo riuscissero a risolvere questa rivalità. Invece mi stanno togliendo anni di vita».

«Sono sicura che non è il solo che vorrebbe finisse».

«Sicuramente. È un peccato che due persone così intelligenti perdano tanto tempo a cercare di distruggersi».

Non potevo dargli torto, ma sapevo che dei due era Max ad aver iniziato. Tuttavia mi morsicai la lingua. A quanto pareva, Michael era all'oscuro delle macchinazioni del figlio, o forse le stava semplicemente ignorando. D'altronde, un uomo così importante non doveva avere molta scelta. Aveva un impero da gestire, mentre il figlio e il pupillo si scontravano su questioni che non valevano il suo tempo.

Blake e Catherine non si vedevano più e mi dispiaceva per entrambi. Max non sarebbe dovuto venire, ma dal momento che era presente sentivo un nodo allo stomaco per la preoccupazione. Sicuramente non era felice della decisione di mandarlo via dal consiglio, e io potevo solo sperare che lui e Blake non cominciassero a litigare, rovinando la serata.

Michael era pensieroso. «Forse tu potresti far capire a entrambi l'assurdità della situazione, Erica. Ti conoscono e ti rispettano. Gli uomini a volte non vedono le cose come stanno, sono sicuro che lo sai per esperienza anche tu. Forse hanno bisogno della guida di una donna intelligente e persuasiva che faccia loro capire che perdita di tempo sia tutto questo».

Mi sentii arrossire, quell'uomo mi conosceva a malapena. E poi che potere avevo per fermarli? Max si era dato parecchio da fare per capovolgere il successo della mia azienda, quindi ero l'ultima persona che poteva intervenire come paciere. Ero diventata una terza parte, irrimediabilmente coinvolta in quel macello.

«Apprezzo la fiducia, ma credo che mettersi in mezzo sarebbe pericoloso».

Annuì. «Forse. Max è mio figlio, e ho sempre considerato Blake come tale. Nessuno di loro ascolta un accidenti di quello che dico, purtroppo. Ma tu sei riuscita ad attirare l'attenzione di Blake. Se solo anche Max trovasse una ragazza, forse farebbero dei progressi. È difficile preoccuparsi di altro, se si ha una bellissima donna tra le braccia».

Sorrise e, nonostante tutto, mi scaldò. Avrei voluto replicare e illuminare quell'uomo dolce e idealista dicendogli la verità, ma non sarebbe stata una buona cosa. Michael, Max e Blake erano come dèi in guerra l'uno con l'altro e non avevano percezione dei potenziali danni subiti dalle persone coinvolte. Solo che Max sapeva esattamente quale impatto avrebbe avuto il suo intervento su di me: se in un primo momento la mia attività poteva essere stata un interesse passeggero, aveva acquisito una grande importanza non appena Max si era reso conto che poteva usarla per danneggiare Blake.

Comunque non avevo parlato né con Risa né con Max da quando avevano lanciato il sito. Per quanto volessi dire a entrambi quello che pensavo di loro, avevo deciso di stare zitta.

«Sembri aver bisogno di un bicchierino».

Mi voltai e vidi che Max mi stava porgendo un bicchiere di champagne. Esitai, ma sentii lo sguardo di Michael su di me e lo presi, per il quieto vivere. Mascherai il disgusto che provavo per Max stampandomi sul volto un sorriso tirato.

Max fece un cenno al padre. «Papà, Greg ha chiesto di te».

«Ah, sì? Allora lo vado a cercare». Michael studiò la stanza e poi si voltò verso di me. «Erica, è stato un piacere conoscerti, finalmente. Ci rivediamo prima che me ne vada, ma se così non fosse, magari potresti convincere Blake a venirmi a trovare a Dallas. È passato un bel po' di tempo».

«Certo, vedrò cosa posso fare».

Mi diede un bacio sulla guancia e mi fece l'occhiolino prima di lasciarmi con Max. Stare sola con lui mi mise subito a disagio. Sarebbe dovuta essere una serata allegra, ma non avevo niente di carino da dirgli. Nonostante l'ottimismo di Michael sul fatto che si potesse andare tutti d'accordo, Max aveva danneggiato me e la mia azienda in modo imperdonabile.

«Perché sei qui?».

Lui si finse offeso. «Credevo saresti stata più felice di vedermi, considerando che stavo quasi per darti due milioni di dollari. O i quattro di Blake ti hanno fatto perdere la memoria?»

«No, ma la tua tendenza a buttare merda su tutto quello che fa lui di sicuro ha influito sulla scelta».

«È stata una scelta? O ti ha messa all'angolo? Perché è così che fa: manipola e si impone finché gli altri non fanno quello che vuole. È questo l'uomo che vuoi sposare?»

«Cosa vuoi, Max? O sei venuto qui solo per dar fastidio a tutti?»

«In realtà speravo di parlarti».

Scrollai le spalle e bevvi un sorso di champagne. «Sono qui».

«Vorrei discutere di lavoro, e preferirei non farlo davanti a parenti e amici d'infanzia. Possiamo parlare in privato?», chiese, fissandomi.

Mi guardai intorno, ma non riuscivo a trovare Blake da nessuna parte. Molto probabilmente sarebbe intervenuto se ci avesse visti parlare.

«Blake non ti vuole qui, dovresti proprio andartene. I suoi genitori si sono impegnati per organizzare la festa, e preferirei che non venisse rovinata perché non riuscite ad andare d'accordo».

«Va bene. Me ne vado appena riesco a rubarti un minuto».

Sospirai. Più rimanevamo in quella situazione di stallo, più la mia irritazione cresceva. Per quanto non fossi dell'umore per una pseudoriunione con Max, non volevo nemmeno che Blake facesse una scenata. Avrei permesso a Max di dire quello che doveva, con la speranza che poi se ne sarebbe andato, in modo che il resto della serata proseguisse come da programma.

«Va bene. Cinque minuti, poi te ne vai».

«Non chiedo altro».

Riluttante, mi incamminai verso il corridoio che portava allo studio di Greg. La stanza era fresca e silenziosa; entrai e mi appoggiai alla scrivania.

La porta si chiuse alle spalle di Max.

«Meglio, no?». Si avvicinò, e notai qualcosa nel suo sguardo circospetto.

«Parla, dài».

Si fermò a pochi passi da me, e mi dissi che era a distanza di sicurezza. Sentii un nodo allo stomaco, ero a disagio.

Lui sollevò il bicchiere con un ghigno. «Che ne dici di brindare?».

Alzai gli occhi al cielo. «E a cosa dovremmo brindare?»

«A Blake».

Inclinai la testa in attesa che continuasse a parlare.

«Per aver conquistato la ragazza, avermi cacciato dalla Angelcom ed essere riuscito a far quasi dimenticare a mio padre di avere una famiglia negli ultimi quindici anni più o meno. Che ne pensi?».

Ogni sua parola trasudava disprezzo, ma quando pensai a quello che ci aveva fatto non riuscii a provare neanche un briciolo di pietà nei suoi confronti. Ero contenta che stesse perdendo la battaglia contro Blake, ed ero più che felice di brindare a quello.

«Salute». Sollevai il bicchiere verso di lui e mandai giù lo champagne. Quel liquido era un balsamo per la mia bocca, dopo tutte le ore di presentazioni e conversazioni.

Max sorrise. «Allora, dimmi: come vanno gli affari?».

Risi a quella domanda. «Ti piacerebbe saperlo? Peccato che tu abbia perso la tua talpa, ora potrai solo tentare e sperare ti vada bene».

«Cos'è quel tono amaro, Erica? Ti avevo detto che ero interessato al progetto, hai deciso tu di non accettare il mio finanziamento. Questo non dimostra forse il mio impegno nel far sì che la cosa andasse a buon fine, con o senza di te?»

«Più che altro la dice lunga sul tuo impegno nel correre dietro alle attività di Blake per cercare di cavarne qualcosa da mettergli contro sul mercato. Avevi accesso a informazioni riservate sulla mia compagnia e le hai usate contro di me. È stato un colpo basso».

Socchiuse gli occhi, ma non m'importava: volevo che subisse.

«Non c'era nessun accordo di riservatezza, quindi non ho agito illegalmente».

«Hai agito come un bastardo sleale e disonesto, purtroppo non ci sono leggi che puniscano cose del genere».

Lui rise piano. «Grazie al cielo. Fortunatamente per te, non ci sono neanche leggi che puniscano chi si fa scopare per arrivare in alto».

Chiusi gli occhi e posai il bicchiere, all'improvviso troppo stanca per desiderare il sollievo dell'alcol. «Vattene», gli dissi, con un tono molto meno intimidatorio di quanto volessi.

Quando sollevai le palpebre, vidi che Max si era avvicinato.

«Dico solo che se volevi scoparti qualcuno per ottenere i fondi, io ero disponibile. Lo sai che la pensano tutti così, vero? Non c'è bisogno che io ti rovini la reputazione, hai già fatto tutto da sola, tesoro».

«Non è vero».

«Dici? Alla gente piace parlare, e i pettegolezzi si diffondono in fretta se circolano nei giri giusti. Uno come Landon che prende sotto la sua ala protettrice una bella ragazza come te… Anche lui ha una certa reputazione, sai? Tu sei l'ultima di una lunga lista, quindi non crederti speciale solo perché ti sposa».

«Tu non sai com'è davvero, mi ama e…». Mi fermai, confusa dalla lentezza con cui le parole mi uscivano dalla bocca e da quanto mi sentivo esausta. Scossi la testa, e quel movimento me la fece girare ancora di più. Ero ubriaca come non lo ero da moltissimo tempo. *Merda*.

Guardai il bicchiere e, tra le bollicine, mi sembrò di scorgere dei granelli che si muovevano sul fondo. Alzai lo sguardo, ma avevo la vista annebbiata; quando riuscii a mettere a fuoco Max, vidi i suoi denti bianchissimi brillare in un sorriso maligno: sembrava un demone sotto mentite spoglie.

«Vedremo se ti amerà ancora dopo stasera».

Un'ondata di panico mi fece alzare e iniziai a dirigermi verso la porta, ma lui mi bloccò il passaggio, prendendomi per le braccia.

«Vai già via? Resta un pochino».

Mi girò e mi spinse sul divano, l'urto acuì il mio sfinimento. Cercai di rialzarmi, ma avevo i muscoli atrofizzati e appesantiti da quella debolezza improvvisa. L'avevo già sottovalutavo una volta, e ora l'avevo rifatto. Non riuscivo a pensare a come cavarmela in quel momento, il mio cervello stava lavorando troppo lentamente e non ero in grado di concentrarmi su nulla. Max arrivò alle mie spalle e mi afferrò il mento per farmi girare verso di lui.

«Avevo pensato di farti fare la figura dell'alcolizzata davanti alla famiglia di Blake, ma questo è molto meglio. Ora avrò un piccolo assaggio e, forse, rovineremo per sempre la felicità di Blake, quando ti vedrà in questo stato: ubriaca subito dopo essere stata scopata come la troia che sei».

«Max, no». La testa mi pulsava e continuavo a sentire un ronzio incessante. Ordinai al mio corpo di muoversi, ma quando ci riuscii, Max mi spinse giù sul divano.

Poi sentii la sua bocca su di me, la sua lingua che cercava di farsi spazio tra le mie labbra. Lo scacciai debolmente e lui rispose con una risatina.

«Giusto, MacLeod mi aveva detto che sei una che lotta. La dai sempre in giro, eh? Blake lo sa che puttanella sei?».

Sentir nominare Mark rievocò un ricordo profondo e violento. «Ti prego, no», farfugliai. Quelle parole si persero nel silenzio della stanza e mi accorsi che stavo per perdere conoscenza.

«Tranquilla, farò una cosa veloce, sono mesi che mi arrapi. Ti faccio vedere com'è scopare con un vero uomo, non con un hacker da quattro soldi che cavalca il successo della mia famiglia. Se siamo fortunati ti ricorderai anche tu».

Cercai disperatamente di riprendere il controllo, di lottare contro la paralisi che si stava piano piano impossessando di me, rendendo tutto più lento. Annaspai, tra il fiatone, il panico crescente e quel nemico invisibile contro cui il mio corpo cercava di combattere.

«Brava, ragazza».

Sempre più debole, ero vagamente consapevole della pressione della sua mano attraverso gli slip.

*No, no, no. Dio, no.*

Nessuno mi avrebbe sentito, ma nella mia testa gridai finché non fu tutto buio.

# Capitolo quindici

Sbattei le palpebre e poi richiusi gli occhi. Ogni volta che rinvenivo, qualcosa mi faceva ricadere nel sonno. Non ero mai stata tanto stanca in vita mia, e anche se la mia testa cercava di ricordarsi i dettagli di quello che era successo, il mio corpo pretendeva riposo. Mi arrendevo e combattevo al tempo stesso quell'impulso. C'era qualcosa che non andava; la stanchezza mi aveva indebolito i muscoli ed era penetrata fin nelle ossa.

Mentre oscillavo tra la veglia e il sonno, mi si rivoltò lo stomaco e provai un senso di nausea, che mi diede la forza necessaria per alzarmi dal letto ed evitare di vomitare lì dov'ero.

Riuscii a raggiungere il bagno per un soffio, e dopo diversi estenuanti minuti mi sedetti sul pavimento. Appoggiai la testa sul braccio mentre riprendevo fiato.

«Piccola».

Sentii la voce afflitta di Blake dietro di me e poi mi ritrovai tra le sue braccia. Mi accarezzò la schiena, e il calore di quel contatto attraversò la sottile stoffa della mia camicia da notte. La stanchezza tornò a farsi sentire, lasciandomi debole nel suo abbraccio. Mi poggiai a lui e mi pulii la bocca, decisa a non trasformare il pavimento nel mio nuovo letto.

«Stai bene?», mi chiese Blake, dandomi un bacio sulla spalla.

Annuii. «Ora va meglio». Per fortuna non avevo più la nausea. Volevo muovermi, scacciare la pesantezza che mi sentivo addosso. «Mi aiuti? Sono debolissima».

«Certo. Fai piano».

Annuii ancora; reggermi sui miei piedi era impossibile, al momento. Mi mise un braccio sulle spalle e l'altro intorno alla vita finché non mi fui sollevata, poi mi spostò una ciocca di capelli dietro all'orecchio. A quel punto vidi il suo riflesso nello specchio: i suoi occhi, di solito tanto espressivi, erano nascosti dietro la montatura scura degli occhiali che non indossava quasi mai.

Lasciai la presa sul suo corpo forte e mi appoggiai al lavandino, raccogliendo abbastanza energie per lavarmi la faccia e i denti. Blake mi scostò i capelli dal viso e dal collo per allontanarli dal sudore.

«Vuoi un po' di tè? Posso portarti qualcosa?»

«Penso che un tè andrà bene». La mia voce era debole e non fui sicura mi avesse sentita finché non si allontanò, baciandomi delicatamente la guancia prima di lasciare il bagno.

Rischiavo di addormentarmi in piedi, ma riuscii a tornare a letto. In quello stato confusionale, la mia mente continuava a chiedersi cosa fosse successo. Come mai stavo così? Non era una sbornia, non avevo mai avuto malori del genere e il mio cervello era troppo annebbiato per capire. Mi lasciai cadere sul letto, e appena mi coprii col secondo lenzuolo mi addormentai profondamente cullata da quel calore.

*Era una sera molto buia, ma piano piano iniziai a regi-*

*strare i dettagli di quello che mi circondava: l'erba bagnata sui piedi, il freddo nonostante l'aria calda. Poi lui mi tirò in avanti e capii dove saremmo andati. Nello stesso posto in cui mi portava sempre. Forse era la centesima volta, eppure continuavo ad andarci. Come la stupida ragazzina ubriaca che ero, lo seguii.*

*Risate. Tutti stavano ridendo, festeggiavano. Persone che conoscevo. Mi accigliai, mentre mi domandavo perché fossero lì.*

*La sua stretta sul braccio divenne più forte, abbastanza da fare male, e la solita paura mi fece rivoltare lo stomaco. Stava per succedere.*

*Il ghigno cattivo per la soddisfazione che provava, il suo disprezzo. Mi odiava. Doveva odiarmi, visto quello che mi faceva. Lo supplicavo, ma mi teneva ferma, mentre descriveva quello che stava per fare.*

*Quando però lo guardai, gli occhi erano diversi. Non erano più le iridi scure che mi avevano tormentata. Confusa, studiai i suoi tratti finché non lo riconobbi:* Max. *Quel volto, quel corpo che premeva contro il mio, erano di* Max.

*Poco prima del dolore ormai familiare, il mio cuore sobbalzò. Non importava quanto cercassi di lottare, lui mi avrebbe sempre trovata nell'oscurità e si sarebbe preso quello che voleva.*

*Ero impotente, non riuscivo a muovermi, non potevo scappare. Respirando affannosamente e cercando di aggrapparmi alla realtà, mormorai il suo nome in una supplica. Poi, mi accorsi che ero in grado di usare la voce, e nonostante il rumore e le risate che si sentivano intorno a noi, gridai. Gridai aiuto.*

Mi svegliai di soprassalto urlando, poi mi resi conto che

ero a casa, nel nostro letto. Avevo il fiatone, che peggiorava il senso di confusione che provavo. Avevo la pelle d'oca, ero sudata e mi sentivo addosso le mani di un altro uomo.

Sobbalzai quando Blake arrivò sulla porta. Era a torso nudo, con solo i pantaloni del pigiama addosso. Girò intorno al letto e rallentò, sedendosi sul bordo. Respiravo ancora a fatica. Dopo un minuto parlò, quasi in un sussurro. «Ti posso stringere, piccola?».

Lo fissai con gli occhi sgranati. Non riuscivo a parlare, ancora troppo scossa dall'incubo. Potevo lasciarglielo fare? Lo volevo? Non riuscivo a capire niente, finché non allungò le mani verso di me, incerto.

Le presi, ma le tenni distanti. Quel contatto improvviso mi fece tornare in mente il dolore che avevo provato, ma comunque combattei contro i miei impulsi e non le lasciai andare: qualcosa dentro di me non voleva privarsi di quel tocco. Serrai la mascella, cercando di mandare giù il nodo che avevo in gola, e le lacrime iniziarono ad affacciarsi, ma sentii una parte di me che lottava contro l'istinto di combattere. La mia mente mi ricordò che non era un nemico, che avevo bisogno di lui. Come se fossi collegata a un filo elettrico, aspettai semplicemente che panico e dolore si calmassero.

«Erica... respira. Sono io».

Continuai a respirare finché non mi tranquillizzai abbastanza da riuscire a parlare. Ritrovai la voce, ora roca. «Ho fatto un sogno... non sono sicura di cosa sia successo».

«Un incubo come... gli altri?».

Annuii velocemente. Sapeva del sogno e di come riaffiorava, per quanto volessi smettere per sempre di farlo.

«Più o meno, ma era Max. Era lui, non so perché».

Mi ricordai il suo viso, e il sogno iniziò a fondersi con il volto che la mia mente riconosceva. Poi ebbi alcuni flash della festa: Marie, Michael e altre persone, ma tutto era confuso. Poi Max, col suo sorriso arrogante mentre si chinava su di me. Sentii la bile risalire su per la gola, lasciai Blake e mi strinsi le braccia intorno al corpo, come a proteggermi da quello che il mio cervello mi stava mostrando.

«Cos'è successo, Blake?», chiesi agitata, gli occhi sgranati. «Non mi ricordo niente, ma so che è successo qualcosa. Dimmelo».

Il dolore che apparve sul viso di Blake mentre serrava la mascella confermò le mie ipotesi. «Non ti ha fatto del male».

Sollevò una mano verso di me, ma poi strinse il pugno e lo abbassò prima di toccarmi. Aveva il viso molto pallido, fatta eccezione per il livido scuro sullo zigomo che prima non avevo notato. Osservai i suoi muscoli irrigidirsi nel tentativo di non toccarmi. Poi notai la sua mano, fasciata da una benda.

«Sei ferito».

Scosse la testa, la mascella tesa. «Lui è messo peggio».

Mi coprii la bocca e fui colta da una nuova ondata di nausea mentre cercavo le parole per fargli quella domanda. Non volevo sapere, ma dovevo. Fissai Blake, cercando, sperando di non dover chiedere. E se io non volevo sentirlo, lui non voleva dirmelo.

Tremai e le lacrime iniziarono a rigarmi il volto. Avevo pochi pezzi della serata da mettere insieme, ma in qualche modo sapevo che era successo qualcosa di terribile. E, che Dio mi aiutasse, c'entrava la mano di Max.

«Devo sapere cos'ha fatto», sussurrai.

Blake chiuse gli occhi un attimo per trattenere la rabbia. «Quando sono arrivato, Max… ti stava toccando. Non ha… non ha fatto sesso con te».

Strizzai gli occhi e scesero più lacrime. «Oddio».

«Eri drogata, era ovvio. Non riuscivi quasi a muoverti. Hai dormito per un paio di giorni».

«Perché l'ha fatto? Perché?», mormorai tra i singhiozzi, mentre cercavo di capire perché avesse voluto farmi del male e infliggermi una tortura a cui ero sopravvissuta per miracolo già una volta.

«Non farà mai più niente del genere».

«Come lo sai?».

Il suo sguardo diventò serio, e restò in silenzio per qualche istante.

«Gli ho spaccato quella faccia da cazzo, ecco perché. Gli è andata bene che non l'abbia ucciso, perché ne avevo tutta l'intenzione. Mi hanno dovuto tirare via da lui in tre», disse, stringendo la mano con una smorfia.

«Hanno visto tutti. Non oso immaginare cos'abbiano pensato».

Mi prese la mano, scostandola dal mio viso. Mi leccai le labbra secche e cercai di regolarizzare il respiro. Quel contatto non mi fece male com'era successo poco prima, il mio cervello riconosceva sogno e realtà.

«Non pensano niente. Sanno cos'ha fatto. Mia madre è preoccupata da morire, Marie continua a chiamare e ho dovuto rifiutare qualche telefonata di Alli. Non ho fatto venire nessuno perché tu ti riposassi, sapevo che avevi bisogno di tempo. Nessuno pensa male di te, ma ti assicuro che pensano malissimo di lui».

«Mi ha dato della troia», dissi con una smorfia, ripensando alle sue parole. «Ha detto che mi faccio scopare per arrivare in alto. Vuole rovinarci, Blake».

«È lui quello rovinato».

Gli lanciai uno sguardo interrogativo.

«Non ho mai visto Michael così sconvolto in vita mia. Non so cosa succederà tra loro, ma non credo che Michael stavolta riuscirà a far finta di niente. Mi ha tirato via da Max e non dimenticherò mai la sua espressione. Non è neanche andato da lui ad aiutarlo, ha lasciato la casa e basta».

«Mi ha detto che avrebbe voluto che tu e Max faceste pace».

«Non ci sarà nessuna pace finché uno dei due non sarà morto».

La sua figura trasudava odio. Mi avvicinai e gli accarezzai la mascella serrata, che lui rilassò subito. Mi baciò le dita, e quel gesto così dolce affievolì l'orrore con cui mi ero svegliata. Blake era lì con me, eravamo insieme, entrambi salvi. Continuai a ricordarlo a me stessa, anche quando nella mia mente si affacciava il ricordo di quello che Max aveva fatto.

«Sei sicuro che non mi abbia...».

Sgranò gli occhi ancora tristi. «Sicurissimo. Sono venuto a cercarti prima che arrivassero anche gli altri. Le sue intenzioni erano chiare, ma non è andato molto lontano». Come se stesse consolando un bambino spaventato, mi massaggiò le braccia e mi accarezzò la spalla col pollice. «L'avrei ammazzato, non sarebbero riusciti a fermarmi. Se fosse andato oltre, gli avrei strappato il cuore con le mie mani».

Mi sentii in qualche modo sollevata, come se fossi scampata alla morte. Non osavo immaginare cosa ne sarebbe stato di me, se Max mi avesse violentata. Sarebbe stato come morire, nello stesso modo in cui Mark aveva ucciso una parte di me quando mi aveva rubato l'innocenza anni prima. Mandai giù il senso di nausea e fui travolta dalle emozioni, finché mi sembrò che una sorta di nebbia fosse calata su di me. Non si era preso quello che voleva, ma sapere che ci era andato vicino mi tormentava.

Posai una mano tremante sul petto di Blake. Avvicinarmi fisicamente a lui era come cercare di spostare un muro: il mio istinto mi diceva di rimanere a distanza, al sicuro.

Blake lasciò che mi muovessi verso di lui, senza mettermi fretta; il contatto con il suo corpo era come un soffio sulla mia pelle. Tremante, trovai posto sulle sue gambe. Mi accarezzò la schiena piano, con delicatezza, finché non mi rilassai completamente.

«Andrà tutto bene, ora sei al sicuro. Ci sono io con te».

Mi confortò finché non crollai tra le sue braccia. La nuova violenza andava a unirsi a quella vecchia, per cui credevo di aver versato tutte le lacrime del mondo. Tra un singhiozzo e l'altro, Blake cercò di rassicurarmi: mi fece promesse d'amore e mi disse che ci sarebbe sempre stato per proteggermi, e continuò finché non ci credetti nel profondo dell'anima.

La stanchezza che avevo accusato per giorni era finalmente svanita. Per la prima volta dalla festa mi sentivo energica, ma Blake insistette per farmi restare a casa dal lavoro un altro giorno.

Incapace di rimanere da sola con i miei pensieri, trascorsi il pomeriggio a guardare film. Commedie senza risvolti emotivi che potessero minacciare la pace mentale che stavo cercando di raggiungere con tutte le mie forze.

Quando la porta di casa si aprì, gridai e feci un salto sul divano, prima di scorgere la faccia preoccupata di Alli.

«Scusa, non volevo spaventarti. Ti ho portato il pranzo», mi disse, sollevando una busta.

Abbassai la mano che mi ero portata al cuore. «Va bene. Grazie».

Mi raggiunse sul divano, posando la busta sul tavolino. «Scusami», disse di nuovo. «Come stai? Volevo venire prima, ma Blake ha insistito perché riposassi. Heath mi ha detto che oggi è in ufficio, quindi ho pensato di venire a trovarti di nascosto».

«Sto bene. Meglio. Qualsiasi cosa Max abbia messo in quel bicchiere, ora l'ho smaltita del tutto. Riesco finalmente a sentirmi di nuovo un essere umano, e non vedo l'ora di tornare al lavoro, domani. Se sto a casa a far niente ho troppo tempo per pensare».

Alli si morse un labbro, aveva gli occhi lucidi. Prima che potessi dire altro mi abbracciò stretta, e io ricambiai, trattenendo le lacrime. Lo sapeva. Lo sapevano tutti. Non potevo nasconderlo alla mia migliore amica e far finta che non facesse male.

«Non so cosa dire», sussurrò, «ancora non ci credo. Non ci posso proprio credere».

«Va bene, Alli, ora sto bene», la rassicurai. Volevo crederci anch'io, nonostante mi tremasse la voce. Forse in quel momento non stavo bene, ma mi sarei ripresa. L'avrei superata, come già avevo fatto l'altra volta. Solo che più pensavo a Max e alla festa, più mi chiedevo se avevo davvero superato quello che mi aveva fatto Mark.

«No che non va bene. Non può cavarsela così, Erica».

Mi sedetti e mi asciugai le lacrime. Non volevo crollare ora, non volevo rievocare tutto dopo aver cercato di dimenticare per tutta la giornata. Oltre ad aver bombardato il cervello con film stupidi, avevo anche provato a seppellire nel luogo dove tenevo i ricordi di Max i flash della festa che continuavano a comparire. Non volevo pensare a niente.

«Erica?».

Alzai lo sguardo.

«Andrai alla polizia, vero? Avranno bisogno della tua collaborazione per andare avanti nelle indagini».

«Credo di sì», risposi, anche se non ero ancora convinta di voler andare fino in fondo.

«Lo devi fare. Non posso credere che abbia avuto la faccia tosta di denunciare Blake, dopo quello che ti ha fatto. La sua sete di vendetta non ha limiti, è una cosa senza senso».

Mi raddrizzai, assicurandomi di aver sentito bene. «Cos'è che ha fatto?»

«Blake non te l'ha detto? Max l'ha denunciato per aggressione. Ovviamente l'ha fatto per difendere te. Quello stronzo si merita tutte le botte che ha preso».

Sospirai e poggiai la fronte sulla mano. «Non posso credere che non me l'abbia detto. Sapevo che gli aveva fatto male, ma non avevo minimamente pensato che avrebbe potuto passare dei guai. Merda, non riesco a riflettere lucidamente. Non va bene».

Alli mi toccò la spalla. «Non vuole farti preoccupare.

Sa che per te non è facile, soprattutto dopo quello che è successo con Mark. Sono sicura che Heath avrebbe fatto lo stesso, se fosse stato al suo posto. E per fortuna i Landon hanno ottimi avvocati».

«Sono sicura che anche i Pope li hanno. Cristo, non aveva bisogno anche di quest'altro casino. Ora sono di nuovo agitata».

Lei sospirò. «Andrai alla polizia? Promettimelo».

Annuii, convinta.

Fino a quel momento ero stata restia ad andare, anche se Blake mi aveva detto che volevano parlarmi. Qualcosa mi terrorizzava, forse la stessa cosa che mi aveva frenata quando Mark mi aveva violentata. In fondo mi davo la colpa. Quello, e la vergogna di raccontare ad altri un'esperienza simile, mi avevano impedito di parlare, quindi avevo sepolto tutto, così in profondità che non mi ero interessata di trovare il mio aggressore.

Ma quella volta era diverso: conoscevo Max, e nessuno poteva mettere in dubbio quello che aveva fatto, considerando tutte le persone presenti. La droga che avevo in corpo era una prova sufficiente delle sue intenzioni. Non sapevo dove avrei trovato il coraggio di arrivare fino al commissariato e raccontare quello che era successo, ma se avesse aiutato Blake a superare questa follia, avrei fatto il possibile.

«Ti accompagno, non sarai sola», mi disse Alli, stringendomi la mano.

«Grazie, non so cosa farei senza di te».

«Non dovrai mai scoprirlo. Ci sarò sempre per te, e vale anche per gli altri. Ora siamo una famiglia».

Provai un immenso senso di gratitudine e commozione.

«Ehi, ho un'idea», mi disse, illuminandosi. «So che forse è l'ultimo dei tuoi pensieri, ma che ne dici di andare a cercare il tuo vestito, in settimana? Così ti distrai un po'».

Sorrisi e annuii. «Mi sembra un'ottima idea».

# Capitolo sedici

«Alli mi ha detto che Max ti ha denunciato».

Blake aveva lavorato fino a tardi, ed era a casa da cinque minuti quando iniziai la discussione. Non ero riuscita a pensare ad altro, dopo che Alli era andata via, ed ero arrabbiata perché lui non me l'aveva detto. Si tolse la camicia e uscì dalla camera da letto per andare in bagno, ignorandomi. Io, però, lo seguii.

«Blake».

«Non è importante».

«Essere denunciato *è* importante».

Sospirò e si girò verso di me. Cercai di rimanere concentrata, ma era a torso nudo e il profumo che sentii quando mi attirò a sé sembrò annebbiarmi la mente. Con una mano sul mio fianco, si chinò e mi baciò delicatamente.

«Io non sono preoccupato, quindi stai tranquilla. Hai abbastanza cose per la testa».

Lo guardai negli occhi, facendogli capire che era ovvio che mi preoccupassi. «Questo avrà conseguenze sul lavoro? Che succederà alla Angelcom, o alle altre attività legate al tuo nome?».

Si lasciò sfuggire una risata. «Sei preoccupata per la mia reputazione? I soldi parlano chiaro, e grazie al cielo ne ho un sacco. I motivi per cui i membri del consiglio volevano tenersi buono Max, prima che li prendessi per le palle, sono gli stessi per cui a nessuno di loro importa niente di questa storia: sono io che controllo tutto. E comunque non me ne frega un cazzo di quello che pensano gli altri».

La preoccupazione che sentivo era direttamente proporzionale al mio odio per Max.

Blake mi prese il viso tra le mani. «Ascoltami: non ti preoccupare. Non è niente che non possa gestire, e stai sicura che ho intenzione di farlo».

«Come?».

Sospirò e mi lasciò, spostandosi di qualche centimetro. Lo afferrai per i jeans e lo tirai di nuovo verso di me, facendogli sgranare gli occhi.

«Domani andrò alla polizia. Non mi ricordo tutto quello che è successo, ma spero sia abbastanza. Se significa testimoniare, o cose del genere, lo farò».

«Mi fa piacere sentirtelo dire. Non per il mio bene, ma per il tuo».

«Non so se lo farei, se non fosse per te. Non sopporto che ti abbia fatto questo».

«Perché non dovresti dire alla polizia la tua versione, Erica? Si merita di affrontare le conseguenze di quello che ha fatto, e tu meriti giustizia. Cosa che non avrai, se non denunci quello che è successo. Sei tu la vittima, e devono sentire la tua versione della storia, non la mia».

Abbassai lo sguardo sui fianchi di Blake, dove le mie dita stringevano i jeans. «Il pensiero di dover affrontare tutto mi fa stare male».

Mi alzò il mento finché non incrociai il suo sguardo serio. «Ci sono volte in cui ha più senso lasciar perdere e altre in cui devi lottare, anche se non te la senti».

Mi persi nei suoi occhi per un istante. «E tu vuoi che io lotti».

«Non voglio decidere al posto tuo, ma se in qualche modo questo», disse, indicando le nocche ferite, «significa qualcosa, allora sai come la penso sul fargli abbassare la cresta».

Feci una smorfia guardando i tagli e pensando a come se li era procurati. Non sapevo esattamente in che condizioni fosse Max, ma ero felice di sapere che stava soffrendo. Negli ultimi giorni non avevo fatto altro che cercare di dimenticare, ma non potevo ricascarci. Non avrei dato a Max la soddisfazione di farmi a pezzi come aveva fatto Mark.

«Apprezzo che tu mi abbia difesa, ma non si tratta di vendetta».

«Hai ragione. Si tratta di far affrontare a Max Pope le conseguenze delle sue azioni per la prima volta nella sua vita. Questa non è vendetta, è giustizia, è risolvere una situazione che è stata sbagliata per troppo tempo».

Potevo protestare quanto volevo, ma Blake aveva ragione: Max non mi aveva solo molestato, oltrepassando un limite che non avrebbe mai dovuto oltrepassare, ma aveva tradito la mia fiducia e minacciato la mia attività e quella di Blake. E il rancore nei confronti di Blake aveva avuto inizio molto prima delle esperienze che avevamo condiviso.

Ancora prima di conoscerlo, sapevo che Max era un playboy, un ragazzo viziato che se ne fregava delle conseguenze che sarebbero ricadute sugli altri. Si era sempre nascosto dietro la ricchezza e l'importanza della sua famiglia. Il professor Quinlan aveva sfruttato la cosa a suo vantaggio, riuscendo a organizzarmi un incontro con lui con la promessa che avrebbe finanziato Clozpin.

Quanto sarebbe andata avanti? Per quanto ancora avrebbe cercato di rovinarci la vita senza affrontare le conseguenze, spinto dalla stupida gelosia che provava nei confronti di Blake? Forse Blake aveva ragione, forse quella sarebbe stata la fatidica goccia che faceva traboccare il vaso che né Michael né la legge avrebbero potuto ignorare. Forse sarebbe servito a dimostrargli che non era immune alle conseguenze.

Blake mi distolse dai miei pensieri con un bacio allo stesso tempo dolce e prudente, poi si staccò e mi studiò. «Com'è andata la giornata? Stai un po' meglio?»

«Sto bene, te l'ho già detto stamattina. E domani torno al lavoro, checché tu ne dica. Se passo un'altra giornata a non fare niente impazzisco».

«Be', non possiamo permetterlo», disse con un sorriso.

Si voltò e fece scorrere l'acqua della doccia, prima di spogliarsi e aprire la porta del box, mentre il vapore riempiva la stanza. Mi morsicai il labbro, fissando il suo sedere che entrava nella cabina. La passione che negli ultimi giorni si era assopita aveva ripreso a bruciare. A quanto pareva il periodo senza intimità si faceva sentire, e da quando avevo ripreso le mie forze, mi era difficile ignorarlo.

Non ero sicura di essere pronta, ma mi mancava la nostra vicinanza. Blake era stato prudente, fin troppo. Odiavo il fatto che quello che era successo avesse eretto un muro invisibile tra noi, che la paura di farci del male ci stesse separando proprio quando avevo più bisogno di lui.

Mi tirai giù i jeans e sfilai maglia e reggiseno. Lui si girò a guardarmi, la sua espressione rispecchiava il desiderio che provavo anch'io. Entrai dietro di lui, che mi fece spazio nella doccia. I nostri corpi erano vicinissimi e cominciai ad avvertirne i segni. I miei capezzoli sfiorarono la peluria sul suo petto e subito si inturgidirono. Mi fermai, contenta di quel contatto e dell'acqua calda che ci scivolava addosso.

«Mi sei mancato».

«Mi sei mancata anche tu», rispose.

Gli posai le mani sul petto, impaziente di sentire i muscoli contrarsi sotto le mie dita, di unirmi a lui. Scesi giù fino agli addominali, ma desideravo andare ancora più in basso. Sentire la sua carne calda nelle mani, sapere che mi voleva quanto lo volevo io. Dopo quella follia, bramavo il suo tocco per essere sicura che tra noi non fosse cambiato niente. Seguii la linea di peluria che partiva dall'ombelico e scendeva, ma lui mi prese la mano, fermandomi.

«Girati», disse piano.

Lo guardai e, a quel comando, mi mancò il respiro. Di solito aveva in mente cose interessanti quando mi diceva di girarmi. Mi voltai e mi appoggiai sul marmo freddo della doccia, poi chiusi gli occhi immaginando le sue mani su di me, mentre l'acqua calda mi sfiorava la schiena.

Sentii un *clic* e subito dopo mi infilò le mani tra i capelli, massaggiando il cuoio capelluto. Non era quello che mi aspettavo, ma accettai volentieri quel contatto. Lasciai cadere indietro la testa mentre mi disegnava piccoli cerchi con le dita.

«Bello?»

«Una meraviglia. Grazie».

«Figurati».

Sorrisi. Mi risciacquò la testa e passò al resto del corpo. Mi lavò le spalle massaggiando i muscoli tesi, poi mi girò e fummo di nuovo l'uno di fronte all'altra, completamente a contatto. Evitò di soffermarsi dove io avrei voluto. Stavo impazzendo, ma lui non sembrava avere fretta e, allo stesso tempo, non mostrava di godersi il solito gioco di tortura sessuale che spesso facevamo.

Si inginocchiò, strofinandomi con la spugna di luffa la pianta dei piedi fino a farmi il solletico; ma vederlo ai miei piedi, incapace di nascondere la sua eccitazione, faceva passare in secondo piano quella sensazione. Ogni contatto innocente mi irritava, perché ne volevo uno più intimo. Lui era eccitato e io bruciavo dal desiderio.

Quando si alzò, gli presi la spugna dalle mani e la buttai, poi lo afferrai per la nuca e lo avvicinai a me. Ci ritrovammo così petto contro petto. Gemette e mi spinse contro il muro: l'istinto aveva preso il sopravvento e in pochi secondi mi avvinghiai a lui. Gli allacciai una gamba sul fianco, inarcandomi contro il suo corpo tonico, e lui mi afferrò i glutei per favorire il contatto. Non saremmo mai stati abbastanza vicini.

«Mi manchi, voglio sentirti», sussurrai.

Feci un respiro e posai nuovamente le labbra sulle sue. Sentii la sua erezione premere contro di me, stuzzicandomi, e fui percorsa da un brivido, ma era come se qualcosa non andasse. Approfondii il bacio, cercando di scacciare ogni dubbio.

Lui ansimò e fece scivolare la mano sulla mia coscia e da lì tra le gambe, per poi rallentare non appena raggiunse la mia intimità. Mi irrigidii e non capii subito il perché.

Sentivo una fitta al petto, e il respiro affannoso tradì il conflitto interiore che stavo affrontando.

*Cazzo.*

«Piccola?».

Lo baciai ferocemente, azzerando la distanza minima che c'era tra noi per rispondere in quel modo a qualsiasi eventuale domanda. Al diavolo tutto, avevo bisogno di lui come non mai.

Blake si staccò e mi fermò. «Non siamo costretti a farlo».

«Ma io lo voglio».

Esitò un istante, poi mi rispose: «Lo so, lo voglio anch'io, ma… datti un po' di tempo».

«Sto bene», insistetti, anche se mi tremò la voce.

Stavo bene davvero? Sapevo quello che volevo, ma riconoscevo la tensione. Ero in ansia e pronta a reagire, lottavo contro il mio desiderio. Quel conflitto mi faceva arrabbiare ma allo stesso tempo ero eccitata. Lo volevo, volevo che mi possedesse per non dover affrontare quello che sentivo.

Posò le labbra sulle mie, un bacio lento e casto che sentii a malapena attraverso il calore e la confusione. Con quel gesto sembrò ribadire le sue parole.

«Blake, sto bene», ripetei. «Non ha fatto niente, sto bene. Non è cambiato nulla».

Mi fissò con lo sguardo preoccupato. «Solo perché non è riuscito a fare quello che voleva non vuol dire che tu non sia traumatizzata. Non stiamo parlando di qualche graffio sulla mano, lo sai bene che ferite di questo tipo sono più profonde di quanto vorremmo. Dobbiamo prenderci un po' di tempo».

Non sopportavo il fatto che probabilmente avesse ragione, odiavo essere diventata così indifesa e vulnerabile in pochi giorni.

«Magari sono più forte di quanto credi».

Sospirò, esasperato. «Non metto in dubbio la tua forza, Erica. Parlo del tuo stato mentale, del tuo benessere. Non puoi far finta che quello che è successo non sia niente».

«Che ne dici se sono io a dirti quello che posso sopportare?».

L'imbarazzo si mischiò al rifiuto, e lo lasciai lì da solo. Andai in camera e sbattei i cassetti finché non trovai la biancheria e una maglietta, poi mi infilai a letto. Rannicchiata nel mio lato, cercai di ignorarlo quando mi raggiunse. Dopo un istante si distese dietro di me e mi mise un braccio intorno alla vita, poi mi baciò la spalla e mi accarezzò il braccio, provocandomi un brivido che mi fece quasi dimenticare l'irritazione che provavo.

«In passato ti ho spinta oltre i limiti, ora lascia che li onori così, anche se tu sei contraria».

Chiusi gli occhi, comprendendo la verità delle sue parole. Verità, amore e tutta la premura che l'uomo che aveva eretto questo muro tra noi non aveva avuto. Sospirai, decisa a dargli retta.

«Guardami», sussurrò.

Mi voltai, riluttante, e mi ritrovai di fronte a lui. La sua espressione si raddolcì e sorrise mentre mi accarezzava la mascella, disegnando il contorno delle mie labbra con le dita.

«Ti amo, anche quando sei incazzata».

«Odio tutto questo».

I suoi occhi diventarono più scuri. «Lo so, e so che entrambi vogliamo di più, ma vale la pena aspettare. Stanotte voglio solo tenerti tra le braccia. Ho tutta la vita per fare l'amore con te».

Qualcosa dentro di me si spezzò, e il bisogno di lottare svanì di fronte all'insistenza di Blake. I miei muscoli si rilassarono e mi arresi.

La mattina dopo entrai in ufficio pronta ad affrontare la giornata, la mia vita. Alli si alzò appena arrivai alla sua scrivania. «Non ci crederai mai», disse.

Sgranai gli occhi. C'erano un bel po' di cose a cui non avrei mai creduto. «Che è successo?»

«PinDeelz è inattivo. Sid ha detto che è così da ieri sera».

«Sappiamo perché? Potrebbe essere qualunque cosa, tipo problemi dei server o un sovraccarico di traffico».

«Non credo sia per quello».

Mi fece avvicinare alla sua postazione e andò sul sito. Sullo schermo comparve un'immagine bianca e nera. L'avevo già vista sulla nostra pagina: M89. Il logo del gruppo di hacker aveva preso il posto del sito. Ma in quel momento ero più confusa di prima.

«Non capisco. Se Trevor e Max erano in combutta per mettere su il sito, perché Trevor l'ha hackerato? Ma soprattutto come ha fatto?».

Alli iniziò a giocherellare con una ciocca di capelli.

«Non ne ho idea. A meno che con Trevor non ci sia stato qualche screzio e questa è una ripicca. Magari è una sfida, o qualcosa del genere».

«Non credevo che la situazione potesse diventare ancora più strana».

«La buona notizia è che almeno uno dei loro inserzionisti ci ha ricontattati per il rinnovo del contratto con noi. Non ha mai menzionato PinDeelz, ovviamente, ma ho la sensazione che si faranno risentire anche gli altri».

Ridacchiai. «Incredibile. Vediamo in quanti torneranno da noi in ginocchio. Chissà per quanto tempo il sito resterà in queste condizioni».

«A proposito di tornare in ginocchio, che hai deciso di fare con Perry?»

«Sembra dispiaciuto, ma non basta. Blake ha ragione: non è una buona idea avere a che fare con lui».

«Concordo», ci interruppe la voce profonda di James. Era apparso così, dal nulla.

«James, ciao», gli dissi, confusa dalla sua presenza in ufficio.

«Alli ha pensato fosse una buona idea farmi lavorare qui mentre tu eri a riposo».

«Giusto», annuii, cercando di non pensare alla possibile reazione di Blake. «Be', mi fa piacere che tu sia qui. Hai un attimo, così mi aggiorni?».

Lasciai Alli e andai nel mio ufficio. James mi seguì e si accomodò sulla sedia all'altra parte della scrivania.

«Che succede? Che mi sono persa, a parte un'intera settimana?»

«Ho parlato col tuo fidanzato. È stato interessante. Per il momento lavorerò come interno».

Spalancai la bocca per lo shock: ero già sopraffatta da tutte quelle novità, nonostante fossi al lavoro da un quarto d'ora. La paura mi fece venire un nodo allo stomaco. «Scherzi?».

Lui rise. «Non c'è niente di cui preoccuparsi, ma dovresti parlare con Landon».

«Okay, va bene. Comunque, mi dai qualche aggiornamento? Sono rimasta indietro».

Per il resto della mattinata cercai di rimettermi in pari. Dopo una settimana senza lavoro, potevo apprezzare i progressi che erano stati fatti in mia assenza. Eravamo vicini a lanciare i cambiamenti che avrebbero fatto mangiare la polvere al sito di Max.

La minaccia della concorrenza era passata, e mi rendevo conto che era stata la spinta per farci andare avanti e reinventarci.

Era quasi l'ora di pranzo quando mi squillò il telefono. Il mio cuore quasi si fermò non appena vidi la faccia di Risa sullo schermo.

Dopo aver esitato un istante, risposi. «Pronto?»

«Erica, sono Risa».

«Sì». *Ovvio. Che cavolo vuoi?*

«Senti, so che probabilmente sono l'ultima persona che vuoi vedere, ma... devo parlarti».

«Di cosa?»

«Possiamo vederci per pranzo?».

L'ansia mi pervase. Risa era socia di Max, e *discutere* di affari con lui non aveva portato a niente di buono.

«Non ho niente da dirti».

«Per favore. Lo so che mi odi, e ne hai tutto il diritto. Se dopo oggi non vorrai più vedermi né sentirmi, sparirò dalla tua vita».

Fissai il muro bianco davanti a me. Sembrava diversa, sembrava... disperata. Non avrebbe dovuto interessarmi, invece... Socchiusi gli occhi, cercando di immaginare come avrei potuto gestire quella cosa da sola. Poi mi venne un'idea.

«Ci vediamo alla gastronomia all'angolo vicino all'ufficio a mezzogiorno».

«Perfetto, grazie».

Riattaccai prima che potesse dire altro e chiamai Alli, che dopo pochi secondi si affacciò alla porta. «Che succede?»

«Ti interessa incontrare Risa per pranzo? Vuole parlarmi. Non mi fido di lei e non so se riuscirei a trattenermi dallo strozzarla, se vado da sola».

«Certo, le voglio giusto dire due paroline».

«Perfetto».

# Capitolo diciassette

«Grazie per essere venuta».

Risa sembrava un cucciolo randagio. Alli era seduta a braccia incrociate e la guardava di sbieco. Non credevo che la mia amica sarebbe mai stata capace di odiare qualcuno, ma in quel momento sembrava convincente. Per quanto Risa apparisse patetica, facevo fatica a provare pena per lei: i suoi capelli, di solito liscissimi e splendenti, erano raccolti in uno chignon disordinato, indossava jeans e una semplice camicetta nera, era truccata e sembrava esausta. La ragazza energica e perspicace che aveva lasciato Clozpin e si era portata dietro i miei clienti sembrava essere invecchiata nel breve tempo in cui era stata via. Avrei voluto dirle che stava da schifo, ma glielo risparmiai.

«Continuo a pensare che non dovrei essere qui a perdere tempo con te, quindi se hai qualcosa da dire, fallo».

Lo sguardo di Risa si alternava tra me e Alli. «Mi dispiace, volevo che lo sapessi».

«È un po' tardi per scusarsi», scattò Alli, togliendomi le parole di bocca.

«Lo so, e non mi aspetto di essere perdonata. Ho fatto un errore, Max... mi ha fatto credere che andarmene fosse la scelta giusta, l'unica possibilità per fare carriera. Non è chi pensavo che fosse».

Serrai la mascella, mordendomi la lingua per non parlare. Anch'io avevo scoperto che non era chi pensavo che fosse, era molto peggio.

«Mi ha usata per arrivare a te», continuò, lo sguardo ferito e supplichevole. «Ha approfittato delle mie emozioni, della mia gelosia e della mia insicurezza per farmi andare via. Ma ora non lo riconosco più. Credo sia nei guai, ed è ossessionato dall'idea di distruggere Blake. Non ha niente a che fare con l'attività che credevo stessimo creando insieme, è una cosa molto più profonda di quanto pensassi».

Mi sporsi in avanti per studiarla, e capii che non aveva idea di quello che era successo tra me e Max.

«Risa, Max mi ha drogata e ha cercato di violentarmi la settimana scorsa. Ecco quanto vuole danneggiare Blake. Fidati, non puoi avere idea di quanto sia deviato finché non ti metti nei miei panni».

«Cosa?». Spalancò la bocca e mi fissò. «Oh, mio Dio. Non lo sapevo. Sapevo che lui e Blake avevano litigato, ma non avevo idea…».

Mi irrigidii a causa delle emozioni che stavo provando. Non potevo crollare davanti a lei, per quanto il comportamento di Max mi tormentasse. Decisi quindi di aggrapparmi alla rabbia.

«Già, dovresti chiederglielo. Sicuramente racconterà che sono andata io da lui, proprio alla mia festa di fidanzamento. E magari, visto che hai pensato che fosse divertente dire a Blake di James, potresti andare a dire in giro che razza di troia sono». Digrignai i denti, lottando contro l'impulso di andarmene. Se non altro avevo rivisto Risa e mi ero presa una rivincita. Chissà quando avrei avuto un'altra occasione per dirle quello che pensavo.

«Non penso che tu sia una troia. Dopo che mi hai licenziata ero arrabbiata e ho detto a Max di averti vista con James. È stato lui che insisteva perché lo raccontassi a Blake, io non volevo. Blake era così arrabbiato quando gliel'ho detto, che me ne sono subito pentita. Non sapevo neanche che foste fidanzati ufficialmente».

Alzai il mento, le labbra strette. «E tra noi va alla grande, nonostante tutto. Nonostante tu e Max abbiate cercato di rovinare me, la mia attività e il mio rapporto con lui, siamo più forti che mai. Quindi ora cosa vuoi? Hai scelto lui, ora devi fare i conti con quella decisione».

«Voglio andarmene. Davvero», disse con gli occhi che luccicavano. Il tovagliolo che teneva tra le mani era arrotolato e quasi ridotto a brandelli. Cristo, era messa proprio male.

«Allora vattene, la cosa non mi riguarda».

Annuì e abbassò la testa. «Vorrei farlo», sussurrò, «ma ho paura che mi rovini. Qualsiasi cosa sia successa con te, è una persona completamente diversa da quello che pensavo. Credo abbia problemi economici, ha detto che non può più finanziare il sito. Tutto quello per cui abbiamo lavorato è andato in fumo. E ho sentito delle discussioni con suo padre... Non ne sono sicura, ma credo lo stia tagliando fuori. È un gran casino».

«Lo so, Risa, ma non me ne frega niente».

Sospirò. «Permettimi di farmi perdonare. Prima stavo malissimo, ma ora... Non posso credere a quello che ti ha fatto».

Io risi. «Non voglio che ti faccia perdonare. Voglio andare avanti con la mia vita, e tu non ne farai parte. Sarai anche una vittima di una persona orribile che aveva motivazioni orribili, ma non è a me che devi chiedere aiuto».

La sua espressione si fece seria. «Posso aiutarti a trovare Trevor».

Inarcai un sopracciglio. «È piuttosto evasivo, mi sembra molto difficile che si sia lasciato avvicinare troppo da te o addirittura da Max».

«Posso cercare le prove che Max l'ha pagato, magari un indirizzo per rintracciarlo. Non si fermerà. Se c'è qualcuno che odia Blake più di Max, quello è Trevor».

La guardai, incuriosita. Avevo davvero l'occasione di trovare un nemico tramite un altro, o sarebbe stato un modo di far avvicinare Risa al mio mondo, nonostante fosse l'ultima cosa che volessi?

«Ammetto di essere incuriosita, ma non abbastanza da abboccare. Trevor al momento non è un mio problema. Al contrario di te e dei tuoi soci, non ho intenzione di vendicarmi o contrattaccare, voglio solo andare avanti con la mia vita. Ho un matrimonio da organizzare e un'attività da dirigere. Mi dispiace che Max si sia approfittato di te. Non dovrei, ma ci tenevo a te, Risa, ed è una cosa che non si dimentica facilmente. Spero che, se non altro, tu abbia imparato la lezione».

«Non mi aspetto che tu mi riassuma, ma voglio sistemare le cose. In qualche modo mi farò perdonare».

Mi appoggiai contro il muro del corridoio fuori dall'ufficio e presi in seria considerazione l'idea della pensione. Quello doveva essere stato il rientro al lavoro più estenuante della storia. Afferrai il telefono e composi il numero di Blake.

«Che succede?».

Sospirai, ancora incapace di elaborare tutto. «Allora... oggi ho pranzato con Risa».

«Cosa?!». Sentii chiaramente la sua preoccupazione in quell'unica parola.

«È venuta anche Alli e ci ha accompagnato Clay, tranquillo».

«Cosa voleva?»

«Credo volesse farsi perdonare. Ha detto che stava malissimo e Max non le aveva raccontato niente di quello che è successo alla festa, ma non è una sorpresa. Pensava solo che vi foste presi a pugni».

Blake sbuffò.

«Ma, almeno per ora, è ancora con lui. Sembra preoccupata della sua reazione se decidesse di andarsene. Sinceramente mi dispiace per lei, anche se si è scavata la fossa da sola».

«Si meritano l'un l'altra», borbottò, e sentii il rumore di tasti in sottofondo.

«Pensa che Michael lo voglia tagliare fuori».

Ci fu un momento di assoluto silenzio: nessuna parola, nessun rumore di tasti, ma solo il respiro di Blake.

«E cosa glielo fa credere?»

«Li ha sentiti parlare e Max le ha detto che non può più finanziare PinDeelz. Non ne sono sicura, ma credo che questo abbia a che fare con il loro sito, che ora è inattivo. Pare che l'abbia hackerato M89, ma non ha senso».

«Sono stato io».

Rimasi per un attimo senza parole.

«Hai hackerato il loro sito?», domandai, dopo essermi ripresa.

«Non essere sorpresa, se l'è cercata».

Se non fossi stata così scioccata, forse mi sarebbe anche dispiaciuto per loro. «Ma come, se il sito l'ha fatto Trevor?»

«Trevor non è uno sviluppatore, ed è palese che non ha dedicato a quel sito l'impegno che dedica all'hacking. Sono entrato e ho mandato in tilt il server con il minimo sforzo. Fa cagare come programmatore».

«Ma scusa, e allora il logo di M89?»

«Quello era solo per far impazzire Max».

Mi scappò una risata. Blake era subdolo, ma mi piaceva.

«Forse ha funzionato. Da quello che ha detto Risa, sembra che Trevor sia introvabile, credo che Max non riesca a contattarlo».

«Sicuramente è perché non lo paga più. L'azienda che Max usava come copertura è sparita qualche giorno fa; se Michael lo sta tagliando fuori, ecco spiegato il motivo».

Mi girò la testa mentre assimilavo tutti quei dettagli. L'aggressione che avevo subito aveva dato inizio a quella serie di eventi, e se ciò che aveva detto Risa era vero, il mondo di Max sarebbe andato in frantumi: soldi, famiglia e anche la sua libertà.

«Se è Michael il motore di tutto questo, mi spiego perché nessuno degli altri investitori lo vuole far arrabbiare».

«Non farti ingannare. Michael è una bravissima persona, ma è meglio non metterglisi contro».

«Ma... pure suo figlio?»

«Max ha finalmente ottenuto quello che si merita. Non mi fa pena, e non dovrebbe farne neanche a te».

«Lo so. E, fidati, non mi fa pena», replicai. Poi i miei

pensieri cambiarono direzione. Non avevo ancora parlato con la polizia e non ero per niente entusiasta di doverlo fare.

«Devo scappare, Erica, ho una chiamata. Ma mi sono dimenticato di dirti che mamma ci ha invitati a cena. Le ho detto che saremmo andati, ma non ci ho pensato: te la senti di rivedere già tutti?»

«Ma certo, Blake, adoro la tua famiglia».

«Lo so, ma dopo tutto quello che è successo… Non dobbiamo andare se non vuoi tornare in quella casa così presto».

«No, va bene. Davvero, sto bene. Devo andare avanti. Non posso cancellare quello che è successo, ma non posso neanche fissarmi. Ricordati che ho subito di peggio. E poi, mi fa piacere rivedere tutti quanti. La maggior parte delle volte mi travolgono, ma mi hai tenuta in isolamento a sufficienza. Non vedo l'ora di ritrovarmi nel casino, ora».

«Okay, allora le confermo che andiamo».

«Perfetto».

«Ti amo».

«Ti amo anch'io», risposi con un sorriso.

Mi concentrai sulla rivista che avevo appoggiata sulle gambe, cercando di non farmi sopraffare. Nell'ultimo periodo era come se dentro la mia testa ci fosse un circo.

Sid e James avevano il piano di rilancio sotto controllo, quindi io e Alli avevamo deciso di prenderci il pomeriggio libero e andare a cercare il vestito. Risentivo ancora dell'incontro con Risa, quindi non avevo replicato quando aveva suggerito di prenderci una pausa.

«Piccola».

Sollevai lo sguardo e vidi che Marie mi stava venendo incontro. Mi sorrise, ma i suoi occhi erano preoccupati. Mi alzai dal divano della saletta del negozio e, quando mi raggiunse, l'abbracciai.

«Ti trovo bene, tesoro. Come stai?»

«Bene», risposi, mandando giù il magone che mi era venuto non appena l'avevo vista. «Sto molto bene. Sono tornata al lavoro».

«Mi fa piacere», disse, senza sciogliere l'abbraccio. Se fossimo rimaste così ancora a lungo, non sarei riuscita a controllare le lacrime che già si erano affacciate.

«Marie». Feci una risatina per evitare di singhiozzare. «Così mi fai piangere di nuovo. Non voglio piangere ancora per quello che è successo».

Si staccò, i suoi occhi luccicavano come i miei. «Va bene piangere. Quello che è successo è terribile, non oso immaginare cosa stai passando».

Scossi la testa e mi asciugai gli occhi. «Non è niente che non abbia già superato. Starò bene».

Lei si accigliò e mi pentii subito di quello che avevo detto. Avevo iniziato a dare per scontato che tutti sapessero di Max e che molti sapessero anche di Mark. Non ero troppo a mio agio all'idea che la gente conoscesse il mio passato, ma stranamente la cosa mi dava un po' di sollievo. A volte nascondere quello che era successo e far finta che non era parte di me mi toglieva più energia che ammetterlo.

Negli ultimi anni ero stata combattuta sul dire o meno a Marie di Mark, ma alla fine avevo deciso che era meglio non caricarla di quel peso. Non so perché ora mi fossi lasciata sfuggire quella frase, forse solo per fare un passo avanti e portare alla luce quella cicatrice. Ma comunque non volevo metterle preoccupazione quel giorno.

Mi massaggiò le braccia, su e giù, piano. «Che vuoi dire?»

«Niente, lascia stare. Dovrebbe essere un giorno felice, no?», dissi, sorridendo e tirando su col naso, mentre cercavo di ricompormi.

Aveva le labbra serrate, ma poi mi lasciò e sospirò.

«Certo. Grazie per avermi invitata. Non so se riuscirò a trattenermi dal saltellare quando ti vedrò col vestito bianco. Hai già trovato qualcosa?».

Mi guardai in giro, cercando Alli. «Non ancora. Alli sta cercando insieme alla commessa, ha detto che tanto sa cosa voglio. Di solito è vero, quindi le lascio fare», dissi, scrollando le spalle.

Alli e un'altra donna riapparvero poco dopo, cariche di talmente tanto pizzo che mi sarebbe bastato per una vita intera.

Sentii un nodo allo stomaco. *Ecco, ci siamo*.

Un quarto d'ora dopo, la commessa mi stava abbottonando il vestito, stringendo il tessuto sul busto e sulla vita. Andai nella saletta che ci avevano riservato e vidi Alli e Marie sedersi in pizzo al divanetto e spalancare gli occhi non appena feci il mio ingresso. Mi girai verso gli specchi.

Marie si portò le mani alla bocca e, prima di aprire i rubinetti, tornai a concentrarmi sul vestito. Era bellissimo, ma non feci troppo caso ai dettagli perché iniziai a immaginarmi mentre lo indossavo, per andare verso Blake e diventare sua moglie, sua per sempre.

Quel pensiero mi colpì. Non sapevo se vomitare, svenire o iniziare a piangere; tutto quello che sapevo era che, fino a quel momento, l'idea del matrimonio era stata astratta. In quell'istante, invece, tutto era diventato reale, e quella realtà mi fissava dritto negli occhi, impossibile da ignorare.

Alli si avvicinò con un ampio sorriso. «È stupendo, lo adoro. Ti piace?»

«Sta succedendo davvero», fu tutto quello che riuscii a dire.

Lei rise e mi strinse le spalle. «Sì! Sta succedendo e sarai felicissima».

Risi anch'io, sembrava ancora tutto surreale. «Non riesco a credere che mi stia davvero per sposare».

Si alzò anche Marie e mi prese la mani, i suoi occhi erano colmi di affetto. «Ti senti pronta, tesoro?».

Guardai il mio riflesso, impietrita mentre mi facevo la stessa domanda. Quando mi sentii rispondere, mi si tolse un peso dal petto.

*Sì.*

Non ero mai stata così pronta.

# Capitolo diciotto

Guardai in basso, mentre affondavo i piedi nella sabbia bagnata e le onde mi lambivano i polpacci. Mentre aspettavamo la cena, io e Blake avevamo fatto una passeggiata fino alla spiaggia privata dei suoi. Respirai l'aria salmastra mentre l'umidità di quella calda serata estiva mi accarezzava la pelle. Alzai gli occhi e rivolsi lo sguardo all'orizzonte.

«Non ti sembra di stare ai confini del mondo?».

Blake si chinò per raccogliere una conchiglia arrivata con un'onda. «Immagino di sì», rispose, ributtandola in mare. «Ti piace l'oceano, eh?»

«Tantissimo. Non credo che riuscirò mai più a stare senza. Evidentemente mi piace vivere ai confini del mondo», dissi con una risatina.

Incrociai lo sguardo di Blake, tranquillo e pensieroso. La luce del tramonto gli proiettava alcune ombre sul viso; la vecchia maglietta che indossava si muoveva alla brezza dell'oceano e, anche se arrotolati sopra le caviglie, i jeans erano bagnati in fondo: era perfetto, in tutti i modi in cui poteva esserlo per me. Perfetto e mio.

Mi prese la mano e mi attirò a sé. Io mi lasciai trascinare volentieri, adoravo il calore del suo abbraccio. Mi circondò la vita e ci trovammo petto contro petto. Gli infilai le mani tra i capelli, scompigliandogli le ciocche scure, poi sorrisi e cercai di imprimermi nella memoria lui e quel momento insieme.

«A volte vorrei prenderti e portarti via, lontano da tutto questo, per fare una pausa come si deve. Una lunga».

Sospirai. Non potevo essere più d'accordo, ma sapevo anche che era una cosa irrealizzabile. Per tanto tempo avevo desiderato scappare, senza sapere minimamente dove o da chi. Ma avevo resistito ed ero andata avanti, superando i momenti più difficili: la morte di mia madre, la separazione dall'unico padre che avessi conosciuto fino a poco tempo prima e l'inferno che Mark mi aveva fatto passare. Ed eccomi arrivata a quel punto, più forte e felice che mai, a godermi quell'istante con l'uomo che amavo con tutta me stessa.

«Anch'io voglio scappare con te. Ma questa è casa nostra, e le nostre vite saranno sempre qui ad aspettarci. E poi prendermi altre pause mi farebbe venire una crisi di nervi: ho ancora un sacco di cose da recuperare per essermi assentata dall'ufficio così a lungo». Pensai immediatamente alla mole di lavoro che avevo a malapena iniziato. Il pranzo con Risa mi aveva distratta, proprio quando avrei dovuto concentrarmi sui dettagli degli aggiornamenti imminenti.

Poi mi ricordai una cosa.

«Allora, cos'è successo con James? Mi è quasi venuto un infarto quando stamattina l'ho visto in ufficio. Com'è andata?»

«Alli lo voleva in ufficio per aiutarla mentre tu non c'eri».

«Non credo sia l'unico motivo per cui l'hai fatto restare».

«No, abbiamo parlato».

«Ti ha cercato lui?», chiesi, indietreggiando leggermente, incredula. Non mi aspettavo che James sarebbe andato a cercare Blake, o viceversa.

«Concorderai con me sul fatto che è molto protettivo nei tuoi confronti, quindi quando Alli gli ha accennato che ti avevano fatto del male non ci è voluto molto prima che si presentasse nel mio ufficio per saperne di più».

«E…?»

«Credo che all'inizio volesse assicurarsi che non fossi stato io. A quanto pare è fissato con l'idea che ti metto le mani addosso». La sua smorfia non mi piacque.

«Non penso abbia a che fare con te. È che suo padre era violento. Credo sia un argomento delicato per lui».

«Forse. Comunque, dopo aver scoperto dell'aggressione di Max e sapendo che già Daniel ti aveva fatto del male, mi ha portato argomentazioni convincenti per restare in ufficio… per la tua sicurezza».

«E tu hai accettato?»

«Anche se vorrei, non posso essere con te ventiquattr'ore su ventiquattro, e con tutto quello che è successo ultimamente ha senso che James stia lì per tenerti al sicuro».

Mi allontanai da lui, guardandolo incredula.

«Fammi capire: mi stai dicendo che hai accettato che James restasse in azienda perché mi faccia da guardia del corpo?»

«Erica», disse in tono ammonitore, «se pensi che sia disposto a correre qualsiasi rischio per quanto riguarda la tua sicurezza, sei fuori».

Cercai di allontanarmi ancora, ma lui non si spostò. «Non sopporto l'idea che tutti voi mi ronziate intorno aspettando che succeda qualcosa di brutto. Voglio che confidiate nel fatto che sia in grado di prendermi cura di me stessa».

«Lo so, ma ora è compito mio prendermi cura di te».

Vero. Ormai avevo rinunciato a discutere ancora su quello.

«Inoltre, sapevo che accettare di escludere James dalla tua vita non è stato facile per te».

«Non mi hai dato molta scelta».

«Ce l'avevi, invece. Sono contento che tu abbia preso quella decisione, facendo il sacrificio per noi. Ancora non sono sicuro che non provi più niente per te...».

«Frequenta Simone, sono piuttosto convinta che sia andato avanti».

«Mi ha detto anche questo. Personalmente non ho avuto molto successo quando ho deciso di dimenticarti, quindi mi scuserai se prendo con le pinze questa rassicurazione. Come dicevo, potrebbe ancora provare qualcosa per te, ma finché tiene le mani a posto quei sentimenti servono per proteggerti quando non sei con me. Posso concedergli di stare lì, visto il motivo».

«Blake Landon che fa concessioni?», dissi, alzando gli occhi al cielo.

Lui mi tirò di nuovo a sé, dandomi una sculacciata. Io emisi un gridolino e mi dimenai.

«Alza di nuovo quegli occhioni azzurri al cielo e te ne pentirai». Massaggiò il punto che aveva colpito. «Forse dovresti ringraziarmi».

«Grazie». Volevo sembrare sarcastica, ma il suo corpo stretto al mio e le sue mani sul mio sedere mi avevano lasciato senza fiato.

«Ecco, brava».

Trattenni un sorriso. «Sei incredibile. Lo sai, sì?»

«Sì, incredibilmente innamorato di te. Abituatici, il matrimonio è per sempre».

Gli brillarono gli occhi e mi dimenticai di essere arrabbiata con lui.

«A proposito, speravo che stasera potessimo parlare proprio dell'organizzazione», continuò.

«Ah, sì?».

Mi prese per mano e ci avviammo verso la casa dei genitori.

«Non è un segreto che, in quanto a entusiasmo sulle cose del matrimonio, Alli ti superi di gran lunga».

«L'hai notato?»

«Sono un ottimo osservatore», disse, ridendo. «Ma pensavo che forse potremmo scartare l'idea di una cerimonia elaborata e organizzare una cosa più intima, con la mia famiglia e la tua, ma senza fare un matrimonio in grande. Voglio sposarti e non voglio aspettare. Fammi pure indossare un completo rosa e facciamolo».

«Davvero?»

«Davvero. Che ne pensi? Potremmo farlo qui o a Martha's Vineyard. Una cerimonia sulla spiaggia, qualche foto e un paio di settimane a casa, solo noi due. Così potrò esplorare di nuovo ogni centimetro del tuo corpo con la consapevolezza che sei mia moglie».

Sorrisi. Mi piaceva quello che stava dicendo, soprattutto la parte sul riesplorare il mio corpo.

«È perfetto».

Inarcò un sopracciglio.

«Tutto quanto, è perfetto».

Alli rischiò di farmi traboccare il bicchiere di Pinot Grigio perché stava ridendo per una battuta di Heath, mentre io ero occupata ad ascoltare lo sfogo di Fiona sul suo ultimo appuntamento andato male. Un paio di bottiglie vuote erano abbandonate sul tavolo al termine di un'altra squisita cena di famiglia preparata da Greg, che si era dimostrato un asso in cucina.

Greg era un tipo calmo, almeno rispetto al resto della famiglia, ma alla mano. Più di quanto lo fosse Blake alcune volte, anche se notavo alcune somiglianze tra i due. Mi aveva sempre affascinato il modo in cui le persone finivano per somigliare ai genitori, forse perché era una cosa che a me era mancata. Blake era diverso da Heath e Fiona, ma c'era un filo che li univa e li rendeva una famiglia. Non avrei potuto desiderarne una migliore in cui entrare a far parte, e ogni volta che pensavo a quello che erano diventati per me mi si gonfiava il cuore di gioia. Avere Blake sarebbe stato abbastanza, ma ritrovarmi nel loro mondo era molto più di quanto mi sarei mai aspettata.

Catherine aveva sfatato tutti i miti sulla suocera perfida; Fiona era dolcissima e autentica; Heath, nonostante avesse avuto i suoi problemi, era diventato un amico leale, e Greg sembrava essere il collante che li teneva insieme.

All'improvviso si sentì un tintinnio e spostai il mio sguardo sul bicchiere di Blake.

«Abbiamo un annuncio da fare».

«Oh! E cos'è?», chiese Alli, drizzandosi sulla sedia e battendo le mani.

«Le hai già fatto la proposta, Blake. Basta sceneggiate, che mi fai fare brutta figura», disse Heath.

Alli arrossì violentemente e gli diede una spinta, ma lui le circondò la vita e l'avvicinò a sé, posandole un bacio casto sulle labbra.

Blake si schiarì la voce. «Volevamo farvi sapere che abbiamo preso qualche decisione sul matrimonio». Mi guardò, facendomi intendere che avrei potuto continuare io, se avessi voluto.

Feci un respiro profondo e iniziai a parlare. «Be', come sapete non ho avuto molto tempo ed energie da dedicare all'organizzazione del matrimonio. So che forse vi aspettate una cosa in grande, il che, però, mi fa un po' paura».

Catherine scosse la testa. «Sciocchezze. Siamo qui per sostenere te e Blake, qualsiasi cosa decidiate di fare. Egoisticamente parlando, certo, mi piacerebbe essere presente al matrimonio di mio figlio, ma sta a voi decidere, è il *vostro* giorno speciale».

«Vorrei che ci foste tutti. Siete già diventati la mia famiglia...», dissi, battendo nervosamente il piede e sforzandomi di non iniziare a piangere. Porca miseria, era un argomento delicato. Poi sentii la mano di Blake sul ginocchio, rassicurante. «E siccome la mia famiglia è piccola e lontana, abbiamo pensato che sarebbe bello fare una cosa più intima con le persone che ci sono più vicine. Per semplicità, ma anche perché così possiamo farlo prima».

«Non sarai mica incinta, vero?», si lasciò scappare Heath, mentre sorseggiava il suo vino. Alli lo guardò male e gli diede una botta sulla spalla, al che lui le rivolse uno sguardo dispiaciuto.

«No, direi proprio di no», smentii subito.

Catherine prese l'ultima bottiglia di vino, ormai quasi finita, e si riempì il bicchiere. «Be', noi non ci lamenteremmo. Siamo vecchi e annoiati, prima o poi avrò bisogno di un nipotino».

Spalancai la bocca. *Porca vacca*. Blake soffocò a stento una risata e mi strinse di nuovo il ginocchio.

«E con questa direi che possiamo andare a casa. La cena era squisita, mamma».

Forse il vino e l'aria di mare mi avevano fatto qualcosa, perché non riuscivo a togliere le mani di dosso a Blake mentre guidava verso casa. Ne avevo una sulla sua gamba e la spostai sempre più su, fino a raggiungere il cavallo dei pantaloni, e a quel punto iniziai a massaggiare. Lui vi posò sopra la sua, ma non mi fermò.

«Cosa stai facendo?»

«Ti voglio, stanotte. Non posso più aspettare». Strinsi, sentendo la sua erezione crescere nella mia presa. Lo volevo e quella sera l'avrei avuto, non m'importava cosa avevo passato. Blake era il mio uomo e i nostri corpi erano fatti per fondersi, per ricevere tutto quello che volevano darsi. Era trascorso troppo tempo e avevo bisogno di lui. Ma la parola *bisogno* non rendeva giustizia alle emozioni che provavo. C'era qualcos'altro, e piano piano stavo riuscendo a mettere insieme i pezzi.

La sua presa sulla mia mano si fece più ferma, rallentando i miei movimenti. Serrò la mascella e riuscii a percepire la sua preoccupazione.

«Aspetta che arriviamo a casa», disse calmo.

Passai il pollice sulla punta del suo membro e strinsi ancora.

«Cristo», mormorò in un soffio.

Sorrisi tra me e me soddisfatta, sporgendomi verso di

lui in modo che i nostri corpi si toccassero. «Non voglio aspettare», gli sussurrai. Il mio seno sfregò contro il suo braccio mentre gli tiravo giù la lampo.

Lui però mi fermò. «Erica, metti le mani sulle ginocchia. Subito». Il suo sguardo si indurì a quelle parole, la vulnerabilità di prima era svanita.

Il mio cuore iniziò a battere forte mentre cercavo di valutare il suo umore: era arrabbiato o stava solo dando ordini? In ogni caso, provai un brivido di eccitazione sentendo che mi diceva cosa fare, quindi mi sedetti bene al mio posto e posai le mani sulle gambe.

Lui mi lanciò un'occhiata veloce prima di concentrarsi di nuovo sulla strada.

«Alzati la gonna e togliti gli slip. Voglio vederti».

Sorrisi, soddisfatta per la direzione che avevamo preso. Obbedii e sollevai la gonna abbastanza da permettergli di vedere la mia pelle nuda e pronta. Avrei voluto sedermi a cavalcioni su di lui, ma potevo aspettare di arrivare a casa.

«Bene. Ora toccati il seno».

Esitai un istante, concentrandomi sulla richiesta e su quanto fosse eccitante, poi portai le mani sul seno, già pesante.

«Pizzica i capezzoli come farei io».

Feci come aveva detto, e un brivido di piacere raggiunse l'inguine. Ansimai. I capezzoli si erano inturgiditi e invocavano la sua bocca. Il modo in cui mi guardò, con gli occhi più scuri, mi fece sciogliere.

«Dimmi cosa senti».

Chiusi gli occhi e mi contorsi, sentire la pelle del sedile a contatto con i glutei mi ricordò che non avevo la biancheria. Gemetti. «Sono eccitata, ma insoddisfatta. Voglio le tue mani su di me».

«Lo so, piccola. Tra poco. Vuoi che ti faccia toccare ancora?»

«Sì, per favore».

«Allora infila le dita e dimmi cosa senti».

Feci un respiro profondo, il desiderio era sempre più bruciante. Non sarei riuscita a resistere ancora per molto. Spostai la mano giù, lungo il busto, finché non arrivai alla mia intimità, sfiorandola con le dita. Feci scorrere l'indice sull'apertura, poi sul clitoride e di nuovo giù. Aprii gli occhi e vidi che Blake mi guardava, leccandosi le labbra. A quel gesto feci più pressione, inarcai la schiena e ansimai, immaginando che fosse dentro di me, dove lo volevo.

Si aggiustò i pantaloni prima di spingere sull'acceleratore.

«Parlami. Siamo quasi arrivati».

«Scivoleresti dentro di me subito. Ti voglio, anche con la bocca. Farlo da sola non è abbastanza, devo averti o impazzisco, Blake». Con la mano libera afferrai il seno e pizzicai il capezzolo come mi aveva detto di fare prima.

«Cazzo», mormorò, e strinse la presa sul volante.

«È quello che voglio. Voglio sentirti muovere, affondare dentro di me. Voglio dimenticarmi di tutto tranne che delle sensazioni che mi fai provare».

Mi guardò con la coda dell'occhio e mi afferrò la coscia, per poi sollevarmi la gamba in modo che appoggiassi il ginocchio sopra il portaoggetti. Ero completamente esposta e desiderosa di tutta l'attenzione che avrebbe dovuto dedicare alla strada.

«Continua», disse con voce roca.

«Sei l'unico che mi abbia mai fatta sentire così, e lo adoro. Adoro te. Mi sei mancato da impazzire, ho bisogno di te, Blake». Continuai a muovere le dita sui punti più ricettivi, la mente annebbiata dal desiderio. «Blake, ti prego», ansimai, non curandomi di dov'eravamo: ero vicina al limite e non potevo aspettare.

«Non ti fermare, voglio vederti venire».

Obbedii, cercando disperatamente sollievo, anche se solo con la mia mano. Raggiunsi quasi l'orgasmo, i muscoli erano tesi. Avevo gli occhi chiusi e non avevo idea di dove fossimo, poi la macchina si fermò all'improvviso e mi ritrovai le mani di Blake sul seno e la sua bocca, calda e umida, sulla mia.

«Vieni, amore. Sbrigati».

Portò una mano sopra alla mia e cominciai a muovermi più velocemente. I muscoli si tesero ancora e la pelle bruciava al suo contatto.

«Blake», dissi in un soffio, e ripetei il suo nome.

«Adoro vederti mentre ti tocchi. Dio, quanto ti voglio».

Poi venni, proprio mentre Blake affondava i denti nella mia spalla. Gridai, tremante per l'intensità dell'orgasmo.

Mi ripresi lentamente, e mi resi conto della realtà: ero a gambe aperte, la macchina ferma lungo una strada non proprio isolata. Soffocai un gemito e mi ricomposi. Blake tornò al suo posto, apparentemente bisogno di riprendersi come me, mentre controllava fuori dal finestrino.

«Andiamo».

# Capitolo diciannove

Appena la porta si chiuse alle nostre spalle mi ci appoggiai. Non ero ancora del tutto soddisfatta, ma mi sentivo le gambe molli ed ero pronta per lui.

«Vieni qui».

Blake si girò verso di me dopo qualche passo, il suo bellissimo viso rivelava il conflitto tra desiderio ed esitazione. Il primo ebbe la meglio e mi raggiunse, spingendomi contro la porta. Mi baciò, e le sue labbra erano come petali sulle mie. Quando mi posò le mani sulle spalle e poi le fece scivolare lungo le braccia fino a intrecciare le nostre dita, ebbi un brivido. Un attimo dopo si scansò.

«Non dobbiamo farlo, se non sei pronta».

Sentii una fitta al cuore al pensiero di dover stare ancora separati. Mi aggrappai ai suoi fianchi, sperando di attirarlo di nuovo a me, sperando che quella distanza fosse l'unico ostacolo tra noi.

«Lo voglio fare».

«Posso aspettare. Dio, non vorrei, ma posso».

Dalle sue parole si percepiva la sua tensione. Mi inarcai verso di lui; eravamo a distanza di un respiro, come un promemoria del fatto che il nostro amore ultimamente non aveva trovato sfogo. Blake era l'uomo che amavo, e noi amavamo con i nostri corpi.

«Sono pronta, Blake. Ne ho bisogno, devo sentirti vicino». Dovevo riuscire a superare tutto, così ci saremmo potuti ritrovare.

Mi sfiorò la guancia, fissandomi negli occhi. «Aspetterò. Tutto il tempo che ti serve».

«Basta aspettare, sono...».

Scossi la testa, non volevo che vedesse che avevo dei dubbi, ma era troppo tardi: fece un passo indietro, lanciandomi uno sguardo interrogativo.

«Non ce la faccio più. Non so se sono pronta o se a metà finirei per dare di matto, ma dobbiamo provare, perché non posso vivere così, senza di te».

«Sono qui, non vado da nessuna parte».

«Non è quello che intendo, lo sai. Noi siamo fatti così, è il nostro modo di amare, e a volte non riesco a mostrartelo altrimenti».

«Ti serve tempo per superare quello che è successo. Te lo leggo negli occhi che non sei convinta, e me ne accorgo quando ti trattieni. E la cosa mi distrugge, non sopporto l'idea di essere quello che ti spaventa e ti fa rivivere quei momenti».

«Lo so. Cristo, non hai idea di quanto mi dispiaccia per tutto questo». Scivolai giù contro la porta, sconfitta da quello che Max ci aveva fatto.

«Non devi dispiacerti, te l'ho già detto miliardi di volte, e mi devi credere. Niente di tutto questo è, né sarà mai, colpa tua».

«Vorrei che queste sensazioni sparissero. Non sai quanto vorrei... cancellare il ricordo di Mark per sempre, ma anche se è morto non ci riesco. Ho pensato che ce l'avrei fatta, ma non è così. Non ho più paura che possa farmi del male, ma quello che è stato mi è rimasto dentro. Non so se me ne libererò mai. Voglio credere che un giorno non mi tormenterà più, ma ciò che è successo ultimamente… ha riportato tutto a galla. A volte mi sembra di riviverlo, solo con occhi diversi».

«Che vuoi dire?»

«So che sembra una cosa da pazzi, ma prima, con Mark, subito dopo l'aggressione e gli anni successivi, non sono mai stata *meglio*. Sono stata pratica, e abbastanza felice da andare avanti, ma per farlo ho messo da parte quello che era accaduto. L'ho chiuso nel cassetto e ho buttato via la chiave, poi mi sono convinta che andava tutto bene. Ma non era così. Prima che tu entrassi nella mia vita, non avevo davvero affrontato quello che mi era successo. Forse per i miei studi, perché non volevo che lo stupro rovinasse quello per cui mi ero impegnata tanto. Ma ora non riesco più a tenerlo chiuso. È come una bruttissima cicatrice che sono troppo stanca di nascondere. Tu l'hai vista e non mi hai giudicata né compatita. Fa parte di me, e per la prima volta dopo anni mi rendo conto che quella ferita non è del tutto guarita. E va bene così, ma sto meglio perché ci sei tu, perché c'è un *noi*».

Mi strinsi a lui e lo baciai dolcemente, respirandolo. Il suo odore e la sua vicinanza mi stordivano.

«Non ti voglio mentire, Blake: sono traumatizzata. Odio esserlo e odio la reazione che ho avuto in passato, e non posso promettere che non succederà di nuovo, anche se in scala ridotta. Fisicamente parlando, so quello che voglio, ma non so cosa potrebbe farmi scattare. Hai ragione, mi serve tempo, ma non posso passare quel tempo lontana da te, perché sei tu che mi fai stare meglio, sei l'unico che mi può aiutare a superare tutto, perché non mi sono mai fidata di nessuno come mi fido di te. Ti amo così tanto che a volte fa male. Credimi, sei l'unico che mi può guarire, Blake».

Lo strinsi forte e lasciai che una lacrima mi scivolasse lungo la guancia. Le emozioni forti che stavo provando mi spaventavano.

«Piccola», disse a un soffio dalle mie labbra, rilassando le spalle.

«Ti prego». Lo baciai di nuovo, più decisa, più esigente.

Lui si scostò di nuovo, preoccupato. Mi avvicinai, ma prima che riuscissi a baciarlo ancora mi prese per i fianchi e mi sollevò. Gli allacciai le gambe attorno alla vita e lasciai che mi portasse in camera da letto. Mi posò a terra ai piedi del letto, senza mai interrompere il contatto visivo.

Gli infilai una mano tra i capelli, approfondendo il bacio e unendo i nostri corpi. Disegnai il contorno delle sue labbra con la lingua, spingendo leggermente per entrare; Blake sospirò e schiuse le labbra, mentre le nostre mani vagavano ovunque. Nonostante l'attrazione palpabile tra noi, ogni movimento era cauto e lento come mai prima di allora. E, anche se una parte di me voleva che Blake facesse in fretta, che mi possedesse con tutta la passione che aveva, *quello* era più importante, quella danza lenta che chiedeva il permesso a ogni tocco.

Mentre i vestiti cadevano sul pavimento, le nostre mani si ritrovarono. Interruppi il bacio e mi sedetti all'estremità del letto, indietreggiando. Non sapevo cosa voleva fare e quanto sarei riuscita a sopportare. La luce della luna illuminava la stanza, creando un riflesso violetto sulle lenzuola sgualcite sotto di me. Blake restò fermo un istante, guardandomi con amore. Poi mi prese il piede e lo sollevò fino a portarlo alle sue labbra, per baciarmi l'alluce. Io mi sdraiai, rilassata, mentre lui continuava a posare la sua bocca sul mio polpaccio, tracciando una linea fino al ginocchio per poi salire ancora alla coscia. Si fermò una volta arrivato alla mia intimità e passò dall'altra parte.

Il desiderio contro cui avevo lottato negli ultimi giorni era impossibile da ignorare, e l'orgasmo che avevo avuto poco prima non l'aveva affievolito di molto. Volevo supplicare, ma Blake si sarebbe preso il tempo necessario, qualunque cosa avessi detto. Niente l'avrebbe spinto ad andare oltre i limiti. Continuò il suo percorso con la mano e sgranai gli occhi. Lo fermai quand'era a metà coscia, interrompendo la sua risalita. Col respiro affannato, lottai contro un altro tipo di emozione che aveva preso il sopravvento.

Blake spalancò gli occhi, tutti i muscoli fermi. Cercai le parole giuste, mentre lui era in attesa.

«Non usare le mani, va bene?», dissi piano. Odiavo ciò che la mia frase implicava, ma non potevo stare zitta e rischiare di rovinare quel momento.

Serrò la mascella e la vidi pulsare, quindi gli strinsi la mano per rassicurarlo.

«Va tutto bene», gli dissi, evitando di dare altre spiegazioni, che comunque lui aveva già dedotto: uno degli ultimi ricordi di quello che era successo era la mano di Max. Avrei voluto chiudere gli occhi finché quell'immagine non fosse sparita, invece mi concentrai su Blake.

Mi aveva lasciato il piede, che cadde sul letto, e si raddrizzò, lanciandomi uno sguardo penetrante. Non si sarebbe fatto sfuggire niente. Già la maggior parte delle volte era più concentrato sul mio corpo di quanto non lo fossi io e, considerando la situazione attuale, niente lo avrebbe potuto distrarre.

«Erica, l'avevo già detto, ma abbiamo bisogno di una parola di sicurezza. Se prima pensavi che non servisse, ora ho bisogno che tu ne abbia una».

Alzai gli occhi al cielo.

«Pensa che così mi fai stare più tranquillo».

«Ti dirò quando fermarti, come ho sempre fatto».

«No. È più complicato chiedermi di fermarmi e spiegare il perché. Basta una parola che dica tutto: che sto andando oltre, che la tua mente non ce la fa e vuole che mi fermi. Ce ne serve una ora o non faremo altro, perché non voglio rischiare di metterti pressioni, non stasera».

Sospirai, non ancora convinta che ne avessimo bisogno; ma se per Blake era così importante avrei ceduto. «Che parola? Scegli tu qualcosa».

«No, la devi scegliere tu, è la *tua* parola di sicurezza. Scegline una che non esiteresti a dire se ti sto spingendo oltre i limiti. Non che voglia farlo, ma…».

«Limite».

Inarcò le sopracciglia.

«La parola. Se fai qualcosa che non riesco a gestire, dirò "limite"».

«Okay, va bene».

Sembrava convinto. Fece un respiro e la preoccupazione nei suoi occhi parve attenuarsi. Non credevo che una parola potesse rassicurarlo così tanto. L'avevo sempre pensata diversamente, come se pronunciarla significasse che non riuscivo a sopportare quello che mi dava, o come se fosse un segno che accettassi totalmente il ruolo di sottomessa da cui ero sempre scappata.

Rimanemmo in silenzio, un silenzio che minacciava il nostro momento. Portai un piede dietro la sua gamba e gli presi la mano, attirandolo verso di me. Invece di sistemarsi tra le mie gambe, mi si sdraiò accanto. Mi girai verso di lui, facendo sfiorare i nostri corpi. Entrambi con la testa sul cuscino, ci guardammo negli occhi.

«Lo voglio fare», sussurrai. «Non voglio rovinare il momento né spaventarti».

«Dimmi quello che vuoi».

«Voglio fare l'amore con te e non fermarmi mai. Per il resto della nostra vita voglio amarci in questo letto, e non voglio che qualcosa del genere si metta di nuovo tra noi».

Prima che potesse rispondere lo baciai. Fu un bacio pieno di frustrazione e determinazione, ma soprattutto di amore. Era il nostro amore che ci avrebbe fatto superare tutto. Blake accolse la mia passione. Respirammo la stessa aria e ci beammo l'uno dell'altra fino a quando i secondi diventarono minuti, fino a quando le mie labbra si gonfiarono. Iniziammo a sudare; le mie incertezze non erano sparite, ma in quel momento erano ferme in un angolo. Afferrai la sua erezione e massaggiai fino alla punta. Lui gemette e inarcò i fianchi verso di me. Feci scivolare la mano alla base e poi tornai alla punta, muovendo delicatamente.

«È questo che voglio. Vieni qui».

Lo tirai verso di me e mi distesi sulla schiena. Lui si posizionò sopra di me con delicatezza, ma i nostri corpi quasi non si toccavano. Con le mani ai lati della mia testa si abbassò, e il calore della mia pelle incontrò il suo. Mi baciò la spalla e strofinò il naso nell'incavo del mio collo.

«Mettilo dentro tu».

Con un leggero tremore, ritrovai il suo membro caldo e lo guidai dentro di me finché la punta mi penetrò. Poi mi inarcai contro di lui, facendogli capire di spingere. Centimetro dopo centimetro, scivolò senza trovare alcuna resistenza.

«Oddio». Andai in estasi all'ondata di piacere che mi travolse. Era come se il mio corpo sospirasse di sollievo perché lui era di nuovo con me, come avremmo sempre dovuto essere. Quel muro insopportabile tra noi era finalmente crollato e non c'era niente di più giusto.

«Guardami», sussurrò.

Quando aprii gli occhi vidi che quelli di Blake erano più scuri, colmi di desiderio, ma la sua solita intensità che normalmente faticava a controllare era attenuata dalla preoccupazione. Rimase fermo dentro di me finché non parlai.

«È fantastico, Blake», dissi con la voce rotta dall'emozione. «Potrei già venire, ma voglio che duri».

Buttò fuori l'aria che aveva trattenuto, iniziando a muoversi delicatamente ma senza spingere fino in fondo. «Sai che sono favorevole a farti venire tutte le volte che vuoi, non c'è bisogno di trattenersi».

Sorrisi e gli allacciai le gambe intorno alla vita, stringendogli i fianchi con le cosce per farlo ricominciare a spingere. E lo fece, ripetutamente, sempre più sicuro a ogni affondo, e quel movimento spazzò via i pensieri che avrebbero potuto tormentarmi nel bel mezzo di quell'attimo perfetto.

Ci amammo in quel modo, senza parole, i suoi gesti guidati dai miei. Eravamo in sintonia, come se il suo corpo mi sentisse. A ogni spinta che approfondiva il nostro contatto, il fuoco dentro di me cresceva. Lo accarezzai con urgenza, sperando che iniziasse a muoversi più velocemente per saziare la fame intensa che mi divorava, anche se mi piaceva quel percorso lento: la fiamma era viva e il bisogno dell'orgasmo non era meno potente.

«Dimmi quando stai per venire, dimmi cosa vuoi».

La sua voce era quasi disperata, e il suo respiro sul collo mi portò al limite.

«Oddio. Ora... sto per venire adesso».

Un'ondata di calore mi travolse mentre raggiungevo l'orgasmo. Gli affondai le unghie nella carne e mi sentii pulsare intorno al suo membro. Lui affondò ancora, facendomi raggiungere l'oblio come nessun altro aveva mai fatto.

«Erica...?».

Nonostante il mio battito accelerato, sentii il suo tono interrogativo: voleva sapere se ero con lui, se poteva lasciarsi andare. Non c'era bisogno che fosse così cauto, in quel momento non pensavo a niente: quando eravamo così vicini all'estasi ero immune alla paura.

«Ti amo. Ti amo tantissimo», gemetti, con le lacrime che stavano spuntando agli angoli degli occhi. Finalmente in quel momento tutto era perfetto, e continuai a pronunciare quelle parole.

Blake mi prese la mano e la premette contro il letto, sopra la mia testa; con l'altra mi afferrò il fianco e mi sollevò, poi affondò più velocemente, facendomi gridare. Fremetti dal piacere, nonostante l'orgasmo di poco prima mi avesse lasciata debole e senza respiro.

«Nessuno può toglierci questo», disse con voce roca,

muovendosi dentro di me. Mi tolse di nuovo il respiro con un bacio ardente e poi, stringendo la presa sul mio fianco, venne.

La luce che entrava della finestra mi colpì e aprii un occhio. Un'altra mattina ci salutava e, dopo aver lanciato un'occhiata all'orologio, decisi che dovevo darmi una mossa. Il corpo caldo di Blake era stretto al mio, la metà dei cuscini era per terra ed eravamo avvolti dalle lenzuola. Quando feci per alzarmi, lui emise un gemito e mi tirò giù, quindi mi ritrovai bloccata contro il suo petto muscoloso.

«Si sta facendo tardi, dobbiamo alzarci».

«Chi se ne frega», borbottò, strofinando il naso tra i miei capelli. «Sei troppo bella per andare via».

Sorrisi, col cuore gonfio di felicità, e mi rilassai stretta a lui. Mi accarezzò le braccia, poi scese fino alle cosce per risalire sui fianchi, che mi afferrò. Poi mi girò, facendo aderire i nostri corpi, abbastanza da farmi sentire quant'era eccitato. La cosa non mi sorprendeva, ma era una minaccia alla mia volontà di alzarmi per arrivare in tempo al lavoro.

La notte appena trascorsa era stata meravigliosa, e non riuscivo a smettere di pensarci. Non era solo il sesso, che mi aveva sempre soddisfatta in tutti i modi possibili, ma avevamo abbattuto una barriera e l'avevamo fatto insieme. Mi ero rifiutata di accettare che il mio passato ci separasse, e ci eravamo fidati abbastanza l'uno dell'altra da superare le paure di entrambi.

Qualcosa tra noi era cambiato nelle ultime settimane. Tra i tira e molla e gli ostacoli che avevamo trovato lungo la strada, avevamo imparato ad andare avanti insieme. A volte non camminavamo di pari passo e incespicavamo, ma stavamo trovando un nuovo ritmo. Più ci fidavamo l'uno dell'altra più ci muovevamo con maggiore grazia.

Il modo in cui Blake aveva fatto l'amore con me quella notte era stato la concretizzazione della grazia, e non potevo esserne più sollevata e soddisfatta. Strinsi il braccio che mi bloccava la vita, non potevo e non volevo resistergli.

Blake risalì lungo la mia spalla, lasciandomi una scia di baci sulla schiena e sul collo, dove leccò e succhiò delicatamente la pelle. Chiusi gli occhi e mi inarcai contro di lui prima ancora di rendermi conto di cosa stavo facendo: lo stavo incoraggiando a prendere una strada da cui non sarei riuscita a tornare indietro.

Gli afferrai la mano e la guidai giù fino all'inguine. Lui si fermò prima di toccarmi lì dove avrei voluto, e io non ebbi la forza di spingerlo ad andare oltre.

«Toccami. Va tutto bene».

«Sei sicura?». Aveva la voce impastata dal sonno, ancora più sexy quando rilassò i muscoli.

«Sì, sono sicura».

Fece scivolare lentamente la mano sulla mia intimità, e con movimenti accorti iniziò a stuzzicarmi il clitoride. Premetti contro le sue dita per incitarlo, sempre più sicura che era quello che volevo. Le sue carezze, dapprima lente, si fecero sempre più veloci, finché non le sentii umide. Mi lasciai sfuggire un gemito e iniziai a pulsare esattamente dove volevo che Blake entrasse. Dietro di me, lui si alzò su un gomito e si arrotolò una ciocca dei miei capelli intorno alle dita, tirando leggermente. Inarcai il collo e gli permisi di continuare il suo attacco. Il suo respiro mi faceva il solletico mentre succhiava, leccava e mordicchiava.

«Blake», sussurrai, mentre mi spingevo contro il suo membro caldo.

«Vuoi che inizi?». Mi baciò la mandibola per poi arrivare dietro l'orecchio, mentre con le dita lavorava sul clitoride.

«Sì».

Fermò la mano e sfregò il suo sesso contro la mia apertura, stuzzicandomi. Lottai contro il mio istinto per resistere all'impulso di spingermi contro di lui e farlo entrare tutto in una volta. Mi avrebbe dato dell'ingorda, ma era proprio così. Lo volevo, e odiavo dover aspettare.

Come se non fosse stato abbastanza, mi afferrò il fianco tenendomi ben ferma, per assicurarsi che mi sarei mossa solo quando l'avrebbe deciso lui. A quella presa dominante mi sentii avvampare.

«Dimmi quello che voglio sentire, e ti do tutto quello che vuoi».

«Scopami, Blake. Fammi tua».

«Adoro quando sei sboccata», mi sussurrò, prima di entrare di un centimetro. «Lo sai quanto mi ecciti quando dici così?».

Strinsi le lenzuola, divorata dal desiderio. Spinse ancora un po', avanti e indietro. Aspettai pazientemente, finché lui non premette i fianchi contro di me per andare più a fondo con una spinta. Rimasi senza fiato per il piacere di quella piccola ricompensa.

«Ti amo, Blake. Ti prego… ti prego».

«Non sai quanto mi piace sentirtelo dire».

Si prese comunque il suo tempo, entrando centimetro

dopo centimetro e facendomi impazzire per il bisogno di essere posseduta da lui. La sua presa si faceva ora salda, ora delicata. Poi, senza preavviso, mi liberò, e dopo un istante la sua mano entrò in contatto con la mia natica. Gemetti, stringendomi sul suo sesso, mentre un intenso calore mi avvolgeva.

«Cazzo, piccola. Adoro vedermi scivolare dentro di te così facilmente, come se fossi nato per questo», disse, ansimando. «E sei così stretta da togliermi il respiro».

Quando mi sculacciò di nuovo, più forte di prima, il mio gemito divenne un grido. Andai quasi in estasi quando iniziò a muoversi a un ritmo più sostenuto, affondando dentro di me. I nostri corpi si fusero, e lui mi circondò la vita con un braccio continuando a spingere da dietro.

«Blake!», urlai, quando arrivò fino in fondo, ripetutamente, così veloce da portarmi al limite. A quel punto mi sculacciò ancora, forte. Fremetti quando raggiunsi l'orgasmo, il piacere che si espandeva in tutto il corpo. Un secondo dopo venne anche Blake, gemendo col suo sesso ancora dentro di me. Restò fermo mentre il suo liquido caldo mi riempiva.

Rimanemmo lì, indolenti, avvolti nella luce del mattino. *Decisamente un bel risveglio.*

Dopo un secondo, Blake uscì dal mio corpo e si distese sulla schiena, riprendendo fiato.

«Doccia?», gli chiesi, voltandomi verso di lui.

«Vai, ti raggiungo tra un attimo», rispose, poi si girò e vide che lo fissavo. «Che c'è?».

Gli disegnai un cerchio sulla spalla. «Pensavo che non mi stancherò mai di farti venire quell'espressione».

Lui sorrise. «Sarà meglio che porti il tuo bel culetto nella doccia, prima che ti obblighi a farmi venire quest'espressione per tutto il giorno».

«Devi lavorare, signorino».

«Fidati, per queste cose il lavoro può aspettare».

Si girò e allungò le mani verso di me, ma io lo schivai appena prima che mi attirasse a sé. Non che mi sarebbe dispiaciuto, ma in ufficio mi aspettava una montagna di cose da fare.

Mi sentivo i muscoli stanchi, quindi indugiai nella doccia, e sorrisi al pensiero dei vari modi in cui avremmo potuto recuperare il tempo perso nel fine settimana. Mi resi contro che Blake non mi avrebbe raggiunta, quindi finii di lavarmi e chiusi la doccia.

Uscii e, non trovandolo in camera da letto, lo andai a cercare. Girai per l'appartamento con l'asciugamano avvolto intorno al corpo e seguii la sua voce fino alla cucina. Era ancora nudo e sul petto si vedevano i graffi della notte prima, mentre i capelli erano scompigliati in un modo che solo io avrei potuto apprezzare a pieno.

«Va bene, grazie. Fammi sapere se viene fuori qualcos'altro». Chiuse la chiamata e posò il telefono sul ripiano. Ero nel suo campo visivo, ma aveva lo sguardo fisso davanti a sé.

«Tutto bene?».

Mi guardò, ma non capivo a cosa stesse pensando.

«Blake?».

Sbatté le palpebre e sembrò riscuotersi dai suoi stessi pensieri. «Tutto bene. Anzi, più che bene».

«Con chi eri al telefono?».

Si grattò distrattamente la fronte. «Con l'avvocato. Voleva dirmi che sono state ritirate le accuse contro di me, quindi l'udienza è stata cancellata».

«Davvero?», chiesi, inarcando le sopracciglia.

«Sì. Così, dal nulla», rispose lui con una scrollata di spalle.

«E perché Max avrebbe ritirato le accuse? Non credo che all'improvviso ti odi meno della scorsa settimana».

«Non le ha ritirate, il PM le ha respinte. L'avvocato pensa che sia per lo svolgimento dei fatti, visto che Max è accusato di molestie sessuali. Ma in ogni caso lo ritiene un bel colpo di fortuna. A me va bene».

Sospirai di sollievo. «Fantastico».

Poi pensai che dovevo ancora andare alla polizia per rilasciare la mia dichiarazione. Le accuse contro Blake erano state il motivo per cui avevo deciso di andare avanti in quella storia.

«Ci vai lo stesso alla polizia, vero?».

Immaginai che avesse notato la mia incertezza, perché mi si avvicinò. Io rimasi immobile, paralizzata alla vista del suo corpo perfetto. Era davanti a me e mi stava accarezzando le braccia. Tremai al contatto con la sua pelle fredda.

«Devi farlo», mi disse piano.

«Perché? Perché devo mettermi in questa situazione?», dissi con le lacrime agli occhi, mentre l'inquietudine mi faceva annodare lo stomaco.

«L'hai detto tu stessa che devi ancora riprenderti del tutto. Io sono qui, ci sarò sempre. Sono qui per amarti come hai bisogno, in tutti i modi possibili. Non posso farne a meno. Però parlare con me, con Alli... non basta. Devi essere forte e affrontare quello che ti è successo, allora e adesso. Quando penso a quello che ti ha fatto Max, a quello che avrebbe potuto fare… mi sento ribollire il sangue nelle vene. Ma devi farlo, è la tua occasione per mettere a posto le cose e sei l'unica che può farlo».

Chiusi gli occhi. «Non posso. C'è qualcosa che… Non voglio crollare davanti a un estraneo, ammettere quanto sono stata stupida, quanto mi ha resa vulnerabile. L'hanno visto tutti», dissi, incespicando sulle ultime parole.

Lui mi strinse a sé e cercò di confortarmi, finché io mi sciolsi in quell'abbraccio e lasciai che le lacrime sgorgassero.

«Non sei stata stupida. E ti avrà pur resa vulnerabile, ma non devi esserlo anche ora. Sei forte», mi disse, stringendomi un po' di più. «Ce la puoi fare».

# Capitolo venti

L'agente Bates mi condusse dalla sua scrivania in una stanzetta privata. Dall'età che dimostrava poteva essere mia madre, era un po' robusta e aveva i capelli raccolti in una coda da cui erano scappati dei ricci che le incorniciavano il viso, segnato da qualche ruga.

La sedia stridette sul pavimento e ci accomodammo al tavolo l'una di fronte all'altra. Mi rigirai nervosamente le mani quando aprì un fascicolo e diede un'occhiata ai fogli contenuti all'interno. Mi sentivo il cuore battere all'impazzata mentre ero in attesa. Quel poco che avevo mangiato a pranzo stava tornando su, e al discorso d'incoraggiamento che mi facevo si sovrapponeva la voce nella mia testa che continuava a dirmi che non volevo essere lì.

Quello che aveva fatto Max aveva minacciato di riportare a galla il passato che volevo rimanesse tale. Ciò che stavo facendo sarebbe servito per superare tutto, ma non conoscevo la donna che avevo davanti. Era un'estranea, sembrava fredda come la stanza in cui eravamo, e non volevo mostrarmi vulnerabile con lei – né con chiunque altro, in realtà.

Controllò i documenti e poi mi guardò. «Tutto bene, cara?».

Tornai a concentrarmi sul suo viso. Avevo il respiro irregolare, e mi inumidii le labbra. «Sì, sto bene. Sono solo nervosa».

Lei prese un foglio e ci posò sopra la penna. «Non ce n'è alcun bisogno. Deve solo dirmi quello che è successo, esattamente come lo ricorda. Io lo scriverò qui e quando avremo finito rileggerò tutto. Se il resoconto sarà accurato, lo firmerà e poi potrà andare».

Annuii velocemente. La mia testa l'aveva dipinta come una donna fredda, ma in quel momento era diventata qualcun altro, una che forse non mi avrebbe giudicata come avevo paura che facesse, lei come il resto del mondo.

«D'accordo», dissi infine.

«Mi dica cos'è successo la sera dell'aggressione».

Chiusi gli occhi e lasciai che la mente tornasse al giorno della festa.

Nella successiva mezz'ora riferii all'agente Bates come si era svolta la serata. Dalle chiacchiere con gli ospiti, a Michael, fino alla richiesta di Max di parlare in privato. Le dissi ogni cosa che ricordavo finché non era diventato tutto nero. Nelle ultime settimane avevo avuto dei flash della festa e, anche se avrei preferito che non mi tornassero in mente, ogni dettaglio poteva essere utile per fornire un quadro più completo dell'accaduto. Il resto era stato raccontato da Blake e qualcun altro dei presenti. Mentre scriveva l'ultima parte del mio racconto, dentro di me mi feci piccola piccola per essere stata vista così indifesa.

«Vuole aggiungere altro?».

La guardai di nuovo e scossi la testa, sconvolta da quanto poco ricordassi della serata. Come mi aveva detto, rilesse tutto e io firmai con la mano incerta. Ma non era il nervosismo che mi faceva tremare, quanto piuttosto il sollievo. Era tutto finito, finalmente. L'agente mi comunicò che mi avrebbero chiamata se avessero avuto bisogno di ulteriori informazioni, poi mi accompagnò fuori dalla stanza.

Quando uscii, il peso che avevo sullo stomaco sparì. Era andata. Non sapevo se Max avrebbe pagato, ma era stato un passo importante per me. Avevo fatto una cosa che non avevo mai avuto occasione di fare prima: avevo superato le mie paure tanto da raccontare la mia storia, e volevo credere che fosse un passo verso la ripresa.

Mi feci strada tra le scrivanie fino ad arrivare agli ascensori; mentre aspettavo, sentii la voce di un uomo alle mie spalle. Mi voltai e vidi Daniel insieme a quello che riconobbi come uno dei detective con cui avevo parlato.

«Signorina Hathaway. Sono il detective Carmody, si ricorda?».

Gli porsi la mano, ma non la strinse. Mantenne invece un atteggiamento disinvolto, fin troppo, considerando l'esame attento a cui mi stava sottoponendo. Io mi stampai in faccia un'espressione impassibile.

«Cosa la porta qui?», mi chiese il detective.

Spostai lo sguardo su Daniel, e il disappunto che gli lessi sul volto mi fece fermare il cuore.

«Una questione personale», mormorai.

«Bene. Allora, signor Fitzgerald, grazie per il suo tempo. Vi lascio soli», disse, poi si girò verso di me e mi fece un cenno. «Mi terrò in contatto».

La porta dell'ascensore si aprì ed entrammo insieme. Mi fermai in fondo alla cabina e poggiai le mani sul corrimano freddo.

«Non mi aspettavo di trovarti qui», mi disse Daniel, con il volto inespressivo.

*Oh, merda*. E se avesse pensato che fossi andata a parlare del presunto suicidio di Mark?

Iniziai a balbettare, non sapevo cosa dire. «Non era per Mark».

Lui guardò scorrere il numero dei piani sul display dell'ascensore. «Immagino che abbia a che fare con Max Pope, allora».

Lo fissai stupefatta, con le sopracciglia aggrottate. «Infatti. Come lo sai?».

Tornò a guardarmi. «Ho uno studio legale, ti ricordi? Secondo te chi ha chiamato?».

Spalancai la bocca. Quando il campanello annunciò che eravamo arrivati al piano terra sobbalzai. Lui uscì e io lasciai la presa sul corrimano, poi lo seguii. Varcammo le pesanti porte della stazione di polizia e ci fermammo qualche passo dopo l'uscita.

Tirò fuori un pacchetto di sigarette e ne prese una. Io storsi il naso.

«Dovresti smettere di fumare».

Mi lanciò uno sguardo annoiato e fece un tiro. «Davvero? Sto rischiando di perdere le elezioni in cui ho investito milioni e tu mi dici di smettere di fumare. Stai scherzando, spero».

Feci un passo indietro. La sua rabbia, seppure passeggera, aveva ancora il potere di spaventarmi.

«E tu perché eri lì?», gli chiesi, immaginando che potesse essere la causa del suo malumore.

«Perché *qualcuno* ha fatto trapelare informazioni alla polizia».

Mi si gelò il sangue, non prometteva niente di buono. «Che informazioni?»

«Qualcuno ha riferito che sei mia figlia. Sanno quanto questo danneggerebbe la mia campagna. Pezzi di merda». Fece una smorfia e prese un'altra boccata.

Ecco perché Carmody mi aveva guardata in quel modo, come se conoscesse un segreto. Effettivamente era così.

«E tu non hai negato?».

Rise. «E a che scopo? D'altronde è vero, e in caso di dubbio un semplice test del DNA lo confermerebbe. Entrambi abbiamo bevuto una tazza di caffè nel loro ufficio, quindi avrebbero le prove».

«Ma chi gliel'avrebbe dovuto dire?».

Scosse la testa e fece un sorriso amaro. «Ti sembrerò pazzo, ma il tuo fidanzato è in cima alla lista. A meno che tu non mi voglia dire chi altro lo sa, perché di sicuro io non ho detto niente».

Sentii un nodo allo stomaco al pensiero di chi era a conoscenza della cosa: Sid, Alli, Marie... forse ora lo sapeva anche Heath. Ma nessuno di loro ci avrebbe guadagnato, rendendo pubblica quell'informazione. Blake aveva le sue ragioni per esporre Daniel... Ma l'avrebbe fatto, dopo che l'avevo costretto a giurare di non dire nulla? Forse aveva infranto la promessa dopo aver saputo che mi aveva aggredita. Visti gli eventi recenti, magari aveva pensato che il giuramento non contava niente, se la mia incolumità era a rischio. Ma comunque mi sembrava una posizione troppo estrema: le ripercussioni che ci sarebbero state dopo aver reso pubblica quell'informazione avrebbero danneggiato Daniel, ma avrebbero messo sotto i riflettori anche me, e Blake non l'avrebbe certo voluto. Non mi avrebbe mai fatto niente del genere… no?

«Daniel, Blake sa che sono tua figlia, ma non penso proprio che farebbe trapelare quest'informazione. Mi ha assicurato che non l'avrebbe fatto». Sperai che non si fosse accorto del dubbio nella mia voce perché, più di ogni altra cosa, volevo che fossimo al sicuro. Avevo già vissuto con la paura delle minacce di morte di Daniel.

Lui rise di nuovo, facendo un lungo tiro.

«Me l'ha promesso», insistetti.

«Io prometto a Margo un sacco di cose ogni giorno. La fa felice, anche se non sempre mantengo la parola. Scusa tanto se prendo con le pinze le promesse del tuo hacker. Cazzo, bel ringraziamento per averlo tolto dai casini».

«Di che stai parlando?»

«Chi credi che abbia fatto cadere le accuse?»

«Sei stato tu?», chiesi sorpresa mentre assimilavo la notizia. «Come?».

Mi guardò con la coda dell'occhio, quasi annoiato. «Non dovrebbe sorprenderti, ma alcuni PM mi devono dei favori. Non è stato difficile chiedere di girarsi dall'altra parte a proposito di una persona che ha agito così per evitare uno stupro. Comunque devo dire che ha conciato Max proprio bene».

«Quindi sai cos'è successo».

Annuì, l'espressione ancora impassibile anche se un po' più tesa.

«Ma se Max ti ha cercato, il tuo studio non lo difende?».

Fece una smorfia. «Che cazzo, no. Ma chi credi che sia?».

Sgranai gli occhi, forse anche troppo, in risposta a quella domanda. Chi era? Un attimo prima mi commuoveva, quello dopo poteva minacciare di uccidere l'uomo che amavo. Non ero per niente sicura di che persona fosse Daniel.

«Anche se non voglio che il mondo lo sappia, tu *sei* mia figlia. E quello lì ti ha drogata e ha tentato di violentarti. Probabilmente finirò comunque all'inferno, ma non sono del tutto senza cuore. Devo già convivere con quello che ha fatto Mark. Non sarò uno che segue sempre le regole, ma non ho intenzione di aiutare Max a uscirne impunito».

Quelle informazioni mi fecero girare la testa. Non avrei mai parlato a Daniel dell'aggressione, ma una parte di me era felice che lo sapesse, soprattutto se significava che Max non avrebbe ottenuto la protezione di uno degli studi legali più importanti della città.

«Ora cos'hai intenzione di fare?», chiesi calma.

«Devo parlare con i miei PR per limitare i danni. È questione di giorni prima che la cosa finisca sui giornali», rispose, poi mi studiò un momento. «Se credi davvero che non sia stato Blake a far trapelare la notizia, allora puoi chiedergli di aiutarmi a scoprire chi è stato», disse, gettando per terra la sigaretta e pestandola, «perché vorrei proprio fare due chiacchiere con questa persona».

Gli credetti, ma avevo qualche dubbio sul fatto che volesse solo parlare.

Salutai velocemente Cady, che alzò lo sguardo dalla scrivania fuori dall'ufficio di Blake. Oggi aveva i capelli rosa acceso.

«Puoi entrare», mi disse, indicando la porta. Ovviamente sarei entrata comunque, che Blake avesse voluto o meno.

«Grazie», le dissi, poi entrai.

Blake si girò sulla sedia quando sbattei la porta alle mie spalle. Mi sorrise e iniziai a sciogliermi. Erano successe così tante cose da quando ci eravamo salutati appena qualche ora prima, e non c'era nessun altro che avrei voluto vedere.

Andai verso di lui, che si alzò. Mi attirò a sé e mi baciò sulla fronte, e io fui sollevata di essere di nuovo tra le sue braccia, anche se quel sollievo sarebbe sparito non appena avessimo iniziato a parlare. Mi alzò il mento e aggrottò le sopracciglia. «Sei arrabbiata».

Sospirai, allontanando il sollievo di poco prima.

«Oggi ho visto Daniel. Sono andata alla polizia per la dichiarazione, e lui era lì. Ha parlato con i detective che mi avevano interrogata il mese scorso».

«Ti ha detto qualcosa?», mi chiese, conducendomi sul divano nella parte opposta della stanza. Si sedette vicino a me, e con lo sguardo mi chiese di proseguire il racconto. Ero pronta a dirgli la verità, ma non del tutto a sentirla. Gli stavo concedendo più controllo di quanto avessi mai fatto, ma non aveva alcun diritto di far trapelare quell'informazione, per quanto odiasse Daniel.

«La polizia sa che è mio padre. Qualcuno gliel'ha detto. Sei stato tu? Sii onesto e dimmelo, se sei stato tu».

Blake si accigliò ancora di più. «No».

Lo guardai negli occhi, studiando la sua espressione in cerca di segni che indicassero che stava mentendo.

Si allontanò leggermente. «Erica, ti ho mai mentito?»

«No», ammisi e mi lasciai cadere contro lo schienale

di pelle del divano. Mi resi conto che sarebbe stato più facile accettare che fosse stato Blake, piuttosto che non saperne niente. Era un miracolo che riuscissi a dormire la notte, considerando tutte le persone che avevano avuto come missione quella di abbattere uno di noi due.

«Daniel ti ha minacciata di nuovo?», mi chiese.

«No, grazie al cielo. Ma tu sei il primo sospettato della sua lista. Ovviamente gli ho assicurato che non l'avresti mai fatto, ma non ha molta fiducia nelle tue promesse. È incazzato e non vede l'ora di avere tra le mani la persona che ha dato questa informazione alla polizia. Ha detto che, se non sei stato tu, dovresti cercare chi è stato».

«E se è stata una soffiata anonima? Come cavolo faccio a trovare la fonte? Di' a Daniel di andarsene a 'fanculo e fare le ricerche da solo».

«Blake», gli dissi, fissandolo.

«Che c'è?»

«È una cosa seria. La polizia lo sa, e sono abbastanza sicura che vorranno parlare di nuovo con me».

«Avresti dovuto dire subito la verità, invece ora devi continuare a mentire e rischi l'accusa di intralcio alla giustizia».

«Non volevo vedere Daniel in prigione».

Blake imprecò, la sua espressione divenne improvvisamente severa. «Erica, a volte mi fai diventare pazzo, lo sai? Quell'uomo ti ha picchiata e ha minacciato di uccidermi. Dio solo sa che altro ha fatto per meritare di finire dietro le sbarre».

«È mio padre, Blake. Scusa se non ho una famiglia perfetta come la tua. Mia madre è morta e il mio patrigno si è rifatto una vita senza di me. Sfortunatamente Daniel è l'unico genitore che ho, e preferirei non trascorrere il resto della mia vita con la consapevolezza di averlo fatto finire in prigione per aver ucciso l'uomo che mi ha quasi rovinato l'esistenza».

Si infilò una mano tra i capelli, un gesto che tradiva sempre una crescente frustrazione, di solito causata dalla sottoscritta.

«Quindi, adesso?».

Sospirai. «Non lo so. Prima ero solo una con cui Mark ci aveva provato la sera in cui è morto, ora sono ufficialmente la sua sorellastra e la figlia illegittima di un uomo potente che sta conducendo una campagna elettorale da milioni di dollari. La scoperta farà inarcare qualche sopracciglio. Sicuramente vorranno farmi altre domande».

«L'hai detto alla polizia che Mark quella sera ci ha provato con te, vero?»

«Anche se non l'avessi fatto, si capiva dalle foto. Avevano un sacco di scatti in cui ballavamo, e in cui lui… mi parlava all'orecchio». Rabbrividii, quel ricordo mi faceva accapponare la pelle.

Blake fissò il vuoto, in silenzio, per qualche istante.

«Perché ci sono tutte quelle tue foto? C'erano centinaia di persone a quell'evento, e non ricordo di aver visto troppi giornalisti. Certo, eri bellissima, e non nego che avresti attirato l'attenzione di tutti quella sera, ma non ti sembra strano?».

Ero d'accordo, ma non riuscivo a trovare un'altra risposta sensata. Non avevo mai pensato all'esistenza di quelle foto finché la polizia non era venuta a casa a chiedermi di Mark, e in quel momento ero troppo presa dall'idea di proteggere Daniel e di sembrare naturale. Ma in effetti era un bel colpo di fortuna avere tante fotografie di un uomo che di lì a poco sarebbe morto. Con tutte le persone presenti, per altro tra le più importanti della città, chi è che poteva essere così interessato a noi, a me?

Poi ebbi l'illuminazione.

«Oddio», esclamai, portandomi la mano alla bocca.

«Cosa?».

Mi si rivoltò lo stomaco e fui sul punto di vomitare.

«Merda», sussurrai, scuotendo la testa incredula.

«Erica, parlami», mi incoraggiò, prendendomi la mano tra le sue.

«Richard», dissi, alzando lo sguardo. «Quella sera Richard era lì con un fotografo. E sapeva che ci sarei stata anch'io, me lo ricordo, perché Marie gli aveva detto di cercarmi».

Blake e io ci scambiammo uno sguardo d'intesa.

«Che altro gli ha detto?».

# Ringraziamenti

Questo libro non esisterebbe se non avessi avuto il continuo incoraggiamento dei miei fan. I vostri messaggi e commenti mi spingono ad andare avanti più di quanto possiate immaginare. Essere in grado di scrivere e sapere che così tanti di voi non vedono l'ora di leggere il frutto della mia immaginazione è una felicità indescrivibile.

Un ringraziamento speciale alle mie *beta reader* e alle fantastiche promotrici, per il supporto e la pazienza! La squadra Wild è una forza da non sottovalutare. Vi amo tantissimo, donne!

Grazie mille a tutte le persone che mi hanno fatto capire che era possibile scrivere il libro nonostante una scadenza terribile, un bel po' di ansia e le sorprese che la vita ha deciso di mettermi davanti, che sono state molte di più di quanto mi aspettassi. Un grazie anche a mia madre che mi ha ricordato di dormire, fare delle pause e avere sempre in mente l'obiettivo finale. Anche se ho ignorato quasi sempre i consigli e ho tirato dritto, grazie per avermi fatto pensare che sono un essere umano e non una superdonna.

Vorrei anche ringraziare le mie amiche autrici per il loro supporto e le parole d'incoraggiamento. Non so come avrei fatto a sopravvivere senza i regolari controlli e gli appuntamenti alcolici virtuali con la mia anima gemella sexy, Mia Michelle. A proposito: grazie, Jack. Mi hai aiutato a risolvere alcune parti critiche.

Come al solito, sarò sempre grata alla mia editor, Helen Hardt, per aver fatto i miracoli dell'ultimo minuto. I miei libri non nascono finché lei non fa la sua magica revisione. Grazie, Amy e Jon, per aver dedicato il vostro tempo a correggere le bozze!

Grazie anche a Remi per avermi fatto notare alcuni elementi di questo capitolo della storia di Blake ed Erica che altrimenti non avrei mai scoperto.

Infine, grazie al mio staff che manda avanti l'attività mentre io sparisco nel mondo di Blake ed Erica per giorni e giorni. Un ringraziamento speciale a Kurt, il cui aiuto nel riprogettare le copertine della serie mi ha risparmiato un sacco di tempo e stress. Hai la pazienza di un santo!

# Indice

MEREDITH WILD

## SENZA DIFESE

Volume rilegato, pagine 320, euro 5,90

Qualche giorno dopo la laurea, Erica Hathaway si ritrova faccia a faccia con un gruppo di investitori che dovrà decidere se finanziare o meno la sua start up. L'unica cosa che non si aspettava era di sentirsi tremare le gambe di fronte a un investitore arrogante e affascinante che apparentemente ha deciso di far deragliare la sua presentazione. Ricchissimo e con la fama di essere un hacker, Blake Landon ha già fatto fortuna nel campo dei software, ed è abituato a ottenere quello che vuole senza difficoltà. Affascinato dai modi e dalla bellezza di Erica dal momento in cui è entrata nella sua sala riunioni, è deciso a conquistarla. Per riuscirci dovrà far crollare le sue difese e ottenere la sua fiducia. E questo significa rinunciare al completo controllo della situazione. Cosa alla quale non è abituato. Ma scavare nella vita delle persone è rischioso… Nel passato di Erica infatti c'è un oscuro segreto che deve restare nascosto per non rischiare di distruggere tutto ciò che lei ha costruito fino a quel momento…

NEWTON COMPTON EDITORI

MEREDITH WILD

## SENZA COLPA

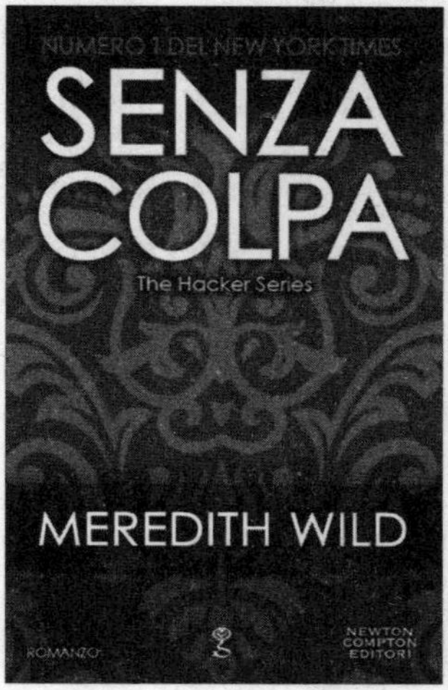


Volume rilegato, pagine 320, euro 9,90

Nonostante i suoi modi arroganti, il giovane e ricco hacker Blake Landon ha ottenuto la fiducia della donna che ama. Erica Hathaway ha abbassato le difese che le impedivano di fidarsi di Blake e aprirgli il suo cuore. Adesso è pronta per iniziare questo nuovo capitolo della sua vita, e determinata a non lasciare che nulla si frapponga tra loro, anche se questo significa dare a Blake quel controllo che desidera ardentemente dentro e fuori dalla camera da letto. Ma quando i demoni del suo passato tornano a chiedere il conto, Erica prende una decisione che potrebbe cambiare le loro vite per sempre.

NEWTON COMPTON EDITORI

★★★★★

«Meredith Wild ha colpito ancora. In questo terzo libro troverete tutto ciò che avete amato nella storia tra Erica e Blake: amore, passione, lacrime, rabbia… E che dire delle scene di sesso? Sono bollenti, semplicemente… WOW!»